JN318732

神々の山嶺　上

夢枕 獏

角川文庫
18605

神々の山嶺　上　目次

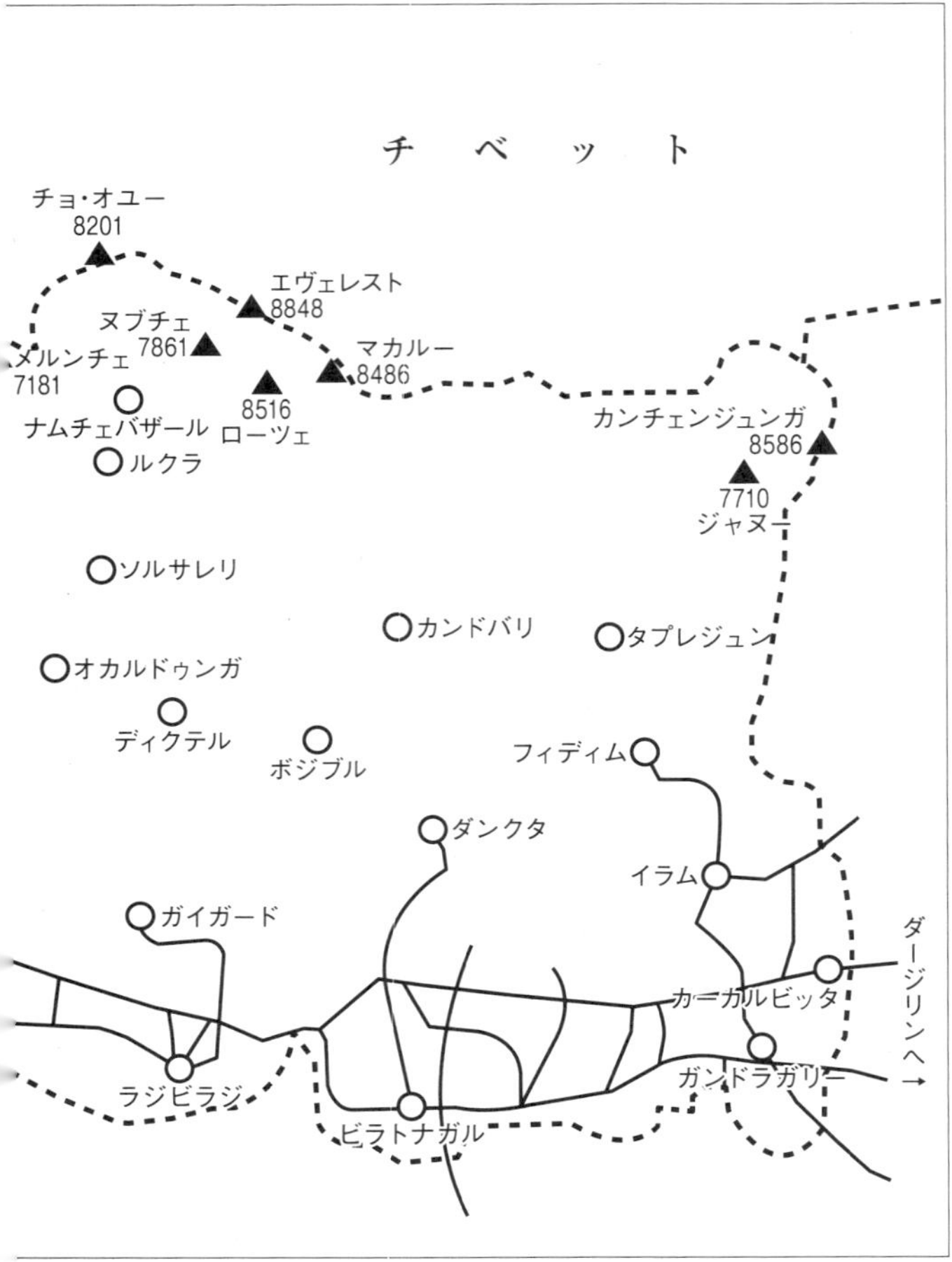
チベット
チョ・オユー
8201
エヴェレスト
8848
ヌブチェ
7861
マカルー
8486
メルンチェ
7181
8516
ローツェ
ナムチェバザール
ルクラ
カンチェンジュンガ
8586
7710
ジャヌー
ソルサレリ
カンドバリ
タプレジュン
オカルドゥンガ
ディクテル
ボジプル
フィディム
ダンクタ
イラム
ガイガード
ダージリンへ→
カーカルビッタ
ガンドラガリー
ラジビラジ
ビラトナガル

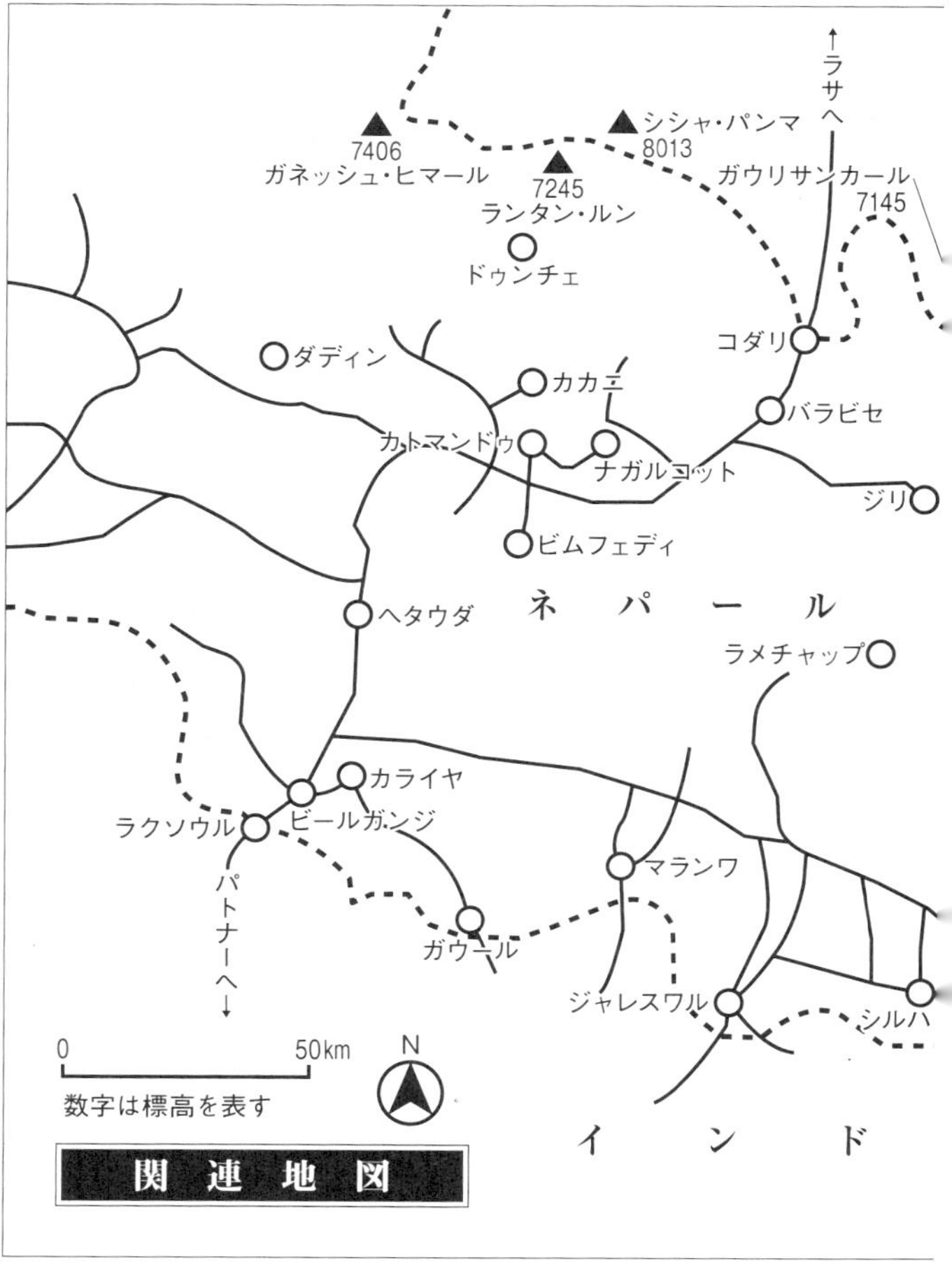

7406
ガネッシュ・ヒマール
7245
ランタン・ルン
シシャ・パンマ
8013
↑ラサへ
ガウリサンカール
7145
ドゥンチェ
ダディン
カカニ
コダリ
バラビセ
カトマンドゥ
ナガルコット
ジリ
ビムフェディ
ネパール
ヘタウダ
ラメチャップ
カライヤ
ビールガンジ
ラクソウル
パトナーへ↓
マランワ
ガウール
ジャレスワル
シルハ
0
50km
N
数字は標高を表す
インド

関連地図

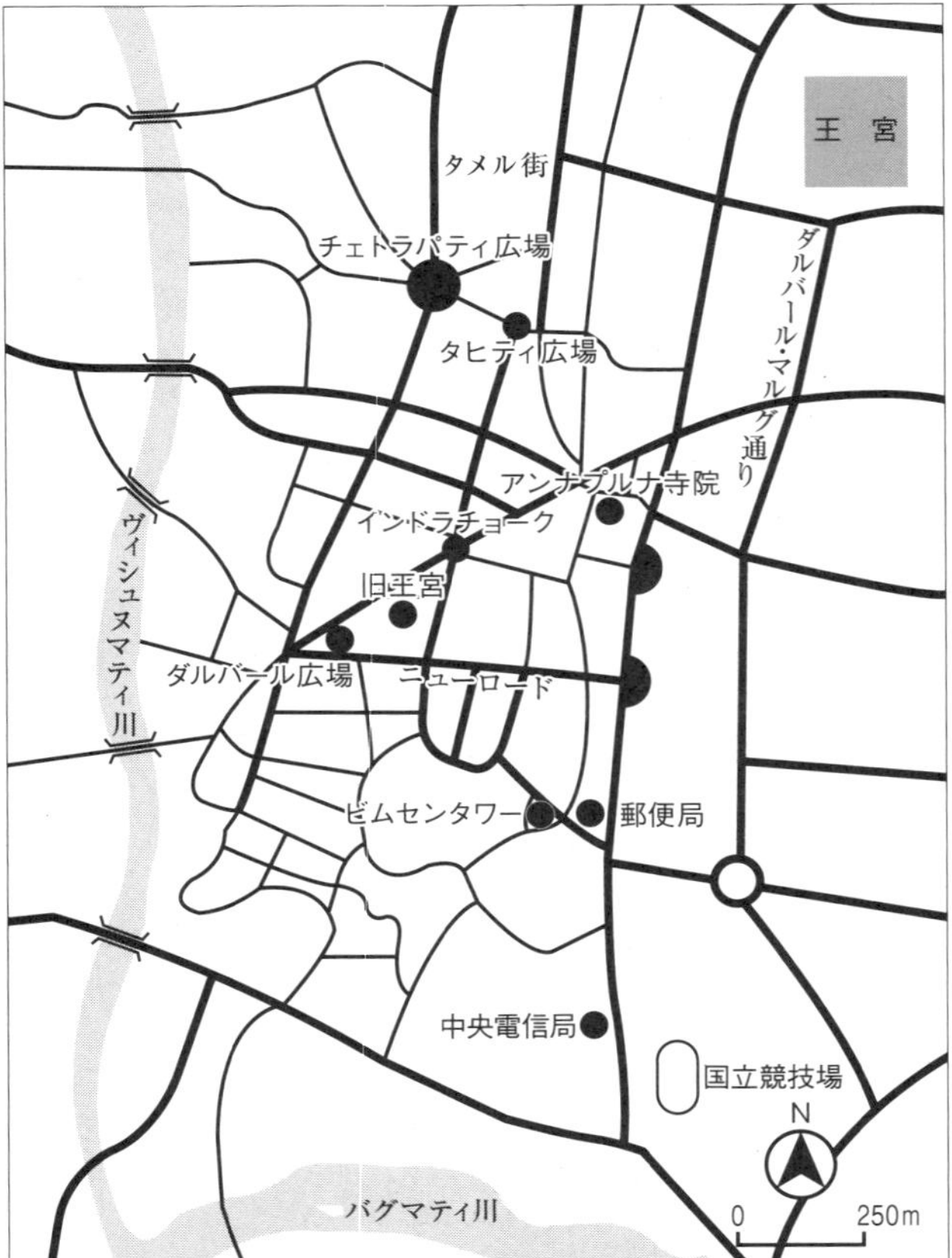

王 宮
タメル街
チェトラパティ広場
タヒティ広場
ダルバール・マルグ通り
アンナプルナ寺院
インドラチョーク
旧王宮
ヴィシュヌマティ川
ダルバール広場
ニューロード
ビムセンタワー
郵便局
中央電信局
国立競技場
N
0
250m
バグマティ川

カトマンドゥ市街図

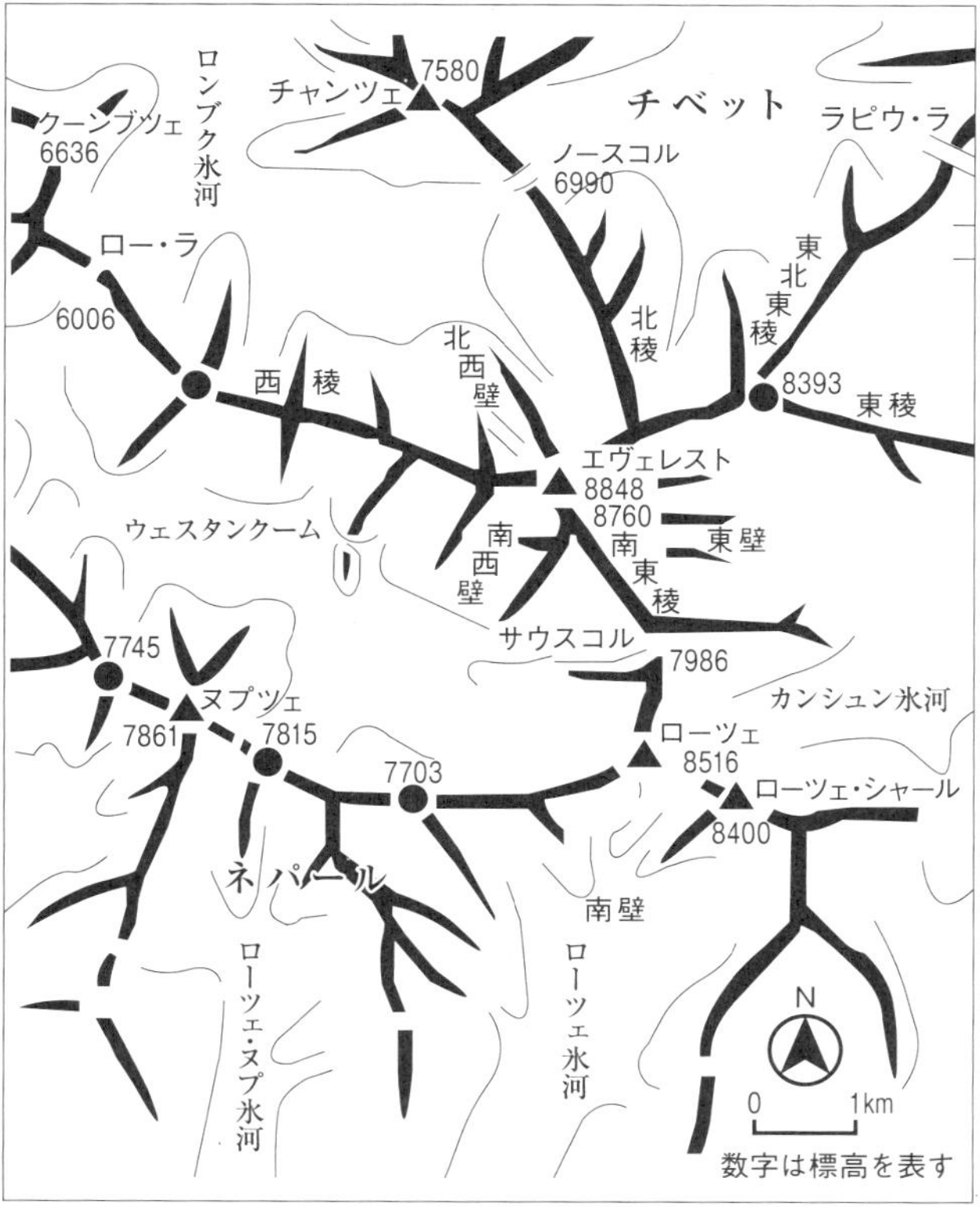
チャンツェ
7580
チベット
ラピウ・ラ
クーンブツェ
6636
ロンブク氷河
ノースコル
6990
ロー・ラ
6006
東北東稜
北稜
8393
東稜
西稜
北西壁
エヴェレスト
8848
8760
東壁
ウェスタンクーム
南西壁
南東稜
サウスコル
7986
7745
ヌプツェ
7861
7815
カンシュン氷河
ローツェ
8516
7703
ローツェ・シャール
8400
ネパール
南壁
ローツェ・ヌプ氷河
ローツェ氷河
N
0
1km
数字は標高を表す

エヴェレスト周辺図

「それがそこにあるからさ」

G・マロリー

序章　未踏峰

1

一九二四年六月八日十二時五十分
標高七九〇〇メートル

それは、美しい横縞《よこじま》の模様が刻まれた拳大《こぶし》の黒い石だった。

三葉虫の化石だ。

手に取ると、ずっしりと重い。右の手袋をはずして、指先でそれに触れてみる。指は、凍りついてしまったように感覚がなく、刻み目に触れたという感触は伝わってこなかった。

八八四八メートルのピークのかわりに、この三葉虫の化石が、私の戦利品だ。

これは、おそらく、いや、確実に、地球上で最も高い場所で発見された化石になるはずだった。

高度計を見ると、二万五九〇〇フィートあたりを、針が差している。約、七八〇〇メートル。

地質調査員として、この遠征に参加した人間にとっては、むしろ、エヴェレストの頂上より、この化石の方が、手にするものとしてふさわしいのではないか。

三葉虫が、この地球上に発生したのは、古生代のカンブリア紀である。今から、およそ、五億九〇〇〇万年前から四億三八〇〇万年前——カンブリア紀から、オルドビス紀にかけて繁栄した。

気の遠くなるような時間——

この、地球上で最も高い地域が、かつては海の底だったのだ。

いったい、どのような力が、海底を、このような天の高みにまで押しあげてしまうのだろう。

このような生き物が、どうして、このような高みで岩の中に埋もれているのだろう。三葉虫だけではない。ヒマラヤの各地で、アンモナイトなどの化石が発見されているのである。

いったい、どういう意志や力が、ひとつの生命をこのような高みにまで運んできてしまうのか。

指が凍りつく前に、手袋を塡《は》めて、ザックを下ろし、私は三葉虫の化石をその中に収めた。

ザックを再び担ぐと、三葉虫の化石の分だけ重くなっているのがわかる。それでも、あの役立たずの酸素のシリンダーよりはましだった。

二月二十九日にリヴァプールを出てから、すでに三カ月余りが過ぎている。

エヴェレストの頂があるはずの方向へ、視線をあげる。

厚い、霧状の雲に覆われて、頂も、そこへ続く北東稜《ほくとうりょう》も見えない。

二日前の晩は、第四キャンプで、マイナス三〇度まで下がっている。今も、気温は同じくらいだろう。

上方のどこかに雲の割れているところがあるらしく、ところどころ、雲の一部が明るくなっている。風は弱く、時おり雪がぱらつくだけだ。

この程度の風で、稜線より上が晴れているのなら、条件としては悪くない。予定通り、マロリーとアーヴィンが早朝に第六キャンプを出ていれば、もう、ファイナルピラミッドの壁——頂上への最後の登りにかかっていても不思議はない時間であった。

雪が凍りついている広大な岩の斜面を、私はゆっくりと歩きはじめた。

息は切れるが、まだ、余力があるのがわかる。高度順応が、想像以上にうまくいっているのだ。慣れないうちは、吐き気や頭痛のため、十分と続けて眠れなかったこともある。

酸素が、地上の三分の一しかないことを考えれば、自分の肉体は、この苛酷《かこく》な場所に、よく適応しているといえるだろう。

あのノートンでさえ、どう努力をしても、この高度では、続けて、十三歩以上歩けなかったのだ。一歩ずつ、足を踏み出すたびに、荒い呼吸を何度か繰り返さなければならないが、少なくともそのやり方でなら、同じ動作を連続してやり続けることができる。三十五歳という自分の年齢は、案外、このような極地での登山にむいているのかもしれない。二十代の若者のように、体力にまかせたやり方をするのは、こういう場所ではかえって危険を招く。

充分な食料さえ今あれば、このままエヴェレストの頂上まで独りでゆくことさえできそうな気がした。

しかし——

実際に、自分には、それが不可能であることはわかっている。これまでの三〇〇〇フィートと、これから頂上までの三〇〇〇フィートとは、まるで異質のものだからだ。いくら食料があっても、単独では無理だ。

たとえ、一瞬にしろ、それができるかもしれないなどという考えが浮かんだのは、すでに脳が高山病でやられているからではないのか。

今朝、第五キャンプを出てから、まだたったの二〇〇メートルしかあがっていないのだ。

それにしても、この、岩の斜面の広大さはどうだ。

ヨーロッパアルプスのどこにだって、これほどの規模のものはない。自分は、その巨大な岩盤の一部にくっついた小さな虫か、ゴミのような存在なのだ。

その、小さな虫でも、あの頂上へ立つことが――

ふいに、熱い温度を持ったものが、自分の内部からこみあげてくるのを、私は感じていた。

これほどうるおいに満ちた感情が、まだ自分の裡《うち》にあったのかと思った。激しい運動と、この高度がもたらす影響で、そのような感情は、とっくに磨《す》り減ってしまったのかと思っていたのだ。

苦しいような、切ないような、得体の知れない感情。

そうか――

私は、自分の心の奥にあるその気持に気がついた。

私は、やはりあの地球に唯《ただ》ひとつしかない場所、世界の最高峰の頂を、自分の足で踏みたかったのだ。

もし、マロリーが、自分のパートナーとして、アーヴィンではなく、この私を指名していてくれたら――

アーヴィンよりも、私の方が、この高度には順応している。それは、マロリーだって、わかっていたはずだ。だが、マロリーは、私を選ばず、アーヴィンを選び、私は、ふたりのサポートをすることになった。

昨日、第六キャンプから、ポーターの手によって、第五キャンプの私あてに届けられた、マロリーの手紙を思い出した。

親愛なるオデル

あんな乱雑なままにして来てしまって本当に申しわけないと、我々は思っている。出かけようとしたときに調理ストーヴが斜面をころげ落ちてしまったのだ。我々は暗くなる前に撤退したいと考えているので、明日は必ずそれまでに第四キャンプへ戻ってほしい。テントにコンパスを忘れてきたようなので、捜してください。我々はコンパスなしでここにいる。ここまでは二日間に九〇気圧で来た。したがってたぶんシリンダー二本で行くつもり。とはいえ、山登りにはいまいましいお荷物だ。天候はおあつらえ向き。

G・マロリー

手紙によれば、マロリーは、第六キャンプまで、酸素を九〇気圧使用している。これは、第四キャンプから第六キャンプまでの二日間で、酸素シリンダー一本分の、およそ四分の三の酸素を、マロリーが使ったことになる。

マロリーは、酸素の効果を信じている。

しかし、自分には、酸素の効果に疑問がある。一度、使用してみたが、使用しないのといくらもかわりはなかったからだ。いくらか楽にはなるにしても、その分、重いシリンダーを背負わねばならなくなるので、その効果は相殺されてしまう。むしろ、余分なものが背にあるだけ、かえって邪魔になるのではないか。

マロリーが、アーヴィンをパートナーに選んだ理由のひとつには、アーヴィンが、酸素呼吸器のような機械の扱いに長《た》けているということがある。なんと、この高度で、アーヴィンは、壊れた酸素呼吸器の修理を誰よりも早く、間違いなくやってのけることができるのだ。

マロリーが、酸素を使うことを決めた以上、パートナーは、アーヴィンが一番ふさわしいことになる。

サポートに徹することが、自分の役目なのだ。

これから、第六キャンプまで登り、テントの具合や、天候の様子を見て、夜までには手紙にあったように、第四キャンプまで降りていなければならない。

マロリーとアーヴィンがもどってくる場合、時間があれば、第六キャンプを通り過ぎて、第五キャンプまでもどってきてしまうだろう。その時、第五キャンプに自分がいたのではまずい。テントはひとつしかなく、しかもそのテントは狭い。三人が一緒に寝ることはできないのだ。

ともかく、遅くならないうちに、第六キャンプまでは行っておかねばならない。

私は、一〇〇フィート近くある岩を攀《よ》じ登り、その上に立った。

その時――

突然、頭上を覆っていた雲の一角が割れて、青い空がそこに覗《のぞ》いたのである。みるみるうちに、青い空が広がってゆき、エヴェレストの頂嶺《ちょうれい》が、まばゆいその姿を現わしたのだ。

奇跡のようであった。

わたしは、動くのも忘れて、夢のようなその光景を見つめていた。

北東稜から、頂上山稜へと続く岩と雪の屋根。

天の一角に窓が開いて、私が焦れていたこの地上で唯一無二の場所を見せてくれたのだ。

ああ——なんという天運。

ひとの一生には、このような瞬間があるのだ。

そして、わたしは、その後、一生忘れることのないひとつの光景を見ることになったのである。

わたしの視線は、稜線上の、ある岩のステップにある雪の背に止まっていた。その雪の上を、ひとつの黒点が動いていたのである。

人であった。

人が、ステップの雪の背を登っているのだ。見ていると、そのさらに下方から、もうひとつの黒い点——人間が姿を現わして、最初の人間の後に続いて、雪上を登ってゆく。

マロリーと、アーヴィンであった。

距離がありすぎて、どちらがマロリーであり、どちらがアーヴィンであるかはわからなかったが、そのふたり以外の人間が、この高度に存在するはずもなかった。

だが――

少し、遅いのではないか。

私の胸に、そういう疑念が湧いた。

ふたりが、予定通り早朝に出発していたのなら、もっと先へ行っているはずであった。頂上の一歩手前まで迫っていてもおかしくない時間である。

何かのトラブルで、出発が遅れたのか。

ことによったら、出発間際か行動中に、酸素呼吸器が、うまく働かなかったのかもしれない。呼吸器とシリンダーをつなぐバルブが、雪で凍りついたのかもしれない。その修理に時間がかかったということは充分に考えられる。場合によったら、ふたりか、もしくはどちらか一方が、酸素なしで行動していることもあり得るだろう。

ことによったら、登る途中で、厄介な場所にぶつかって、そこをクリアするのに時間がかかったのかもしれない。

山稜《さんりょう》に近い岩のいくつかには、かなりの新雪が積もっている。斜めの一枚岩《スラブ》の上に、小さい岩が重なり、その上にさらに新雪が積もっているなら、これは、かなり剣呑《けんのん》な相手である。それをかわすのに時間をとられたのかもしれない。

また、これらの理由の幾つかが重なったことも考えられる。

それにしても、ふたりのスケジュールが、予定より大きく遅れていることにかわりはなかった。

順調にいっても、頂上に登って、明るいうちに帰ってくるのがやっとだろう。

先頭の黒い影が、雪上を登って大きな岩のステップに近づき、ほどなくその岩の上に姿を現わした。

二番目の黒い影が、最初の影に続いて、その岩の上に登ってゆく。

そして――

その光景を、再び、濃い雲が包み、ふたりの人影を押し隠していったのである。

それが、ふたりの姿を私が見た最後になったのであった。

2

一九九五年十一月七日二十三時二十五分
標高七九〇〇メートル

眠れない。

眼を閉じて眠ろうとしても、瞼《まぶた》の内側で、冴《さ》えざえと視線が尖《とが》ってしまう。

フライシートにぶつかってくる雪は、凍った石のようだった。その音が、絶え間ない。

眠る、といっても、それは、普通の睡眠ではない。

うとうととして、ふと気がついて時計を見ても、五分も眠ってはいない。また、いつの間にかうとうととする。眼が覚める。時計を見る。まだ、三分しか過ぎてないことを知って、啞然《あぜん》とする。そんなことをずっと繰り返し続けている。

ここで動けなくなってから、すでに三泊をしてしまっている。

あと、どれだけ、この場所で同じことを繰り返さなければならないのか。

小さなテントだった。内側に、身体から出る水蒸気が凍りついて、ばりばりになっている。テントを揺らすと、それがはがれて落ちてくる。昼、寒暖計を見たら、テントの中で、マイナス二八度だった。今は、温度を確認する気にならない。おそらく、マイナス三〇度以下にはなっているだろう。外の気温については想像すらしたくない。

頰に何かが触れていた。

何だかはわかっている。

テントの生地だ。

テントが、内側に大きくへこんで、凍った生地が顔に触れているのである。

テントの外側を覆っているフライシートに雪が積もり、その重さで内側にフライシートが沈み、それに押されて、テントの生地が内側に窪《くぼ》んできているのである。

寝袋《シュラフ》の中で、手を動かして、ヘッドランプを捜す。

手袋をした手に、堅いものが触れた。ナイフだ。次が、ガスボンベ。生活必需品は、ほとんど寝袋の中に入れてある。そうでないと、凍りついて使いものにならなくなってしまうからだ。

登山靴もそうだ。

外へ出る時に、凍りついた登山靴を履くのは、かなりの勇気がいる。わずかでも、靴の中に雪が入っていたりすると、長時間歩いているうちに、必ずその雪に触れている部分が凍傷になる。どんなに面倒でも、登山靴の手入れだけはきちんとしておかねばならない。

しかし――

たかだか、小便のためだけに、登山靴を履いたり脱いだりする行為が、八〇〇〇メートルの高度では、いかに重労働か、普通の人間には想像もつかないだろう。

地上で、七〇キロの荷を担いで、ビルの五階まで階段を登ることの方がどれだけ楽か。もし、どちらか選ぶことができるなら、自分は、ためらわずに七〇キロの荷を担いで階段を登る方を選ぶだろう。

ヘッドランプが見つかった。

寝袋の中で灯《あか》りを点《つ》ける。

腹のあたりに、ぽっ、と青い灯が点《とも》る。青いシュラフカバーを透かして、ヘッドランプの灯りが見えるのだ。

手袋を塡《は》めた手で、ファスナーを下ろし、寝袋の中からヘッドランプを取り出す。

闇に慣れた眼には、その光は強烈だ。

凍ったテントの内側が、きらきらと光る。

見れば、シュラフカバーの内側も、霜で真っ白に凍りついている。わたしの身体から、シュラフの布地を透して立ち昇った温かい湿った空気が、冷たいシュラフカバーに触れて、そこに結氷したのである。

顔近くの寝袋のその部分も、わたしの吐く息に含まれる水蒸気が凍りついて、真っ白になっていた。

わたしは、上半身を浅く起こし、テントを、何度か内側から拳《こぶし》で突きあげた。テントの天井に張りついていた、凍った水蒸気が、ばらばらと落ちてきた。外側では、フライシートに積もっていた雪が滑り落ち、降ってくる雪がテントにあたる音が、ふいに大きくなった。積もった雪が落ちて、フライシートの布地に、雪が直接触れるようになったためだ。雪の重みで、それまで内側にたわんでいたテントが上に持ちあがって、いくらかテント内の空間が広くなった。かわりに、今度は、左右からテントの布地がわたしの身体を圧迫しはじめた。

テントの周囲に落とされた雪が厚みを増して、左右からテントの底に近い部分を内側に圧しているのである。

外へ出て、その雪をどかさなければならない。

このような晩に、標高八〇〇〇メートルに近い外へ出てゆくのは、かなりの強い意志を必要とする。

これが、小便か大便であれば、テントの中でビニール袋の中に用をたして、あとでそれをテントの外に捨てるということもできる。実を言えば、昨日から、その方法をとっているのだ。しかし、外の雪に関しては、自分で外へ出てゆき、ピッケルでそれをどける作業をするしかないのだ。これまでにも、何度かその作業をしている。これで、五回目くらいになるのではないか。

どんなに面倒でも、これは、自分の生命に関わる作業である。もし、この状態でテントが潰《つぶ》れたら、もう一度、テントを張るのが、どれほどたいへんな作業になるか。場合によったら、荷物をいったん外に出して、その上でテントを張りなおさねばならない。曲がったテントの支柱《ポール》をもとにもどすのはなんとかできるにしても、それが折れていたら、修理はきかない。

それに、荷物の出し入れをしつつ、テントを独りで張るのは、この風の中では、まず無理であろう。

つまり、このテントが潰れたら、かなりリアルな感触で、死がわたしに忍び寄ってくるということなのだ。

今でさえ、死は、テントの入口あたりに佇《たたず》んでいるのだ。

意を決して、上半身を起こし、凍った羽毛服を着る。

長い時間をかけて、靴を履き、ヘッドランプを着けて、外へ這《は》い出した。

強い風と雪が、羽毛服にぶつかってくる。

たちまち、その風で体温が奪われてゆくのがわかる。

寒気が、わたしの身体を締めつける。

マイナス四〇度を越える風だ。

体感温度は、さらにその寒さをうわまわって、マイナス五〇度には達しているはずであった。

羽毛服を着ていてさえ、肌を直接、凍ったサンド・ペーパーでこすられるような感触がある。

ヘッドランプに照らされた眼の前の大気の中を、雪が、ほとんど真横にすっ飛んでゆく。

雪を、ピッケルと、携帯用スコップで掻《か》きのける。

もう、周囲の雪は、テントとほぼ同じ高さか、それ以上にまで達しているので、雪を、携帯用のスコップで、そこまでほうりあげる。

すぐに呼吸が荒くなる。

広大なチョモランマ——つまりエヴェレストの斜面のただ中にこのテントは張ってあるはずなのだが、今はその岩盤の斜面は見えない。

もし晴れて、月が出ていれば、大クーロワール（急峻《きゅうしゅん》な岩溝）も、チョモランマの頂も見えるはずであった。

しかし、今見えるのは、灰色の、斜めに疾《はし》る雪の直線ばかりである。

テントの中にもどり、寝袋の中に下半身を突っ込む。

たったこれだけの作業をするうちに、寝袋の内部は凍りついていた。

登山靴についた雪をていねいに掻き落とし、それをまた寝袋の中に押し込む。

暖房器具など、こんなところにはない。

ここでは、一番温かいのが、自分の体温である。暖房というのは、基本的に、その体温をいかに外へ逃がさないか、ということにつきる。

持ってきていた蠟燭《ろうそく》に火を点け、伏せたコッフェルの上に載せ、ヘッドランプを消した。

炎の灯りが、テントの内側に揺れる。

これで、いくらかテント内の温度が上がるはずだった。

たった一度の出入りで、テント内の暖気――それでも、家庭用のどんな冷蔵庫の冷凍室よりも寒い――が、根こそぎ出ていってしまったらしかった。

きんきんと音をたてそうなほどの寒気が、寝袋の中のわたしの身体を締めつけてくる。

湯を沸かせばいいのだが、それをしようという気力がない。

おそらく、二日前に、うっかり寝袋の外に出しておいたアルミの水筒が、テントの中のどこかに転がっているはずだ。しかし、それは、中に入った水の芯《しん》まで、どんな石より堅く凍りついているはずであった。

テントの外の雪を、コッフェルに取り、それをガスで温め、七〇度余りでふっとうする湯を沸かし、蜂蜜《はちみつ》をたっぷり溶かし込み、レモンを一個絞って、それを飲まなければいけない。どんな状況であろうと、一日四リットルの水分を体内に入れなければならない。

そうしなければ、身体の水分を、乾燥した大気に奪われるだけで、血液が、どろどろに黒く濃くなってしまう。

食料は、あとどのくらい残っているのだろうか。

それを、わたしは、寝袋の中で何度も考えようとした。

チョコレートが三枚。

乾燥野菜のパックが三つ。

蜂蜜がプラスチック容器にあと一〇〇ccほど。

砂糖が……

何度考えても、思考が維持できるのはそこまでで、そこまでゆくと、もう、最初に思い出した分を忘れてしまっているのである。

それで、またやりなおす。

あと、何日分の食料が残っているのかを確認し、把握しておかなければならない。食料がなければ、この吹雪がおさまっても、死んでしまうからだ。すでに、ここで、三日分の食料がなくなってしまっていることになる。もっとも、きっちり三日分ではなく、途中から食料をきりつめて食べたから、なくなったのは二日分強であろう。

それにしても、何故、吹雪が止まないのか。

もう、プレ・モンスーン期に入っているはずであった。

本来であれば、一日中晴天の日が、何日も何日も続く時期である。

まったく、信じられない天候の急変だった。

雪に降られて、ここにテントを張り、明日は止むだろう、明日は止むだろうと思い続けて、もう三泊四日が過ぎてしまったことになる。

風が、頭の上の方で、大きくうねっている。

テントに当たる雪音が、ざあっと激しさを増して、ふいに、それが変化する。風のうねりに合わせ、吹雪も呼吸をしているようであった。

ひゅんひゅんと、笛に似た音をたてて、テントの上や横手を過ぎてゆく風もあれば、破裂したような音を立てて、駆け抜けてゆく風もある。

やはり、酸素は必要であったかもしれない。

もしかすると、死は、すでにテントの中まで入り込んでしまっているかもしれない。

死——

次第に、色濃く、その文字がわたしの脳裏につきまといはじめている。

死ぬわけにはいかない。

死んでたまるか、という気持はあっても、それを、強い意志の力で結晶させてゆかねば、実際のパワーにはなってゆかないのだ。

その音に混じって、時おり、低い、遠くで聴くジェット機のような音が、雪から聴こえてくる。その音を聴いているのは、わたしの背であった。

雪崩の音である。低い、どろどろという音は、テントの左右、上方、および下方からも聴こえてくる。雪が降り続くにつれて、その雪崩の起こる間隔が、短くなってきている。

いつか、このテントが、雪崩に飛ばされてしまうことも、充分にあり得るだろう。じわじわと、恐怖感がこみあげてくる。

わたしは、ポケットの中から、かたい小さな石を取り出して、それを手の中に握りしめた。青い、綺麗《きれい》な光沢を持ったターコイス――トルコ石。これを握っていると、いくらか気持が落ちついてくる。

いったい、自分は、どうして、このような場所に、しかもたった独りでいるのか。

どうして、こんな所まで来てしまったのか。

いや、考えるまでもない。

わかっている。

会ったからだ。

あいつに、会ってしまったからだ。

あいつに会った日――まだ、その日のことをわたしは覚えている。忘れようとしても、あの日のことだけは、絶対にわたしの、このおれの脳裏から去ることはない。

忘れもしない、羽生丈二《はぶじょうじ》に、わたしが初めて会ったのは、一昨年のことだ。
一九九三年、六月——
場所は、ネパールのカトマンドゥだ。

一章　幻覚の街

1

迷路のように入りくんだ、不思議な街だった。

この街のざわめきの中に身を浸していると、自分の人格や個性までが消えて、街の中に埋没してしまいそうになる。

カトマンドゥ――

ネパールの首都。

深町誠は、この猥雑《わいざつ》な街を、当てもなく歩くのが好きだった。

四度目のカトマンドゥだ。

最初が、大学を卒業したばかりの二十二歳の時だった。次が三十歳の時。その次が三十五歳。そして、今回が四十歳。

最初の時は、独りでザックを担いで来た。

ポカラから、ジョムソン街道を、タトパニまで歩いた。トレッキングという言葉が、今ほど一般的でない頃に、英語のガイドブックを手にしながら、ヒマラヤの山麓《さんろく》を単独でうろついたのだ。

独りだったのはその時だけで、その後はいずれも登山隊の隊員として、この地にやってきた。

今回もそうだ。

日本から、エヴェレストを落としにやってきた登山隊のカメラマンというのが、深町の今回の立場である。

隊のことを考えると、苦い思いが脳裏をよぎる。

〝下降します……下降します……〟

第五キャンプで聴いた、船島の声。

「ヤスイ、ジュウタン、トモダチ——」

深町の耳に、男の声が響く。

眼の前に、若い男が立って、しきりに自分の背後の店を指さしている。典型的な、鼻の高いチェトリ族の男だ。インド系の人種で、ネパールでのカーストは高い。

小さい木造の店の中に、チベット絨毯《じゆうたん》や、セーターが、壁が見えなくなるほどぶらさがっている。店の外の細い通りにまでそれは溢《あふ》れ出し、狭い道をなお狭くしている。

その絨毯屋の青年だ。

「チョットミルダケ」

買わなくてもいいから、絨毯を見ていけと言っているのである。

日本人と見ると、こうして日本語で声をかけてくる店が、来る度に多くなっている。

インドラチョーク――古い建物に左右をはさまれた通りだ。

グルカナイフ、または山刀《ククリ》と呼ばれる鉈《なた》を売る店や、チベット仏教の法具や、ネパール製のアクセサリーを売る店が、隙間なく軒を連ねている。鍋《なべ》や下着、笊《ざる》などの日用品から土産物まで、この通りに並んでいない品物はない。

しかし、声をかけられるたびに店の中に入っていたのでは、一日かけて、一〇〇メートルも進めない。

「ホイナ」

ネパール語で断わって、歩き出す。

チョットミルダケチョットミルダケと、青年はしばらく後をつけてきたが、すぐに他の喧噪《けんそう》にまぎれて、その声もわからなくなった。

あてがあって歩いているわけではない。

考えたり、想ったり、悔やんだりという思考や感情を、しばらく停止させたくて、この雑踏の中に出てきたのである。狭い部屋で、独りでじっとしていると、いやでも脳が動き出すからだ。

午後――

しばらく、この盆地に降り続いていた雨が、久しぶりに止んだのだ。

六月――

ネパールは、すでにモンスーンに入っている。これから、ヒマラヤの南側が、一年のうちで最も雨の多い時期に突入してゆくのだ。

雨が止んだ時くらいは、少しでも外の空気を吸っておく方がいい。

それにしても、なんという、夥《おびただ》しい数の人間が、この狭い路地にひしめきあっているのか。他人《ひと》と、身体と身体が触れ合わずには十歩も歩けない。そういう人間の、汗や体臭が直接鼻に届いてくる。

不思議な街だった。

街の空気に溶けているのは、人の臭いばかりではない。

犬や牛、鶏、山羊《やぎ》などの動物の臭い、果実《くだもの》や野菜や、強い香辛料の匂い――ヒマラヤの雪の匂いや、ヒンドゥーの神々や、チベットの仏の匂いまでもが、この街の大気の中には溶けているのである。

牛は、街角のいたるところに寝そべり、人よりも車よりも大きな顔をして歩く。

カトマンドゥの、どんなに小さな路地の奥にも、建物で囲われた広場があり、そこに、ヒンドゥーの神々の像がある。ヴィシュヌ神やシヴァ神、そして、象頭人身のガネーシャ神の石像があり、彼等の顔や身体に濃い赤色の顔料が塗られている。神々も仏も、この街では現役で、人々に富をもたらし、あるいは不幸を、あるいは禍《わざわ》いをもたらしたりする。

リンガと呼ばれる、シヴァ神の男根を象徴する石像にも、血のように赤い顔料と、原色の花びらが無数にふりまかれている。

寺院の柱には、性交中の男尊と女尊が彫り込まれ、ラマ教の寺院では、歓喜仏が憤怒《ふんぬ》の形で交わっている。

原色の神々。

原色の仏。

ここには、わびだとか、さびだとか、日本的な情緒も湿り気もない。生身の、汗や血を持った神々や仏が、人間や動物たちと同じ地上で生活をしているのである。

寺院の隅で、一日中眠っている歳経た山羊が、ふいに、ある午後にのっそり起きあがって、その裏手へ消えてゆくのを見ると、何か神秘的な叡知《えいち》がその山羊に宿って、眠りの中で受けた神の啓示を、何者かに告げにゆこうとしているのではないかと思ってしまう。

驚くほど美しい、アーリア系の顔をした婦人も、日本人によく似たチベッタンの女性も、人前で手鼻をかんで堂々と歩く。

子供は四歳から煙草を喫い、六歳になればチェンジマネーもバクシーシもする。

クマリと呼ばれる、少女の生き神の住む宮殿もあれば、売春宿もあり、インドラチョークをさらに奥へつめて、旧王宮の裏手の路地へ入れば、妖《あや》しげな男たちが、ハシシや、LSD、マリファナなどのドラッグを売りにくる。

この街は、純情でいかがわしく、素朴でしたたかで、そして、混沌《こんとん》としている。

旧王宮前へ出た。いつもこのあたりにいる、ヒンドゥーの修行者サドゥーの姿をして、観光客に写真を撮らせては金を請求している男を横目で眺めながら、ニューロードの方に歩いてゆく。

ニューロードの手前に広場があり、あたり一面に、露店の土産物屋が店をひろげている。

そこからさらに細い路地に入ってゆく。

ぼろぼろのジーンズを穿《は》いた男が寄ってきて、日本語で声をかけてきた。

「クスリ、あるよ」

「ハシシ、マリファナ、何でもある」

かなりわかり易い日本語だった。

そういうものをやりたい気分ではなかった。

深町の目的は、街に迷うことだった。

小さな路地をいくつも曲がり、街の奥へと紛れ込んでゆく。そのうちに、街の内臓に呑《の》み込まれ、自分という肉体やその存在が、消化されてゆくような気がした。

初めての、路地を歩いていた。

いつの間にか、人影は減って、時おり子供たちが家の前で遊んでいるのが見えるだけだ。

土産物屋のみならず、普通の雑貨店までが少なくなった。

ぽつん、ぽつんと、通りに店が点在しているだけになった。

また、脇道に入る。

その路地は、奥が古いレンガ壁で、行き止まりになっていた。引き返そうとして、立ち止まった時、深町はその店を見つけたのだった。

登山用具店——軒から、シュラフが三つ、ぶら下がっていた。

一瞬、深町は、迷っているうちに、タメル街の方にやってきてしまったのかと思った。

タメルは、カトマンドゥでも、安宿と登山用具店が多くある一画である。

日本円にして、三〇〇円も払えば、一晩のベッドと、共同のシャワーが使える宿が、そのあたりに幾つもあり、かつて、そこは世界中を流れ流れてきたヒッピーたちの溜《た》まり場であった。

登山用具店は、新品をあつかう店ではない。

外国のヒマラヤ遠征隊が残していった登山用具を、安く仕入れて、外国なみの値段で売るのだ。

普通は、外国の登山隊から、そういう用具を手に入れることができる立場にあるシェルパが、そのような店を経営しているケースが多い。

立ち止まったついでに、深町は、その店の中へ、足を踏み入れた。

店内は、暗く、そして狭かった。

カウンターがわりに、ガラス貼りのウィンドウケースがあり、その向こう側に、無愛想な顔の男がひとり、立っていた。

シェルパ族の男ではなかった。

さっきの絨毯《じゆうたん》屋と同じ、チェトリ族の男だ。

口髭《くちひげ》を生やしている。年齢は、五十歳くらいだろうか。

「ナマステ」

ネパール語で、こんにちはと声をかけても、チェトリの男は無愛想な表情をなおそうとはしなかった。

カラビナなどの小物から、ザックやピッケルまでが、壁にかかっており、ウィンドウケースの中には、八ミリのザイルが三〇メートルほど。

そして、本物か偽物かわからない、密教の法具。

何げなく、それらを眺めていた深町の視線が、ふと、ザイルの横に置かれているものの上に止まった。

一台の、古ぼけたカメラだった。

蛇腹式のカメラで、蛇腹とレンズ部分が、ボディの中に収納できるようになっているタイプだ。

カメラマンという職業上、外見を見れば、それがどういうタイプのものかは見当がつく。

その蛇腹が、ボディの中から引き出され、客の方へレンズを向けて、そこに置かれているのである。

見れば、レンズに、斜めに罅《ひび》割れが入っている。中央ではなく、下方部分に入った罅割れだが、それでも、他の機能に異常がなければ、なんとか写真を撮ることができるだろう。

しかし、レンズにあのような罅が入るくらいのショックが、このカメラに加わったということであるから、レンズ以外の部分にトラブルがある可能性は充分にある。

しかし、妙にそのカメラの形が、気になった。

どうして、このようなものがここにあるのか。

どこかの登山隊の隊員が、こんな古いカメラで撮影していたとも思えない。いや、時おり、マニアには、わざわざこのような古いカメラで写真を撮りたがる人間がいるから、まるであり得ないことではないだろう。

少なくとも、普通のカメラとこのカメラと、二台か三台を持ってやってきたことは考えられる。そのカメラマンが、撮影中に、このカメラを落として、レンズに罅を入れてしまったのだ。これだけの年代ものになると、交換する部品やレンズが、メーカーにあるとも思えない。

思いきって、カトマンドゥでこのカメラを処分してしまった――そういうカメラなのであろうか。

眼を離そうとするのだが、しかし、妙にそのカメラが気になって、ついそのカメラに視線が止まってしまうのだ。

どこかで見たような気がするのだ。

しかし、そのようなカメラを、深町は今までに使ったことはない。

いったい、どこで――

ふと、眼がいったのは、蛇腹をたたんで、レンズをボディに収納した時に、蓋《ふた》になる部分である。

そこに、メーカーの名前が入っていた。

〝KODAK〟

コダック社のカメラだった。

それを知った時、不思議な戦慄《せんりつ》が、深町の背を疾《はし》り抜けた。

まさか――

その思いが、胸をよぎる。

気のせいか、心臓の鼓動までが速くなったような気がする。

「ティヨ・キャメラ・デカウノス」

そのカメラを見せてくれないかと、深町は言った。

店主が出してくれたカメラを、手に取った。

黒いカメラ――

見かけの大きさよりは軽い。

レンズの上部に、アルファベットで、カメラの機種が記されている。

"BEST POCKET AUTOGRAPHIC KODAK SPECIAL"

手が、小さく震えた。

そうだ。

記憶が確かであれば、このような名前であったはずだ。

この、気持の動揺を、店主に知られたくなかった。客が、店の商品に興味を持っているとわかれば、平気で高い金額をふっかけてくるからである。

まず、三倍は高い値を言われると思えば、間違いはない。

「カティ・パイサ？」

幾らであるかと、深町は値段を訊《き》いた。

店主は、急に愛想のいい顔になり、

「トゥー・ハンドレッド・ダラ」

店主はそう言った。

レンズに、罅が入っている。二〇〇ドルというのは、高い。もっと安くしてくれないかと深町は言った。

「アリカティ・サスト・マ・ディノス」

「ノー」

店主は、大袈裟《おおげさ》に肩をすくめてみせ、罅が入っているから二〇〇ドルなのだ、本来ならばこれは五〇〇ドルの品物であると言った。

やりとりは、短かった。

店主が、一五〇ドルと言った時に、

「オーケイ」

深町は、あっさりとうなずいた。

一五〇ドル——この金額で、ネパール人のひと家族が、一カ月生きてゆくことは充分可能である。

新聞紙で丁寧に包み、ビニール袋に入れて、店主はカメラを渡してくれた。

外へ出た時、太い夕陽の赤が、深町の頬を叩《たた》いた。

2

狭いホテルの部屋で、深町は酒を飲んでいた。ネパールの酒。

ロキシー——日本でいう焼酎《しょうちゅう》である。

米を原料にして造った蒸留酒だ。

日本からの電話を待っている間、興奮を鎮めるために飲み始めた酒だった。

ベッドに腰を下ろし、右手にグラスを持ち、窓に視線を向けている。窓の向こうには、夜の闇が広がっている。

雨の滴が、窓ガラスを叩いていた。

独りだった。

こんな、雨の時期に、何故、独りでネパールに残ることにしたのか。

すでに、仲間は五日前に日本に帰ってしまっている。

帰ったところで、自分には、待っている人間などいないのだ。

四月に、日本からカトマンドゥに到着した時には七人であったメンバーが、エヴェレストからカトマンドゥにもどってきた時には、五人になっていた。

遠征は、失敗だった。

モンスーンの時期にまで、アタックがずれ込み、ぎりぎりまでがんばったあげくに、南西壁の八五〇〇メートルの岩稜《がんりょう》で、ふたりの隊員が死んだ。高度さえ別にすれば、技術的には何でもない場所だった。

四五度の斜面に、凍った雪がへばりついていた。

そこを歩いていた井岡が、足を滑らせて、滑落した。アンザイレンしていた二番手の船島が、それに巻き込まれて落ちたのだ。

登頂を断念して、降りてくる最中の事故であった。

登る時には、井岡も船島も、楽にその雪の斜面をクリアしていたのだ。

足を出すタイミングが、わずかに狂って、アイゼンの先が、凍った雪を嚙《か》みそこねたのだろうか。

深町は、それを、ファインダーの中で見ていた。

皮肉なことに、登頂を断念してふたりが下降し始めてから、空が晴れてきたのだ。

五〇〇ミリの望遠レンズで、深町は、下降してくるふたりを捉《とら》えていた。

白い雪の斜面を、ふたつの黒い点が下ってくる。

その時、ふいに、先頭の黒い点が、何の前ぶれもなく、つうっと下に向かって滑り始めたのだ。ザイルが真っ直ぐになり、ザイルで繋《つな》がれていた船島が、一秒ほど遅れて井岡の後を追って雪の斜面を滑り出したのだ。ぐんぐんとふたりの勢いが増し、切り立った岩場から、井岡の身体が宙に跳ねあがり、続いて船島の身体が宙に放り出された。

ふたりの悲鳴も聴こえず、表情も見えない。

無音の、ファインダーの中で展開した映像であった。

宙に放り出された時の、船島のザックの赤が、眼に焼きついた。

ふたりの身体は、一〇〇メートルをいっきに落下し、途中の岩盤に叩きつけられ、転がりながらその岩盤を落ちて、さらに下方の雪の中に落ちて見えなくなった。

深町は、夢中でシャッターを押していた。

その光景を、十カット、撮っていた。

鮮やかなシーン。

深町は、歯を噛みしめた。

また、思い出してしまったのだ。

忘れようとすればするほど、その光景を思い出してしまう。

それを、追い払おうとするように、深町は、グラスを口に運んだ。

「そんなに行きたいんなら、行けばいいじゃない。行きなさいよ。自分の好きなようにすればいいじゃない」

加代子の言葉が、頭の中に響く。

「あなたが勝手に生きてくれるんなら、わたしもその方がありがたいわ。わたしも勝手にしていいってことだから——」

なんで、こんな時に、加代子の言葉を思い出すのか。

何故、帰ろうとしないのか、深町はそれがわかった。

あの国に、待っているものなどいないというのは嘘だ。あの国には、待っているものがあるのだ。

深町が、これまで逃げ続けてきたものが、あの国で待っているのだ。帰れば、いやでも深町はそれに直面することになる。

もし——

もし、この遠征が成功していたら——

色々な展開が、自分の将来には有り得たろう。しかし、犠牲者をふたりも出して、遠征は失敗したのだ。

スポンサーから出る金は、予定の半額だ。

その分の遠征費用は、隊員が頭割りで負担することになる。それが始めからの約束であったとはいえ、死んだふたりの遺族に、その頭割りの分の金を出せとは言えない。

七人で割る予定だった金額を、五人で割ることになる。ひとり、三〇〇万円くらいを出すことになる。

そんな金のことばかりではない。

帰ったら、加代子とのことにも結論を出さねばならないのだ。いや、すでに加代子とのことは、結論は出てしまっているのだろう。

ならば、いったい、自分は何を恐がっているのだろうか。

窓から、部屋の中に視線を転ずると、壁にある鏡に、自分の姿が映っているのが見えた。怖い目つきをした、やつれた男の顔だ。黒く陽に焼けており、紫外線にやられて、皮膚がぼろぼろになっている。

伸ばしっ放しであった髭《ひげ》は、カトマンドゥに降りてから剃《そ》ってはいるが、また、不精髭が浮き始めている。

いいか――

と、深町は、自分に言い聴かせるように鏡の中の自分を睨《にら》んだ。

人は、色々な事情を抱えて生きているものだ。

そういう事情に、ひとつずつ、きっちり決着をつけながらでなければ次のことを始められないというなら、人は何も始めることなどできないのだ。人は誰でも、様々な事情を否応《いやおう》なくひきずりながら、前のことが終わらないまま、次のことに入ってゆくのだ。

そうすることによって、風化してゆくものは風化してゆく。風化しきれずに、化石のように、心の中にいつまでも転がっているものもある。そういうものを抱えていない人間などはいないのだ。

しかし——

この次にどうしていいか、それが、今の自分にはわかっていないのだと思う。

「半月ほど、こっちに残って、ぽつぽつと写真集に使う押さえの分を撮ってから帰ります」

隊長の工藤英二に、そう言った。

「帰って、落ち着いたら東京で一杯やろう」

そう言って、四人は日本へ帰っていった。

皆、日本で仕事がある。

それぞれが、今回の遠征にあたって、それぞれの事情をクリアして日本を出てきたのだ。

インスタント食品を提供してくれたメーカーや、登山用具を無料で貸してくれた登山用具店などに、挨拶《あいさつ》回りをしたり、船島や井岡の遺族たちに、あらためて事情を説明にゆかねばならない。

山の関係者からの、色々な批判もあるだろう。先に帰国した者は、それ等諸々《もろもろ》のことと直面し、ひとつずつそれに応じてゆかねばならない。

ある意味では、そういうわずらわしいことを、深町は先に帰国する四人に押しつけてしまったことになる。

写真集の撮影が残っている――それが理由だ。

以前から、つきあいのあった編集者が、これまで撮り溜《た》めたヒマラヤ関係の写真を集めて、写真集を出そうと声をかけてくれたのだ。

それも、基本的に今回の遠征が成功したらということが、暗黙の諒解《りょうかい》としてあった。

すでに、ヒマラヤの写真そのものが、日本では珍らしいものではなくなっている。エヴェレストの登頂自体も、話題性としては小さい。深町自身が、深町誠というブランドで、読者に本を買わせることができるほど名前が知られているわけではない。十五年以上もこの仕事をしてきて、深町は、まだほとんど無名である。

撮っているのは、山の写真ばかりではない。山の写真は、極端に少ない。普段撮っているのは、雑誌の料理特集に使う料理の写真であるとか、対談用の写真であるとか、カタログ雑誌の商品である。深町誠という才能、個性に対して仕事が来るのではない。カメラマンなら誰でも持っている技術に対して、依頼があるのだ。つまり、深町誠のかわりになるカメラマンは、掃いて捨てるほど、この業界にはいるのである。

今回の登山が特殊であったのは、深町をのぞく参加する隊員全員が、四十五歳以上であるというその年齢にあったのである。

ある者は医者であり、ある者はサラリーマンであり、ある者は不動産屋の社長であるという、そういう人間たちが、世界の最高峰に挑む――そこに、マスコミがのってくるおもしろみがあったのだ。

3

エヴェレストへ行こうという話が最初に持ちあがったのは、いつだったろうか。

それは、たぶん、一年半前の新宿であったのではないか。

田村謙三が、久しぶりに信州から東京に出て来るというので、集まれる人間だけで、一杯やろうということになった。

冬の、まだ寒い頃だ。

田村と、工藤英二、滝沢修平、増田明、井岡弘一、そして、深町が、その晩、新宿で顔をそろえた。場所は、新宿公園に近い小さな居酒屋だ。そこで鍋《なべ》を囲んで飲み始めた。

いずれも、深町が山を通じて知り合った人間たちだ。

もともと、深町はどこかの大学の山岳部や町の山岳会に属していた人間ではない。

山が好きで、山の写真を撮ったりしているうちに、あちらこちらの山岳会の人間と親しくなった。

カメラマンという職業を選んだのも、山の写真を撮りたかったからであり、他の写真の仕事もこなすのは、単に山の写真だけでは食っていけないからだ。

深町が得意なのは、山に入った人間たちの表情を捉えることである。

岩壁を前にした人間の気負いや、その中に混じる不安、そういうものを克明に切り取る。焚火《たきび》を囲んでくつろいでいる時の顔、誰をアタック隊のメンバーにするかを悩んでいる隊長の背。岩壁でホールドを捜す指。岩に張りついている先行者の靴底越しに見上げる、先行者自身の顔。

指、足、手、唇、背、等々——顔に限らず、本人すら気づかない表情を、本人の知らぬうちに、深町は撮っている。

派手ではないが、写真家としての実力は、評価が高い。

クライマーとしても、穂高の滝谷《たきだに》や谷川岳の岩場のノーマルルートであれば、パーティーのメンバーに負担をかけずに、撮影機材を持って、なんとかついてゆくことくらいはできる。

深町が、工藤英二と知り合ったのは、十年前、三十歳の時だ。

あるスキー用具メーカーがスポンサーになった、マナスル遠征の時である。

マナスルは、標高が八一六三メートル。世界第七位の高峰である。その頂上に登り、そこからスキーで滑って降りてこようというのが、この遠征の目的であった。

その遠征隊に、工藤はドクターとして、深町はスチールの撮影班として参加をした。

田村も、滝沢も、増田も、井岡も、その時隊員だった男たちである。

秋のポスト・モンスーン期に遠征は行なわれたのだが、結局、失敗に終わった。

近年にない記録的な大雪が降り、半月余りも隊員は雪の中に閉じ込められ、その時に第三キャンプを襲った雪崩で、シェルパが一名死んだ。

それでも、最終キャンプから、アタック隊を出すところまでは計画を進めたのだが、八〇〇〇メートルのわずか手前で、アタック隊は引き返した。新雪のラッセルが多すぎて、予定の三倍も時間がかかってしまったのだ。

この時、アタック隊のメンバーを決定するため、隊長はベースキャンプで、ひとりテントの中に入って黙考した。隊員は、誰もが、頂上への登頂隊員に選ばれたい。その中から、たったふたりを選び出さなくてはならないのだ。

この時、テントの中で独り黙考する隊長の背を、後ろから撮ったものが、深町が、この分野でわずかにしろ名前を知られるきっかけとなった写真である。

その時の隊長である堀口学を中心に、あちこちの山岳会やフリーのクライマーから隊員が集められたのだが、遠征が失敗して帰国してから後も、その時の隊員の何人かが、都内で年に何度か集まるようになった。その中に、工藤も深町も入っていたのである。その会は二年ほど続いたが、いつの間にか忙しさを理由に、メンバーが集まらなくなった。

そういうおりに、隊長であった堀口が癌で死んだ。それが三年前だ。その告別式に、またそのメンバーが久しぶりに顔を合わせ、知らぬ間に、また集まるようになったのだった。

集まるといっても、定期的に、会う日が決まっているわけではない。メンバーの誰かが上京してきたおりとかのきっかけがあって、それで、集まれる者だけが集まる。

エヴェレストの話が出たのも、田村が信州から上京してきたおりに、皆が集まった時であった。

鍋を囲んで飲んでいると、自然に山の話になる。

それぞれ、二十代から三十代の初めにかけて、尖鋭《せんえい》的な登山をやってきた人間たちであり、RCC（ロック・クライミング・クラブ）Ⅱの創立期には、未登攀《みとうはん》の日本の岩壁や、日本人がまだ登ったことのないヨーロッパアルプスの壁に、最初のハーケンを打ち込んできた連中である。

「山、やってるか？」

誰からともなく、そういう話になった。

「あまり行ってないな」

増田が言った。

「おれもだ――」

田村が言った。

田村は、信州で不動産屋をやっている。

メンバーの中では、工藤に次ぐ年齢である。一年前で、五十歳。

「現役で、まだやってるのは、船島とおまえくらいじゃないのか？」

田村は、滝沢を見た。

「船島には、かないませんよ。あいつ、まだ、月のうち十五日は山に入ってますからね

――」

滝沢が、頭を掻《か》いた。

「おまえは？」

「おれは、ならせば、やっと月に一週間くらいですよ」

「立派なもんじゃないか」

その晩、いつも来るメンバーの中で、顔を出していないのは、船島隆だけである。

「船島ちゃんは、今、どこかに入ってるの」

増田が言った。

「谷川です」

と、滝沢が言った。

「谷川の？」

「一ノ倉ですよ」

「現役だなあ」

一ノ倉沢は、群馬県北部にある。谷川岳のオキの耳から一ノ倉岳までの稜線《りょうせん》の東側、湯檜曾川《ゆびそがわ》に向かっていっきに落ち込んでいる谷である。北を一ノ倉尾根、南を東尾根に挟まれ、標高差八〇〇メートルを超える岩壁と、いくつものルンゼがある。

「あそこのルンゼは、冬場は特にやばいぜ」

増田が言った。

ルンゼ――急峻《きゅうしゅん》な岩壁にある岩の溝のことだ。積雪期には、そこは、しばしば雪崩の通路になる。

「衝立岩ですよ。おれも誘われたんだけど、仕事があったんで――」

「滝沢ちゃん、仕事なんかしてたの？」

冗談っぽく増田が言った。

「一応ありますよ。定職じゃないけど――」

「何やってんの、今？」

「渋谷の居酒屋で、料理出したり、オーダーとったり――」

「もう、どのくらいいるの？」

「五ヵ月」

「今度のは、わりと長く勤まってるじゃない」

「山の金だけじゃなくて、家賃も食費も、おれ、払わなけりゃいけないんスから。おれも、船島みたいに、いいカミさんいないかな」

「カミさんて、船島ちゃん、結婚したの？」

「ミッちゃんですよ。籍は入れてないみたいだけど、あれはもう結婚してるのと同じですよ」

話をしてみると、現役で、山に入っているのは、結局、船島と滝沢くらいだった。

滝沢は独身で、定職はない。

どこからか仕事を見つけてきては、二ヵ月とか三ヵ月働いて、金ができると職場を辞めて、山へ入ってしまう。

船島は、五年前からつきあっている川村美津代という、三十七歳になる女性と一緒に暮らしている。彼女は町田市にある建設会社で、事務をやっている。

山へ入る費用こそ、滝沢と似たような生活をしながら稼いでいるが、食費や住居費は全て、彼女が払っている。彼女が独りで暮らしていたアパートへ、船島が居候として転がり込んだ――そういう関係であった。

いつであったか、新しい派手なセーターを船島が着ているので、皆でからかうと、

「へへ、あいつに買ってもらっちゃったんだ――」

照れたように、そう言った。

そういう関係で、つまり、そこそこはうまくやっているらしい。

酒を飲み、鍋《なべ》を囲みながら、とりとめなく山の話を続けた。

皆、いつの間にか山へ行かなくなって十年近くになる。

「おれは、もう、いつでも山へ行ける身分になっちゃったけどね」

井岡は、酒の入った赤い顔でそう言った。

井岡は離婚をしている。

井岡の浮気が原因である。井岡は、浮気相手の女とは別れたが、その後、妻とはうまくゆかずに、半年前に離婚をした。

七歳と五歳の子供は、妻がひきとった。

その晩は、たまたま土曜日であり、それならばと、井岡はわざわざ名古屋から出てきたのである。ひとりでいるより顔見知りと酒を飲んでいる方が気がまぎれるらしい。

酒が入っている。

饒舌《じょうぜつ》になる。

淡々と、皆の話を聴いているのは、最年長の工藤だった。

「おれはねえ、五十のこの歳になってさ、やっとわかったよ」

田村謙三が言った。

「何がですか?」

滝沢が訊《き》いた。

「結局ねえ、山だったんだよな」

「山?」

「そう」

うなずいて、田村は、杯の酒を飲み干した。

その晩は、工藤の家に泊まることになっている。安心して酔っているらしい。

「おれはさあ、知らない間に、悪人になっちゃったよ」

言ってから、田村は首を左右に振って、

「別に、昔は善人だったとは言うつもりじゃないけどね——」

「おれ、昔、新人の頃、田村さんに、飯盒飯《はんごうめし》をオタマジャクシごと水溜《みずた》まりの水で炊かされて、それ食わされましたよ」

滝沢が言った。

滝沢の声が聴こえたのかどうか、田村は無言で、自分の杯に酒を満たし、

「おれのさあ、眼の前を、大金が動いてくんだよ」

そう言って、杯を干した。

「二億だったり、三億だったり。多い時は、五億だとか一〇億だとかが、おれの眼の前を通っていくのさ。いつの間にかさ、おれは、そういう金を動かすようになっちゃったんだ。なあ、信じられないだろう？」

田村の言葉は、自分に向かって言っているように見えた。

「始めは、何百万だとか、多くて、一〇〇〇万、二〇〇〇万だったよ。とにかく、必死でさ、夢中だったよ。それをもっと、大きくしたくてさ。次には、三〇〇〇万、五〇〇〇万の取り引きをしたくなる。それが、一億を越えて、知らない間に、一〇億だとか、そんな金額になっちゃってるんだ。大金たって、おれのところに来るんじゃなくて、こっちからあっちへ動いていくだけでさ。それでも、少しは手元に残る。でもさ、これは、なんかおかしいぞって、おれは思ってたよ。どこかおかしいぞってね。一〇〇万から一〇〇〇万、一〇〇〇万から一億、一億から一〇億、一〇億から二〇億へ、もっともっとって金が金を要求していくんだ。それがさ、いったいなんのためなんだろうってさ。き

りがないじゃないのよ。なんのために、金稼ぐんだろうってさ……」

「――」

「法律すれすれのことだってやったし、大きい声じゃ言えないようなことだって、やってるんだよ。ついでに言っちゃえば、カミさんに言えないようなことだって、ひとつふたつじゃないしね。歳相応にさ、きちんと汚れちゃったよ、このおれは――」

溜め息混じりに、田村は吐き出した。

「まあ、九〇年の、一昨年あたりがピークだったんじゃないかな。おれのとこみたいな、小さな地方都市の不動産屋もいそがしい思いをさせてもらったしさ。でも、昨年から今年は、たいへんなもんさ。同業者で、倒産したり、破産の宣告を受けた連中がいっぱい出てる。手持ちの不動産がいっぱいあればあるほど、危ない。ま、今、危ないのは、この業界ばかりじゃないけどね。今回、東京に来たのも、借金をするためなんだ。いや、どうも、うまく言えないんだけどね、ともかく、おれは、こういうことがやりたかったのかって、こういうことを、おれは望んでいたのかって、そんなこと考えてたのよ。会社がやばいって時にさ――」

背を丸めて、田村は、眼の前の空になった杯に向かってしゃべっている。

「それで、山だったっていうのは?」

滝沢が訊いた。

「だからさ、何のために働くのか。何のために金稼ぐのかってことだよ。この歳でさ、青臭いこと言うのは照れるけどさ、どうも、マジで、おれ、そんなこと考えちゃったみたいなんだよ。そりゃあ、生きてくために、働いて、金稼ぐわけなんだけどね、でも、生きてくだけなら、ある程度の額の金でいい。それ以上の金を、ただ稼ぐためだけに稼ぐってのは、清くないよ。だから、滝沢、生き方というか、金の稼ぎ方としては、おまえはおれなんかより、ずっと清い稼ぎ方をしてる。船島は、生きてく分は女にまかせて、自分で稼いだ金は全部山だ。船島なんかは、こうなるともう神サマだな――」

「――――」

「それで、結局おれは、山だったんだよ」

田村は言った。

「そこそこ悪人になって、いっぱしに汚れて、それが、単に金を稼ぐためだけだったたっていうんじゃあ、情けねえよなあ。だから、稼いだ金は、山に遣おうって思ったのさ。もっとも、気がついたら、もう借金の方が稼ぐ分より多くなっちゃってたんだけどさ――」

「田村さんの山っていうのとは、ちょっと違うかもしれないけれど、いろんな場合に、自然に山のことにおきかえて考えちゃうってこと、ありますよ」

井岡が言った。

「給料もらうでしょう。ボーナスが出るでしょう。そういう時に、あ、この金額だったら穂高に夜行日帰り五回分だとか、ヒマラヤ遠征一回分だとか――」

「あるある」

滝沢がうなずく。

「おれは、四十五歳になった時、自分の生涯賃金を計算したなあ。定年まで、あと何回給料もらって、ボーナスがどのくらいで、昇給があって――。でも、やっているうちに、なんか、哀しくなっちゃったな。自分の人生の射程距離っていうか、そんなのがわかっちゃったような気がしてねえ」

増田はそう言った。

自分が、この先、どれだけ稼ぐか、出世できたとして、どこまで昇れるのか、これからの人生で、自分にはどういうことができて、どういうことができないのか――四十代になるというのは、どうやらそういうことか。

「運がよくて、あと一回、ヒマラヤには行けるかなってね」

増田は、自分の腹を撫《な》でて、

「でも、口だけでね。現役の頃より腹は出ちゃって、もう、昔みたいに、五〇キロ背負《しょ》って上高地から涸沢《からさわ》まで、休まずいっきに入っちゃうみたいなことは、とてもできないと思うよ」

しみじみとそう言った。

短い沈黙があって、

「なあ、行っちゃおうか」

田村が言った。

「行く？」

滝沢が訊いた。

「だから、ヒマラヤだよ」

田村は、皆を見た。

「十年前のさ、マナスルのことは、みんな、まだひっかかってるんだろう？」

「――」

「おれは、ひっかかってるよ。この歳まで、あれがずっとくすぶってるよ。忘れないよ。なにしろ、あれが、おれの最初の海外旅行で、最初のヒマラヤだったんだからな――」

視線が、田村に集まっていた。

「今だって、時々、夢を見るよ。山だの、ヒマラヤだのと言って、自分じゃ、いっぱしのつもりでいてもさ、おれは結局一度も、頂上だけでなく八〇〇〇メートル以上を踏んだこともないんだからな――」

「田村さんだけじゃないですよ。たぶん、この中の誰も、八〇〇〇メートルより高いところへは行ったことがないと思います」

増田が、低い声で言った。

「本当に、行きませんか、ヒマラヤ」

滝沢が、声を大きくした。

田村が、さっきから、静かに話を聴いている工藤に眼をやった。

「どうですかねえ、工藤さん――」

工藤は、うーん、と顎《あご》に手をやり、

「そうだねえ……」

誰にともなく、うなずいた。

「いいかもしれないいな」

4

カトマンドゥのホテルで、ロキシーを飲みながら、深町は、あの時のことを思い出している。

酒の勢いで、心の中の願望を口にした――それで済まそうと思えば済ませることもできた。誰もが、願望と現実の違いぐらいは理解できる。

〝行きたい〟

ということと、

〝行く〟

ということがどれほど違うか。

過去に、ヒマラヤの八〇〇〇メートル峰を目指したことがある人間たちだ。八〇〇〇メートル峰に、自分の肉体を持ちあげてゆくのが、どういう行為かわかっている。八〇〇〇メートルを超えるヒマラヤの高峰が、どれほど苛酷《かこく》な条件下にあるかも、自分の肉体がどれだけ衰えているかもわかっている。

　誰もが、四十歳を越えている。

　四十歳を越えれば、サラリーマンならサラリーマンとして、自由業は自由業として、社長は社長として、社会的なポジションを持っている。

　ヒマラヤの八〇〇〇メートル峰に挑むというのは、どんなに少なく見つもっても、二カ月――普通で考えれば三カ月の時間が必要になる。つまり、その期間、社会的な自分のポジションを離れることになる。

　勤め人であれば、それは、その勤め先を辞めるということを意味する。

　出発前にも、準備で様々に自分の時間が削られることになる。費用も、スポンサーが見つかったとしても、個人負担金が、一〇〇万から三〇〇万はかかる。

　生命の危険もある。そのあげくの果てに頂上を踏めないかもしれない。

　登頂しても、金が入るわけでもない。

　ヒマラヤの八〇〇〇メートル峰は、もう、ほとんどのバリエーションルートが、登り尽くされている。余程の新しい発想の登山でもなければ、社会的な栄誉があるわけではない。あるのは、あくまでも個人の魂に関わる部分のものだけだ。

　遠征から帰れば、また、日常の中にもどってゆくことになる。帰ってきたら、職場に自分の椅子も机もないというのでは、リスクが大きすぎる。

しかし――

その願望が現実になった。

しかも、あの時集まった人間全員が、欠けることなくこの企てに参加したのだ。

後で話を聴いた船島も、この計画に加わった。

どうせなら、ヒマラヤの最高峰、エヴェレストを、ネパール側からねらおうということで、意見は一致した。サポート役等で、エヴェレストの経験がある者も、工藤、船島、田村と、三人いる。

初期の段階で話し合われたのは、隊員の年齢のことだ。ほぼ全員が四十歳を越えており、工藤と田村は五十歳を越えている。

二十代や、三十代半ばの隊員を入れるかどうか。

その気になれば、あてはある。

ばりばりの、体力のある人間を、サポート役として連れてゆくことは可能だ。そのくらいの人脈は、このメンバーならばある。

しかし、それは、

「潔くない」

滝沢が言った。

四十代の人間が、エヴェレストの頂上に立ったことは、珍らしくはない。五十代の人間が、頂に登った記録もむろん、ある。

だが――

「おれたちでやろう。おれたちでやってだめだったら、それはそれで納得できる」

滝沢の意見に、全員が賛成をした。

隊長が、工藤と決まり、正式に隊員を決定したのが、一年前だ。

隊員は、七名。

工藤英二（五十六歳）医師。

田村謙三（五十一歳）不動産屋。

増田明（四十七歳）サラリーマン。

船島隆（四十七歳）無職。

滝沢修平（四十六歳）無職。

井岡弘一（四十六歳）サラリーマン。

深町誠（三十九歳）カメラマン。

これが、隊のメンバーだった。

工藤は、いい機会《チャンス》だからと、自分のやっている医院を、自分のいない間、やはり医者になったばかりで、大学院に入っている息子に手伝わせることにした。

町の開業医であり、風邪や腹痛の患者がほとんどで、手術や入院が必要な患者については、知り合いの病院を紹介することになっている。

半年ほど息子と一緒に患者を診、その後に、ヒマラヤから帰るまでの三ヵ月、息子に医院をまかせることになった。

田村は、自分の会社を、専務をやっている弟に、

「潰《つぶ》してもかまわんぞ」

そう言ってまかせてきた。

増田明は、勤め先に辞表を出した。

部長に理由を訊《き》かれ、

「ヒマラヤに行きたいからです」

そう告げた。

十年前、やはり、マナスルにゆく時も、それまで勤めていた会社に辞表を出した。だから、今回もそうした。

「はやまるな」

部長は、増田の目の前で、辞表を破いた。

これまで使わなかった有休が、二年間で二十日余りあった。その年の有休がまるまる二十日、それに、祝祭日や、土日の休みをうまくやりくりすれば、三ヵ月近くの休みがとれることになる。

「特別だ」

部長の裁量で、三ヵ月の休みがとれることになった。

船島は、問題がなかった。

一年間で二〇〇万の自己負担金をつくった。

滝沢も、同様だった。

井岡は、勤め先を辞めた。

三ヵ月の休暇をもらいたいと言ったら、断わられた。増田と同様に、有休をうまくやりくりすれば、不可能なことではない。ただ、それをまとめてとることに問題があった。

「おまえひとりを許すと、他の者にも許さなければならなくなる」

企業の規律を乱すわけにはいかないのだと言われた。

「ならば辞めます」

あっさりと、井岡は勤め先を辞めた。

「独身だからな、おれは――」

そういって、退職金の一部を個人負担金にまわし、残りを、別れた妻と子供に送って、井岡は遠征に参加した。

それぞれが、それぞれに、それぞれの事情をクリアして、この遠征に臨んだのである。

しかし――

登頂はならなかった。

井岡弘一と、船島隆が死んだ。

屍体《したい》の回収もできない死であった。

酒を、独りで飲んでいると、様々な想いが頭の中に浮かんでは消えてゆく。

とりとめのない思考。

想い。

そういうものに、おぼれそうになる。

暗い闇の中を、たった独りで漂流しているような気分だった。

そこへ——

電話が鳴った。

受話器をとった。

日本からだった。

「もしもし、深町さん？」

宮川の声であった。

深町はうなずき、

「調べてくれた？」

そう訊《たず》ねた。

「調べましたよ。間違いないです。ベストポケット・オートグラフィック・コダック・スペシャル、マロリーが、一九二四年に、エヴェレストアタックの時に持っていたのは、この機種ですよ」

「ありがとう。助かったよ」

「でも、深町さん、どうしてそんなことを知りたがるんですか。何か、おもしろいネタでもあったんですか？」

「いや、おもしろいネタになるかどうかは、これからわかるんだ」

「何ですか、教えて下さいよ」

宮川が、好奇心でふくらんだ声で言った。

「まだ、何とも言えない状況でね。はっきりしたら、教えるから——」

不満そうに、先を聞きたがる宮川に、もう一度礼を言ってから、深町は受話器を置いた。

〝そうだったか〟

深町は、立ちあがっていた。

軽い興奮が、深町を包んでいた。

もしこのカメラが——

深町は、登山用具店で手に入れたカメラを手にとった。

これがもし、本当にマロリーのカメラであったら——

とんでもないことになる。

場合によっては、ヒマラヤの登山史が、その根底から、大きく書きかえられることになるかもしれないのだ。

明日だ。

明日、もう一度、あの店へゆかねばならない。

腹の底から、突きあげてくる興奮のため、深町は、狭いホテルのその部屋で、獣のように、同じところを何度も行ったり来たりしていた。

二章　帰らなかった男

1

入口をくぐって店の中に入ってゆくと、店主の視線が、すぐにからみついてきた。

入ってきた客が、深町とわかると、店主の顔がほころんだ。昨日、壊れて使いものにならない中古のカメラに、一五〇ドルもの金を置いていった人間のことを、ひと晩で忘れたりはしない。

深町は、笑みを浮かべて、挨拶《あいさつ》をした。

「ナマステ」

「ナマステ」

店主が、深町に応《こた》える。

他に客はいない。

深町は、カウンター越しに、店主と向かいあった。

「昨日買ったカメラについて、ちょっと訊きたいんだが——」

深町は英語で訊いた。

深町の知っているネパール語では、細かい話のやりとりはできない。語学能力が不足しているのである。

英語なら、なんとか、必要な情報を得る程度には、しゃべることができる。ただし、相手に深町のたどたどしい英語につきあおうという気があればのことだが。

「メカニックに、何かトラブルでもありましたか？」

英語で店主が答えた。

店主の顔から、笑みの色が消えてゆく。

トラブルがあっても、それは承知のはずではないか。今さら、カメラを返すから金を返してくれと言われても、応じられないよ。

そういう意思表示に見えた。

「いや、トラブルじゃない。知りたいことがあるんだ」

「あのカメラについて？」

「そうだ」

「どんなことでしょう？」

「あのカメラの以前の持ち主についてだよ」

「ほう⁉」

「誰が売りに来たのか教えてもらいたいんだ。まさか、前の持ち主が、あなたということ――」

「違いますとも」

「誰が売りに来たんだ？」

「誰って、そんなこと、いちいち覚えてはいませんよ。知ってたって、教えられません。あの店は口が軽いという評判が立ったら、品物を持ち込んでくれる人がいなくなってしまいますからね」

その言葉を耳にして、やはり、と深町は思った。

ここへ来る前に聴いた、西遊トラベルの斎藤の言葉を思い出したからだ。

西遊トラベルは、今回の遠征で、登山隊が利用した旅行代理店である。そこへ顔を出して、斎藤に、どういう店かとこの店のことを尋ねたのだ。

場所を説明し、

「たしか、〝サガルマータ〟という名前の店だったと思うけど――」

サガルマータ――ネパール語でエヴェレストのことである。

店名を告げた途端に、斎藤が、諒解《りょうかい》したというようにうなずいた。

「わかります。登山用具から、土産物、法具まで売ってる店でしょう。マニ・クマール・チェトリがやっている……」

「マニ・クマール・チェトリというんですか、あの男」

ネパールでは、名前のあとに自分の種族名が入る。

この場合、マニ・クマールが名前で、チェトリが種族名ということになる。

「あそこは、登山隊が持ち込むものばかりじゃなくて、たとえば、ポーターが、登山隊の荷物からちょろまかした品物、盗品まで承知で扱ってますからね」

「盗品!?」

「ええ。いつだったか、キャラバン中に盗まれたフランス隊の荷の中に入っていた品物があの店に並んでいたことがあって、それを知ったフランス隊と、ひと悶着《もんちゃく》あったことがありまして――」

「へえ」

「ラマ教の寺から盗まれた教典や仏像まで、噂では扱っているらしいんですけど――もっとも、仏像を盗んで売りに来るのが、その寺の坊主自身てこともあるらしいんですけどね」

ひと通り話をしてから、

「何か、あの店でトラブルがあったんですか?」

「そういうわけじゃないんです」

「気をつけて下さい。最近は、カトマンドゥは物騒ですからね」

「物騒?」

「ええ。以前は、この国の強盗やどろぼうには、どこか愛敬《あいきょう》もあったんですが、最近はただ物騒なだけですから――」

「何かあったんですか?」

「ひと月前に、シェルパの女性が、ひとり、殺されたんですよ」

こういうことであった。

そのシェルパの女性は、夫に死なれて、カトマンドゥのアパートで独りで暮らしていた。

首にいつも、シェルパの女性がしている貴石をぶら下げていたという。

「ほら、あれですよ。でもたいていは偽物なんですが、殺されたシェルパの女性は、いつもこれは本物だと言って歩いてたらしいんですよ――」

偽物なら、どうということはないが、本物なら、かなりの金額になる。日本円で、二〇万円払っても買えない金額だ。

ネパール人の平均的給料が、たとえば日本の旅行代理店につとめる現地社員で月一万二〇〇〇ルピー、これは、むろんネパール人としては高額所得者になる。それが日本円にして三万円であることを考えると、約七ヵ月分のお金と同じである。

そのシェルパの女性が、ある朝、喉《のど》を刃物で裂かれ、屍体《したい》となって発見された。

いつも首にかけていた貴石が、盗まれていたという。

いやな話だった。

犯人は、まだ捕まっていない。

「気をつけて下さいよ」

別れ際に、斎藤からそう言われた。

それを、深町は思い出したのである。

「ただでとは言わない。礼はする――」

深町は、ポケットから、ドル紙幣を取り出した。

店主の視線が、その札に向かって動く。

「金の問題じゃありません」

そう言う店主の前のカウンターに、一〇ドル紙幣を五枚重ねて置いた。

「駄目ですよ、旦那《サーブ》」

「頼む」

深町は、一〇ドル札を、倍にした。

一〇〇ドル。

店主は、大袈裟《おおげさ》に眼を開いてみせ、口笛を吹いた。

「驚いた。こりゃあどうも、昨日は、わたしは失敗してしまったようですね」

「失敗？」

「あなたに、あのカメラを一五〇ドルで売ってしまったことですよ。わたしの考えていたよりも、あれは、ずっと値打のあるものだったらしい――」

「それはまだわからないよ」

「どういうことですか？」

「だから、それを知りたいから、あのカメラをここに持ち込んだ人間のことを教えてもらいたいんだよ。どうだろうか、マニ・クマール」

深町は、店主の名を言った。

一瞬、店主は、驚いたように首をすくめてみせ、唇を吊《つ》りあげて微笑した。

「旦那、あれはいったい、どういうカメラなんですか。それを教えてくれませんか？」

「興味のない人間には、ただの壊れたカメラだよ。しかし、人によっては、興味を持つ人間もいるということだ」

「旦那のように？」

店主の眼が光る。

「そうだ」

深町がうなずいた。

店主は、少し考えてから、

「ならば、こうしましょう。旦那の連絡場所を教えてくれませんか。ちょっと考えてみて、思い出せることがあったら、旦那のところまで連絡を入れますよ」

「思い出すのにどれだけの時間がかかる？」

「早ければ今日中に――」

「オーケイ、わかった」

深町は、連絡場所として、自分の名と西遊トラベルの電話番号を書いた。ホテルの電話番号は教えなかった。

「ここへ電話を入れて、斎藤という人間に、伝言を入れておいてくれればいい。思い出したという、それだけでわかる」

「なるほど、わかりやすいですね」

店主が、カウンターの上の札に手を伸ばした。

それより早く、深町の手が動き、札を一枚だけ残して、残りをポケットに入れた。

「電話代を置いていくよ」

「なるほど」

店主が、一〇ドル紙幣に手を伸ばし、ていねいにそれをポケットに入れた。

「残りは、思い出してからだ」

2

昼に、ホテルにもどり、深町は、置いてあったザックの中からカメラを取り出した。

ボディの蓋《ふた》を開き、蛇腹を引き出して、眺める。

もしかしたら、とんでもない幸運が、自分に舞い込んできたのかと思う。

このカメラがマロリーのものであれば――

ヒマラヤ登山史上、最大の謎《ミステリー》を解くことができるのだ。このカメラの中に、ブローニーサイズのフィルムが入っていたはずだ。今は、フィルムは入っていない。しかし、そのフィルムは、誰かが持っていなくてはならない。

少なくとも、このカメラを発見した人間から、この自分の手元にやってくるまでの過程の中で、誰かがカメラからフィルムを抜き取っているということだ。

このカメラの入手経路をたどってゆけば、自然にそのフィルムにたどりつくことになる。

願うのは、そのフィルムがまだ無事であることだけだ。

しかし——

発見者が、このカメラの意味に気づかなければ、フィルムは破棄されてしまっているだろう。あるいは、カメラの取り扱いに慣れていない人間がいじったのなら、フィルムは感光してしまい、駄目になってしまっているだろう。

他の可能性としては、このカメラが発見されたのは、もう、何年も——いや十年以上も昔のことで、発見者そのものをたどることができないということも考えられる。もしたどれたとしても、フィルムの入手はもう不可能になっている可能性が高い。

しかし、部屋でじっとしていても始まらない。

いずれ、マニ・クマールから連絡は入るだろうが、それまでただ、動かずにここで待っているというのは、興奮状態にある深町にとっては、辛《つら》いことであった。

カメラをまだ洗濯をしていないシャツや下着にくるみ、それをビニール袋に入れて、ザックの中に入れた。

外へ出る。

ダルバール・マルグ通りにある西遊トラベルに寄って、斎藤に会った。

もし、どこかから連絡が入ったら、ホテルの自分の部屋まで知らせて欲しいと、深町は告げた。

「街をうろついて、夕刻までにはホテルにもどっていますから――」

西遊トラベルを出て、何軒かの本屋に寄った。

マロリー関係の資料となる本を捜すためである。しかし、二軒目までの本屋には、目的の本はなかった。三軒目で、一九二一年から一九五三年までのエヴェレスト登攀《とうはん》史について書かれた本を見つけた。

"The Story of Everest"

英語版である。

この中に、マロリーが参加した、一九二四年のイギリス隊の記録も入っている。

ふいに思いたって、旅行者や登山者が、自分の不用になった持ち物や本を安く仕入れて売っている店が、タメル街にあるのを思い出し、そこへ足を向けた。

そこで、

"The Mystery of Mallory and Irvine"

を見つけた。

トム・ホルツェル、オードリー・サルケルドの共著で、この本の邦訳を、深町は日本で読んでいる。かなり突っ込んだ内容の本だったはずだ。

英語版ではあったが、なんとか、読めるだろう。辞書があるし、山の専門用語については問題がない。邦訳で一度読んでいるという強みもある。

表紙がぼろぼろに擦り切れていたが、それを買った。

ホテルの部屋にもどって、それを読みながら、マニ・クマールからの連絡を待つつもりだった。

まだ、夕刻にはなっていない時間に、部屋にもどった。

ベッドに仰向《あおむ》けになって、買ってきた本を読もうとした。まず、マロリーのカメラについての記述があるあたりを最初に目を通しておこうと考えた。

もう一度、カメラを手元に出しておこうと思い、立ちあがって、床に転がしておいたザックを取りに行った。

ベッドに腰を下ろし、ザックを開け、下着やシャツにくるんだカメラが入っているはずのビニール袋を取り出した。

そのビニール袋を持った途端に、不吉な予感が背を疾《はし》った。考えていたより、そのビニール袋を持った感じが軽いのだ。

恐怖に似た震えが背を疾り抜けた。

ビニール袋を両手で摑《つか》む。

柔らかい。

その芯《しん》に入っているはずの、カメラの堅い感触がない。

深町は、ビニール袋の中身を、ベッドの上にぶちまけた。

ない。

カメラが、ビニール袋の中から消え去っていた。

やられた。

唇を吊りあげて笑った、マニ・クマールの顔が浮かんだ。

あの男だ。

あの男か、あの男が誰かに頼んで、これをやったのだ。それ以外には考えられない。

しかし――

どうして、自分の宿泊しているホテルがわかったのか。

そうか。

思いあたることがあった。

深町は、自分の名を、マニ・クマールに告げている。

日本人が泊まりそうなホテルに、片端から電話をしてゆけば、この場所がわかる。

西遊トラベルに、日本語のできる人間に電話を入れさせて、深町に連絡をとりたいのだが、宿泊先のホテルを教えてくれと言えば、すぐにこのホテルの名がわかるだろう。

あとは、どうにでもなる。

ホテルのボーイ、メイドのうちの誰かは、たやすくマニ・クマールの買収に応ずるだろう。ここは、治安のいい日本のホテルではないのだ。

高級なホテルでもない。

トイレとシャワールームは共同、部屋には、ベッドと、小さなテーブルと椅子が置いてあるだけだ。

警察に話をしても、カメラが出てくることは、まず、あり得ないだろう。証拠がない以上、ホテルの者がやったのだろうとは言えない。ましてや、マニ・クマールの名を出すわけにもいかない。

逆にもし、マニ・クマールがあのカメラを手に入れたのなら、まだ、カメラがもどってくるチャンスはある。

マニ・クマールは、カメラそのものが欲しいのではないからだ。あのカメラが金になるだろうと考えたからこそ、やったのだ。

しかし、マニ・クマールは、あのカメラがどういうものかはわかってはいないはずだ。

おそらく、心あたりの人間に、あのカメラを見せたりはしているだろうが、あのカメラを見ただけで、マロリーと結びつけて考えられる人間は、そう多くはいない。

深町にしても、仕事で、マロリーについての取材を、過去においてやっていたからこそ、カメラとマロリーを結びつけて考えることができたのだ。

マロリーについて、単に一般的な知識を持っているだけの人間がカメラを見ても、その意味はわかるまい。

となれば、必ず、マニ・クマールは自分に連絡をとってくるだろう。

それは、確信に近かった。

3

長い夜だった。

電話は、かかって来なかった。

買ってきた本を深町は読もうとしたが、無理だった。

活字を視線で追ってはいるが、内容が頭に入ってこないのだ。

あきらめて、スタンドの灯《あか》りを消した。

仰向けになって、眼を閉じる。

眼はなお、瞼《まぶた》の内側の闇を覗《のぞ》き込んでいる。

マロリーのカメラを盗まれたという事実が、深町の睡眠を妨げる。眠れぬままに見る闇は、自分の心の内部だった。

加代子の顔。

井岡と船島が、雪の上を滑ってゆく光景。

マニ・クマールの顔。

それらの映像が、闇の中にくりかえし立ち現われては消えてゆく。

明け方近くなって、やっと、浅い眠りについた。浅いが、泥のような眠りだ。身体が、重く、ベッドの中にめり込んでゆくような眠り。

何度も、目が覚める。

まだ、エヴェレストでの疲れが抜けていないのだ。

疲れるために眠っているような気がした。

翌日は、朝から雨だった。一日中、ホテルの部屋を動かなかった。

マニ・クマールからの連絡を待つためだ。

調べろ。

調べてわかるものなら、いくらでも調べるがいい。おまえにわかるわけはない。

もし、わかるとすれば、手に入れた経路を逆にたどってゆくことだ。発見者にゆきつき、その意味をどう理解するかだ。

もし、あのカメラが何であるかマニ・クマールが知れば、おそらく、自分のところには連絡はないであろう。

カメラの価値を知ったマニ・クマールが連絡をとるとすれば、まず、イギリスだ。イギリスの大使館でもいいし、ロンドンのアルパイン・クラブでもいい。

このニュースは、たちまち、世界を駆けめぐるだろう。新聞、雑誌、テレビ――あらゆるメディアが飛びついてくる。

うまくたちまわれば、破格の大金が、マニ・クマールの手には転がり込んでくるだろう。

そして、マロリーの謎を解くという栄光は、自分の手から擦り抜けてゆくことになる。

だが――

もし、マニ・クマールが、カメラを正当な手段で買った自分とのトラブルを避けたいと思えば、逆に、交渉相手として自分を選んでくるかもしれないと、深町は思う。

経済大国日本のマスコミは、交渉相手として悪くはない。

その日、連絡はなかった。

翌日になった。

マニ・クマールにしても、不安のはずだ。

このまま、あれがどういう意味を持つカメラかわからぬまま、自分が日本へ帰ってしまったら、彼も困るだろう。

午後の三時――

電話が鳴った。

西遊トラベルの斎藤からだった。

「〝サガルマータ〟のマニ・クマールから電話があって、頼まれてたことを、何か思い出したというんですけどね」

おりを見て店に顔を出してくれと、そういう伝言が、マニ・クマールからあったという。

「あそこの店と、何かつきあいがあるんですか――」

斎藤が、心配そうに声をかけてきた。

プライベートなことで、たいしたことじゃありませんからと、斎藤にはそう言って受話器を置いた。

深町は、シャワーを浴びた。

不精髭《ぶしょうひげ》を剃《そ》り、歯を磨き、頭に櫛《くし》を入れた。

朝から降っていた雨は小降りになり、薄く陽が差し始めていた。

4

店へ入ってゆくと、マニ・クマールが、微笑を浮かべて、慇懃《いんぎん》に頭を下げた。

「お元気そうですね」

マニ・クマールは言った。

シャワーを浴びて、きちんとしてきた効果はあったらしい。

やつれて、恨みがましい表情でやってくれば、足元を見られるだけだ。

向こうが何か言い出すまでは、カメラがまだ手元にあることを前提にして、話をしなければならない。

「連絡をもらえて、ありがたかったよ。そろそろ日本へ帰らなければならないんでね。連絡をもらえないまま、カトマンドゥを離れることになると思ってたんだ」

「日本へ?」

「いろいろ、仕事が残ってるんでね」

「じゃ、お話を急がなければなりませんね」

マニ・クマールの横に、五十歳くらいの、やはりチェトリ族らしい男が立っている。

「何か、思い出したのかい？」

「ええ」

マニ・クマールは、身をかがめて、カウンターの向こうから、木製の椅子を、深町に渡してよこした。

「ま、それにおかけ下さい。お茶でも飲みながら、お話ししましょう」

カウンターの上に、ティーカップを三つ並べ、奥から持ってきたポットから、茶《チャイ》を注いだ。

マニ・クマールと男は、カウンターを挟んで、深町と向きあって座った。

天井からは様々な、使い古した登山用具がぶら下がっている。

「こちらはね、ナラダール・ラゼンドラさんと言いまして、私の店に、よく掘り出しものを持ってきて下さる方です」

男――ナラダール・ラゼンドラは、笑みを浮かべて、頭を下げた。

眼つきがきつい。痩《や》せてこそいないが、無駄な肉のなさそうながっしりした体軀《たいく》をしていた。

どういう商売をしているのか、見当がつかない。

「あのカメラは、実は、このナラダールさんが、この店に持ってきてくれたのですよ」

「それで？」

深町は、ナラダール・ラゼンドラに眼をやった。

「はい？」

笑みを浮かべたまま、ナラダール・ラゼンドラが、深町を見た。

「どういう状況で、あのカメラを手に入れたのですか？」

「十日ほど前でしたか、グルン族の男が、あれを、わたしのところへ持ってきたのです
——」

「グルン族？」

「ええ。エヴェレスト街道で、ポーターをやったりしている男らしいんですが、彼が、こんなものを持っているが、金に換えてくれないかと言って、わたしに見せてくれた品物の中に、あのカメラが入っていたのですよ」

不思議なほど、あっさりと、ナラダール・ラゼンドラは言った。

5

ハシシを買わないかと、しつこく追ってくる男を無視して、深町誠は、ダルバール広場を突っ切って歩いてゆく。

旧王宮の角を右手へ曲がると、シヴァ寺院のむこうに、シヴァ・パールヴァティー寺院が見えた。ようやくあきらめたハシシ売りの男を角に残し、深町は、シヴァ・パールヴァティー寺院に向かって歩いていった。

寺は下から石の階段になっていて、そこを登ると、上部に寺院がある。

古びて、木目が浮き出た木造の建物は、現実に寺として機能していないように見えるが、これでも現役の寺だ。

その石段の上部に、五〜六人の男たちの集団がひとかたまりずつ、全部で三つほどのグループになって、輪を造っていた。

カードで博奕《ばくち》をやっているのである。

ここか——

深町は、階段の下で、しばらく前に耳にしたばかりのナラダール・ラゼンドラの言葉を反芻《はんすう》した。

「もらったと、コータムは言ってましたよ」

ナラダール・ラゼンドラは、そう言った。

「もらった?」

深町は訊《き》いた。

「ええ。相手は、あなたと同じ日本人だったと——」

「何という日本人だ?」

「そこまではわかりません」

ナラダール・ラゼンドラは、肩をすくめた。

「ならば、そのグルン族のコータムに会いたい。どこに住んでいるんだ?」

「家はね、ポカラですよ。コータムは出稼ぎでね。むこうで仕事にあぶれて、カトマンドゥまで出てきて、登山隊やトレッカーのポーターをやってるらしいんですがね――」

「ポカラか――」

「会いたいんなら、たぶん、まだこのカトマンドゥにいると思いますよ」

「どこだ？」

「近くですよ。モンスーンが来て、仕事が失くなったもんだから、出稼ぎのポーター連中は皆自分の村に帰っていくんですがね、その前に、儲《もう》けた金で博奕ですよ」

「場所は？」

もう一度、深町は訊いた。

「いつもと同じなら、ダルバール広場のシヴァ・パールヴァティー寺院の軒下でやってますよ。そこで見つからなかったら、誰かにコータムはどこかって訊《たず》ねれば教えてくれるでしょう」

ナラダール・ラゼンドラは、よどみなく言った。

あまりにも簡単に何でもしゃべってくれることが、逆に、深町には気になった。このふたりは、自分に対して何かたくらんでいるのではないか。

だが、何をたくらんでいるのか？

それが深町にはわからない。

このナラダール・ラゼンドラが、外見通りの男なら、自分は考え違いをしていたことになる。

礼を言い、深町は、一〇ドル札をカウンターに置いて立ちあがった。

ふたりにいったん背を向けてから、深町は振り返った。

「最近、カトマンドゥもぶっそうになって、泥棒も増えたようだな」

反応をうかがうように、マニ・クマールの眼を見つめた。

マニ・クマールは、にっと黄色い歯を見せて笑い、

「もし、盗まれたものがお金でなくて品物なら、わたしが捜してあげることができると思いますよ。盗んだ方は、品物が欲しいわけではなく、現金が欲しいのです。盗んだ品物を、現金に換えねばなりません。そういうマーケットにはいくらか心当たりがありますし、場合によっては、盗まれたものが、私のこの店に持ち込まれることもありますからね——」

そう言った。

「覚えておくよ」

深町は、あらためてふたりに背を向けて、店を出てきた。

深町は、寺院を下から見あげながら、カードに興じている男たちの中に、コータムの姿を捜した。もとより、その顔を知っているわけではない。グルン族、そして、タマン族が混ざり合って、グループを造っている。

そう言えば、遠征中も、ポーターやシェルパたちが、仕事の合い間をみては、このカ

ードの博奕をやっていたことを深町は思い出した。

膝《ひざ》より高い石の段を、深町はゆっくり登っていった。

途中に、茶と白の斑《まだら》の毛を生やした山羊《やぎ》が寝そべっていた。深町がその横を通り過ぎる時も、山羊は動かなかった。

上にあがった。

何人かの男たちの視線が深町にぶつかってきたが、すぐにその視線はカードの方にもどる。

現役の寺院の軒下で、昼間からおおっぴらに博奕をやっている男たち――横で山羊が寝そべり、すぐ下の広場を、原色のサリーを着た女や、リキシャを漕《こ》ぐ男たちが、せわしく通り過ぎてゆく。

不思議な街だった。

「今日は、コータムは来てるのかい」

深町は、ネパール語で、最初の男たちのグループに声をかけた。

「ウタ――」

あっちだよ、とグルン族らしい男が、向こうのグループを親指で示した。

石の段の上は、あちこちに草が生えている。その草を踏んで、深町は向こうのグループに近づいていった。

そのグループは、勝負がついたばかりらしく、男たちが、皺《しわ》だらけの札を取り出して数えている最中だった。数え終わった男から、寺院の壁に背を預けている男の膝先に、その札を投げる。投げられた札を、爪の黒い男の右手の指が摑《つか》んで、その札が、左手に持った札束に重ねられてゆく。

「コータムさんはこの中にいるかい？」

ネパール語で深町は訊いた。

男たちの視線が、札束を重ねている男に集まった。

今のゲームで金を手にしたその男が、コータムらしい。

男は、深町に視線を向け、札束をポケットにねじ込んだ。

「ナマステ」

日本で言えば、こんにちはにあたるその言葉を、深町は、胸の前で軽く両手を合わせて言った。

「ナマステ」

色の黒いその男は、眼に軽い怯《おび》えの色を見せて笑った。

自分は、フカマチという日本のツーリストだとコータムに告げて、

「あなたが、ナラダール・ラゼンドラに売ったカメラのことで、訊きたいことがあるんだが——」

深町はそう訊いた。

コータムは、気の弱そうな笑みを浮かべ、まだ深町を眺めている。

「日本人からもらったんだって？」

コータムは、うなずきながら、さぐるような視線で、深町を舐《な》めた。

「あんた、あの日本人の知り合いかい？」

「いいや」

深町が否定すると、コータムの表情にゆとりが生まれた。

「ビカール・サンというんだ」

「ビカール・サン？」

ネパール語で、毒蛇のことだ。ビカールが毒、サンが蛇だ。それは、深町もわかる。

しかし、そのビカール・サン――毒蛇の名が、何でこういう時に出てくるのか。

「その日本人の名前だよ。ビカール・サンと呼ばれている」

「日本の名前は？」

「知らない。おれが知ってるのはその名前だけだ」

コータムは言った。

この会話は、スムーズに進んできたものではない。互いに、つかえながら、何度か同じ単語を繰り返したりして、なんとかここまで進めてきたのだ。英語を交えながらの、ネパール語の会話をするのだが、深町の語学力では、この会話がぎりぎりである。

そういう会話の中で、コータムは、ようやくビカール・サンと深町とが、無関係であることを理解したらしい。コータムの顔から怯えが消えていた。

「そうかい、あんた、あのカメラについて聴きたいんだね――」

コータムは、持っていたカードを置いて、

「いいよ。だけど、ここじゃ落ち着いて話もできないから、場所を移ろう。かまわないだろう？」

「もちろん」

深町は言った。

6

幾つもの路地を曲がって、コータムが入ったのは、小さな店だった。

コンクリートの床の上に、木のテーブルが四つ並んでいる。一番奥のテーブルに、コータムと向き合うかたちで、深町は腰を下ろした。

他に、客は誰もいない。

おそらく、大まかには、ダルバール広場から西――つまりヴィシュヌマティ川の方向に向かって歩いてきたはずだ。もう少し歩けば、ヴィシュヌマティ川にぶつかるだろうと見当はつけているが、自信があるわけではない。

愛想のない店主に、コータムはビールを注文した。

むろん、これは深町のおごりということになる。

深町も、ビールを注文した。

冷蔵庫ではなく、水で冷やしたらしい、ラベルが濡《ぬ》れて剝《は》がれそうになっているシンハビールが出てきた。タイのビールである。

コップに一杯のビールを空けてから、

「カメラの話だったっけ？」

コータムは言った。

「ああ。あんたが、どこであのカメラを手に入れたのか、どんな日本人からもらったのか、それを教えてもらいたい」

「かまわないけどね、その前に、おれに教えてもらいたいことがあるんだよ」

「何を？」

「あのカメラのことを、どうしてそんなに知りたがるのかってことをさ。あの、古いぶっ壊れたカメラに、何かあるのかい？」

そう問われた途端に、深町には全てが呑《の》み込めた。

そうか——

このコータムという男、あのマニ・クマールや、ナラダール・ラゼンドラとぐるなのだ。この男を使って、あのふたりは、自分からカメラの秘密をさぐろうとしているのだ。

ことによったら、このコータムが、あのカメラを日本人からもらったということも、嘘である可能性がある。

いずれにしろ、あのふたりが色々と情報をくれたのは、このコータムと自分とを会わせ、逆にあのカメラについての情報を訊《き》き出すために違いない。

最初、コータムの眼にあった怯えは、自分が、あのカメラの元の持ち主——ビカール・サンと知り合いかどうかを疑っていたからである。

そうなってくると、コータムがあのカメラを手に入れたというのは本当だとしても、その手段は正当なものではなかったという可能性も出てくる。

「こちらが先に訊いたんだ。先に答えてくれ——」

深町は、ポケットから一ドル札を五枚取り出して、それをテーブルの上に置いた。

コータムの眼が光った。

「言えば、あんたも言うのかい?」

「言うよ」

コータムが、テーブルの上の札に、手を伸ばしてきた。その手よりも早く、深町の手が札の上に載せられた。

「言ってからだ」

「だから、もらったのさ」

「それは聴いた。おれが知りたいのは、ビカール・サンが、どういう人間で、どこに住んでいるかだ」

深町がそこまで言った時、コータムの視線が動いた。深町の肩越しに、その向こうにあるものに視線が止まっている。深町は、入口を背にして座っていた。つまり、コータムが見ているのは、その入口の方角ということになる。

深町の背後で、人の気配がし、店内が暗くなった。

何者かが、入口に足を踏み入れ、それで外光が遮られたのだ。

深町は、後方を振り返った。

そこに、ひとりの男が立っていた。

さほど、背は高くない。あっても一七〇センチぎりぎりだろう。その男が、店内に足を一歩踏み入れた場所に立って、深町と、それからコータムを見つめていたのである。

ずんぐりした、小岩のような男だった。

ぼろぼろのジーンズに、Tシャツが一枚。

顔中に、黒い髯《ひげ》が生えている。

濃厚な気配を持った男だった。

森の中を歩いている時、獣道に迷い込んで、ふいに濃い獣臭を嗅《か》ぐことがある。その男を見た時、深町は、その獣の臭いを嗅いだような気になった。

その男が、無言で、コータムを見つめていた。強い、威圧感を持った眼であった。

視線をもどすと、コータムの表情が強《こわ》ばっていた。笑みを浮かべようとしているらしいのだが、その笑みが強い怯えに消されてしまっているのである。

「どうした？」

深町は訊いた。

「ビ、ビカール……」

コータムが、堅い声で言った。

「あいつが、ビカール・サンだ……」

深町は、また背後の男に視線を向けた。

毒蛇は、ゆっくりと深町のテーブルに近づいてきた。軽く、左足を引き摺《ず》っている。

ビカール・サン――毒蛇という名の男が、そこに立っていた。

毒蛇に続いて、もうひとりの人影が、店に入ってきた。

六十歳は越えていると思われる、老人だった。カトマンドゥ盆地に住む、チェトリやネワールの顔ではない。もっと日本人に近い、ヒマラヤ高地に住むチベッタンの顔だ。シェルパ族である。

「ちょっとかまいませんか。こちらの人に話があるんですよ」

男――毒蛇が言った。

ぼつり、ぼつりと、言葉をひとつずつ千切ってしゃべるような低い声であったが、まぎれもない日本語だった。

「かまいませんよ」

この男が、コータムとどういう話をしに来たのか、深町は興味を持った。

もし、コータムの言うように、この毒蛇があのカメラのもとの持ち主なら、深町にとっては、すでにコータムがらみの用事は済んだことになる。

「おもしろい話をしてたな……」

立ったまま、毒蛇がコータムに言った。

なめらかな、ネパール語だった。

深町のネパール語とは、年季が違う。

深町のネパール語は、二度目の遠征の時に、日本で、三ヵ月近く、他の隊員と一緒に、ネパール語学校に行って学んだものがベースになっている。

文章の構造——主語、述語、助詞などの文章中の位置が、ネパール語と日本語とは基本的に同じである。それを覚えてしまえば、あとは単語の暗記力の勝負になる。

「おれが、いつ、おまえにあのカメラをやると言った？」

コータムは、もう、笑おうという努力を放棄していた。

「旦那《だんな》、かんべんして下さい……」

「ダルバールで博奕《ばくち》をやってる連中に訊いたら、すぐに教えてくれたよ。たぶん、この店に行ってるんだろうってな。ここで、よくハシシを売ったりしてるんだろう？」

「旦那……」

コータムの顔が歪《ゆが》んだ。

「幾らで売れた？」

毒蛇が訊いた。

コータムは答えない。

「幾らで売れたんだ？」

毒蛇がまた訊いた。

「三〇〇〇ルピー……」

コータムは言った。

日本円で、約七二〇〇円である。

「あのカメラと、鈷鈴《これい》と、仏像でそれっぽちか。ずい分ねぎられたな。よほど、あくどい人間のところへ売りに行ったたな」

「かんべんして下さい……」

「〝サガルマータ〟か。それとも、〝シャクティ〟か──」

言いながら、コータムの顔色をうかがっていた毒蛇が微笑した。

「正直だな。マニ・クマールのところか」

コータムの顔が青ざめた。

「幾ら持ってる？」

「──」

「出せよ。おれが、あんたの懐から出すわけにはいかない。自分で出すんだ」

「──」

「博奕じゃだいぶ稼いだっていう話じゃないか。すぐに、ポカラへ帰っておけばよかったんだ。カトマンドゥでまだうろうろしてた自分が悪かったと思ってあきらめろ」

毒蛇が、身をかがめて囁《ささや》くように言うと、コータムが懐に手を入れ、布袋を取り出した。その中から、分厚い札束を掴《つか》み出した。

それを受けとって、毒蛇は札を数えはじめた。

厚みの半分近い札束を取り分けて、残りをコータムの前のテーブルの上に投げ出した。

「三〇〇〇ルピーきっちりだ」

毒蛇が言い終わらないうちに、テーブルの金が、またコータムの財布の中にもどっている。

「さて、カメラと、鈷鈴と、仏像は、まだ店にあるんだろう？」

毒蛇がコータムに訊いた。

「――――」

コータムは答えない。

「たぶん、ないだろうな」

代わりに答えたのは、深町だった。

毒蛇の視線が、深町に向けられた。

「鈷鈴と仏像のことはわからないが、ベストポケット・オートグラフィック・コダック・スペシャルは、今は、〝サガルマータ〟の店頭には並んでないよ」

「あのカメラの名前を知ってるのか――」

「ああ――一九二四年に売り出されたカメラだということもね」

そう言った深町の全身を、舐《な》めまわすように毒蛇の視線が動いた。

「今、このコータムと、カメラの話をしていたな……」

「してたよ」

深町は、うなずき、自分の名を告げてから、短く、これまでのいきさつを語った。

ホテルに置いていたカメラが盗まれたことも、このコータムとマニ・クマールたちがその犯人ではないかということまで語った。

その会話は、全て日本語で行なわれた。

毒蛇と一緒に来たシェルパ族の老人はともかくとして、コータムに、今の会話の内容について、理解できたとは思えなかった。

マロリーの名前も、エヴェレストの名前も出さずに、深町はその話を終えた。

これだけでも、自分が、マロリーとこのカメラの関係について理解していること、それを口にしなかったのは、コータムに、カメラの秘密に関係した単語、エヴェレストやマロリーの名を聴かせないためであることが、毒蛇には伝わったはずであった。

むろん、毒蛇が、マロリーとあのカメラについて、知識を持っていると仮定しての話だが。

一九二四年という数字を出した時に、自分を見た毒蛇の視線からして、そのことをこの男が理解していないはずがない。

「わかったよ。それで、あんたが今ここにいるってわけだな」

毒蛇は、低い声で言いながら、横手にあった椅子をふたつ引き寄せ、ひとつをシェルパ族の老人にすすめ、ひとつには自分が座った。

「教えてくれないか。あのカメラを、この男が盗んだらしいが、どういう事情だったんだ？」

「深町さん。あんた、この春にエヴェレストに入っていた日本隊のメンバーかい？」

「ああ」

「同じ時期に、イギリス隊も入っていたろう」

毒蛇の言う通りだった。

イギリス隊も、日本隊と同時期にベースキャンプに入っている。彼等は南西壁をねらっていたのだが、やはり登頂できずに、死者二名を出して、敗退した。

自分たちよりも、五日余り早く、ベースキャンプから降りたはずだがと、深町は記憶をたぐりよせた。

「コータムは、イギリス隊の荷を降ろすために下から呼んだポーターたちのひとりだよ。しかしベースキャンプに着いた時には、コータムは高山病にやられて、おかしくなっていた。それで、そこのシェルパ頭が下に降ろしたんだよ。その時、おれの知りあいのシェルパの家の畑を、順応用のキャンプ場として、このコータムに貸したんだ。ひと晩で、コータムはいなくなった。そして、そのシェルパの家から、仏具の鈷鈴と仏像、それからあのカメラが失くなってたんだ」

「ビカール——」

少し迷ってから、深町は、その名で男を呼んだ。

「それじゃ、あなた、そのイギリス隊にいたってことですか」

「申しわけないけどね、深町さん、あまり立ち入ったことには答えたくないんだよ。あんたとコータムとの話に途中から割り込んだ責任があるから、少しは話をしたが、これだって話し過ぎたと思ってるんだ」

毒蛇は、テーブルの上に太い両肘《りょうひじ》を載せて言った。

その時、初めて、深町はこの男の左手の指が、二本無いことに気がついた。小指と薬指——

ふと、深町は、何かの記憶の糸がほぐれそうになるのを覚えた。

自分は、この男のことを知っているかもしれない……

そういう感覚である。

男を見る。

毒蛇の肩や太い首のあたりから、獣臭に似た、むっとするような熱気が漂ってくる。

直接、会った男ではない。会ったとしても、遠くから見るか、写真で見たことがある程度だろう。

「とりあえずの問題は、カメラが今、どこにあるかってことだな」

毒蛇の声が響き、たぐり寄せられようとしていた記憶の糸が、途中で切れた。

毒蛇が、視線をコータムに移した。

「こちらの人がね、おまえを警察に訴えると言ってるぜ」

毒蛇は、深町が言ってもいないことを口にした。

気の毒なくらいに、コータムの顔に怯《おび》えが疾《はし》った。

「おまえ、この人がマニ・クマールの店で買ったカメラを、この人が泊まっているホテルの部屋から盗み出したんだってな」

「ち、違う。あれは、おれじゃないんだ。あれは、マニ・クマールが、ホテルの従業員に金を渡してやらせたんだ。おれじゃない」

「嘘だろう」

「本当だ。今度のこれは、マニ・クマールに頼まれたんだ。この日本人が、どうしてあのカメラを欲しがっているのか、その理由を聞き出してもらいたいとマニ・クマールがおれのところへ来て言ったんだ。信用させるために、嘘は言うな、本当のことを少しは混ぜた方がいいと。それで、あんたの、ビカール・サンの名前も出した……」

「なら、カメラは今、マニ・クマールのところにあるんだな」

「そうだと思う」

コータムの言葉を聴いて、毒蛇が立ちあがった。

「ど、どうするつもりだ？」

「行く」

短く毒蛇が言った。

「どこへだ」

「マニ・クマールの店さ」

毒蛇の眼が、深町を見た。

おまえはどうする？

その眼がそう言っていた。

「おれも行く」

深町も立ちあがっていた。

7

毒蛇は、ポケットから、三〇〇〇ルピーの札束を取り出して、カウンターの上に、無造作に置いた。

「何の真似ですかな、これは——」

マニ・クマールは、慇懃《いんぎん》な口調でそう言った。

「これで、買いたいものがあるんだよ」

毒蛇は言った。

「何をですか？」

「カメラ、鈷鈴、それから仏像をね」

「はて、なにか手ごろなものがありましたか――」

マニ・クマールは、とぼけるつもりらしかった。

この落ち着きぶりは、それなりに評価していいだろう。

その横に、表情の読めない顔で、ナラダール・ラゼンドラが立っている。

「あのカメラ、あなたが、ぼくのホテルから盗ませたそうですね」

深町が言った。

「誰がそのようなことを言ったのですか」

「そこの、コータムですよ」

「まさか。何かの聴き間違いじゃありませんか」

「確かに言ったよ」

「本当に？」

マニ・クマールの眼が、コータムを見すえた。

コータムは、うつむいたまま、ほとんど顔をあげようとしない。

「さっき言ったことを、もう一度ここで言うんだな」

毒蛇が言った。

その時、それまで沈黙していたシェルパの老人が、ふいに、

「シェルパの仏具を盗むのが、どういうことかわかっているのだろうな」

独り言のようにつぶやいた。

シェルパは、ほぼ、全員が仏教徒である。

日本人の多くが、自然に仏教徒であるというのとは、根本的に違う。シェルパは、熱心な仏教徒であり、仏教に対して、日本人よりも遥《はる》かに具体的な感触の信仰を、日常的にその胸の裡《うち》に抱いている。

登山のおりには、必ず石の仏塔《チョルテン》を建て、そこに聖旗《タルチョ》を飾る。そこで、山での安全と登頂を祈るのだ。

シェルパ族の、どの家にも必ず仏壇があり、そこに仏の像や、タンカと呼ばれる仏画が置かれている。シェルパのほとんどは来世を信じており、エヴェレスト街道のいたるところに、経典を蔵した仏塔が建ち、その周囲には聖典の言葉が刻まれた夥《おびただ》しい数のマニ石が重ねられている。

シェルパ族の精神生活の中心をなしているといってもいい。

コータムの顔に怯えが広がった。

「シェルパを怒らせたら、クンブだけではない、どの山域でも、ポーターの仕事はないと思うたがよい。あったら、気をつけろ。歩いている最中に、おまえの頭に石が落ちてくるかもしれぬ。足元の岩が崩れて、谷底へ落ちることになるかもしれぬ……」

頭の中にある経典の文句を唱えるように、老人は言った。

ネパールにおける国内の登山やトレッキングの現場をしきっているのは、それがどの山域であるにしろ、シェルパ族である。

シェルパ族が、登山隊やトレッカーの隊について、現地でポーターを雇ったり、その値段の交渉をしたりする。

その意味でゆけば、シェルパ族は、大きな利権を持っていることになる。

「もっとも、ここで警察の厄介になってしまったら、ポーターもできぬだろうがな……」

「どなたですかな、こちらの方は?」

マニ・クマールが訊《き》いた。

「アン・ツェリン……」

老人が答えた。

深町は、その名を反芻《はんすう》した。

聴いたことがある名だった。

はっきりとした記憶があるわけではないが、たしか、エヴェレストの頂上に二回、他の八〇〇〇メートル峰の頂《ピーク》にも何度か立っているシェルパの名ではなかったか。

マニ・クマールの表情が堅くなった。

「ほう、この老いぼれの名を知っていてくれる者がまだいたか」

アン・ツェリンは、乾いた声で、低く笑った。

「同じ商売を続けたかったら、もう答えは出ているはずだ」

毒蛇が言った。

このような店で売られている登山用具は、海外からの遠征隊が、ネパールを去る時に置いていったものが大半である。高い運送料を払って自国まで送り返すより、このカトマンドゥで売って、金に換えた方が効率がいいからだ。

その時、店の案内をするのはシェルパであり、シェルパ自身が、近親者にこういった店を経営させている場合も少なくない。

「このコータムと一緒に警察に行って被害届を出してきたっていいんだぜ」

毒蛇が、三〇〇〇ルピーを指先ではじき、カウンターの奥へ滑らせた。

「思い出しましたよ」

マニ・クマールは、明るい声で言った。

「今朝、初めてうちに顔を出した男が、色々と何やら売りに来ましてね。どうせ、どこかで盗んできたものだろうと、まとめて安く買い叩《たた》いたんですが、その中に、今おっしゃった品物が混じっていたかもしれません。旦那《だんな》、フカマチが盗まれた、あのカメラもね——」

マニ・クマールは、片目をつぶってみせ、

「奥を捜して、こちらがお求めの品物があるかどうか、見てきますよ」

ぬけぬけとそう言った。

8

無言で、歩く。

深町のすぐ先を、毒蛇とアン・ツェリンが歩いている。

毒蛇は、歩く時に、軽く左足を引き摺《ず》っている。

声をかけるのが、ためらわれるような背だった。返事がないのを承知で、岩の塊りに声をかける勇気が必要だ。

「いいか、今日あったことも、このカメラのことも、みんな忘れるんだ。誰かが訊きに来ても、知らないと言え。それが、お互いのためだ」

毒蛇は、店を出る時に、マニ・クマールに向かってそう言った。

「もちろんですとも」

マニ・クマールがうなずくのを確認してから、コータムを残したまま、三人は店を出てきたのだった。

その時から、無言で歩いている。

ダルバール広場を背にして、ニューロードを東へ——

毒蛇も、アン・ツェリンも、深町をコータムと一緒にあの店に置いてきたつもりになっているらしい。

カメラと、鈷鈴《これい》と、そして小さな銅製の仏像は、無造作に新聞紙にくるまれて、毒蛇が今右手に下げている布製のバッグの中に入っている。

今、声をかけねば、もしかしたら、二度と機会《チャンス》はないかもしれないのだ。

しかし、どう声をかければいいのか。

ビカールさん——そう声をかけるのも妙であった。

深町は、まだ、この毒蛇《ビカール・サン》の本名を知らないのだ。

意を決して、深町は足を速めた。

ふたりに並んだ。

「どうですか、近くでビールでも一杯やっていきませんか」

毒蛇と、アン・ツェリンが足を止めた。

「ビール?」

毒蛇が言った。

明るい外光の中で、深町は、初めて、間近くこの男と向き合った。

深い皺《しわ》が、毒蛇の眼の周囲に刻まれている。

色が黒い。紫外線にやられて、皮膚の一部がぼろぼろにむけている。

四十七歳?

それとも五十歳になっているのだろうか。

肉体の持つ圧力には、三十代半ばの強さがあるが、顔や、その肉体にまとわりつかせている空気には、四十歳を越えた者の雰囲気がある。

ちょうど、ショッピングセンターのあたりだった。

ニューロードと、スクラパスが、すぐそこで交差している。その角の二階に、何度か入ったことのある、インド料理屋があるはずだった。

「近くに知っている店がある。少し、話をさせてもらえませんか」

「話？」

「あなたの持っているカメラについてですよ――」

「――」

「あなたは、そのカメラが、どういうカメラか御存知なんでしょう」

深町が問うても、毒蛇は無言であった。

「それは、一九二四年の六月に、ジョージ・マロリーが、エヴェレストの頂上アタックの時に持って行ったカメラです。いや、正確に言いましょう。それは、マロリーが、エヴェレストの頂上に持って行ったのと、同機種のカメラです」

「――」

「これが、何を意味するか、おわかりでしょう？」

「何を意味するんだ？」

「そのカメラが、マロリーが持っていったカメラだとしての話ですが、それをあなたはどこで手に入れられたのですか。もしかしたら、第一発見者はあなたじゃないんですか
――」

「だとしたらどうなんだ」

通行人が、立ち止まっている三人を、右に、左によけて通り過ぎてゆく。

深町は、もう、ビールはどうでもよくなっていた。

もう、止められない。

始まってしまった以上は、ともかく、ここでこの話を全部してしまうつもりだった。

「そのカメラは、こんなカトマンドゥのような場所で発見されるべきものじゃない。八〇〇〇メートルを超える雪の中で、そのカメラは発見されるべきものです」

「――――」

「あなたが、第一発見者なら、知っているはずだ」

「何を?」

「そのカメラの中に入っていたフィルムのことをですよ」

「フィルムがどうかしたのかい」

「そのフィルムを現像すれば、ヒマラヤ登攀《とうはん》の歴史が書き換えられるかもしれないんですよ」

「へえ――」

毒蛇は、感情のない声で言った。

「おれには、興味がないね」

「興味がなくてもいい。わたしに、そのカメラを、どういう状況で発見したか、それを教えて下さい」

「いやだね」

「何故？」

「いやだからだ」

「何故いやなんですか」

「それを言うのもいやだね」

はっきりと、毒蛇は言った。

「いいかい、あんたにも、マニ・クマールに言ったのと同じことを言っておくよ。今日あったことも、このカメラのことも、忘れてしまうことだ。訊かれても、答えないことだ――」

「お互いのために？」

「いいや、おれのためにだ」

用事は済んだというように、毒蛇は歩き出した。

その横に、無言で、アン・ツェリンが並ぶ。

毒蛇が、左足を軽く引き摺りながら歩いてゆく。

そのリズム、その左足を見た時――

ふいに、深町の脳裏に蘇《よみがえ》ってくるものがあった。

ひとりの男の名前を、深町は思い出していた。

「待ってくれ」

深町は、毒蛇に声をかけた。

しかし、毒蛇はもう止まらなかった。

同じ歩調で歩いてゆく。

「羽生さんだろう⁉」

毒蛇の背に、一瞬、ぴくりと何かが疾《はし》り抜けたようにも深町には思えたが、むろん、それは錯覚であるかもしれなかった。

「あんた、羽生丈二じゃないのか⁉」

しかし、毒蛇も、アン・ツェリンも動きを止めなかった。

ふたりの姿が、ようやく人混みの中に見えなくなった時、深町は、ひとつのことを思い出していた。

あのカメラを買う時に自分が支払った金、一五〇ドルを、どこからも回収していなかったことをである。

三章　餓　狼

1

大英帝国――イギリスが、最初にエヴェレストの最高峰を踏むために、遠征隊を出したのは、一九二一年である。

隊長は、ハワード・バリー大佐だった。

一行は、いったんインドからチベットに入り、チベット側からの登頂を試みている。

この時は、七〇〇〇メートルのノースコルまでたどりついている。

最初のこのメンバーの中に、三十五歳のジョージ・レイ・マロリーも入っていた。

最初の遠征は登頂ならず、二度目の遠征隊をイギリスが出したのは、翌一九二二年である。

この時の隊長が、C・G・ブルースであった。

C・G・ブルースは、大英帝国時代の英雄といっていい。英国による、インド、中央アジア探検史について語られる時に、必ず名前が出てくる人物である。

この時も、チベット側の、ロンブク氷河の末端がベースキャンプとなった。標高およそ五四〇〇メートル。酸素はここでは、地上の半分である。

この遠征にも、三十六歳のマロリーは参加している。

隊は、最初の頂上アタックで八二二五メートルの高度にまで達し、次のアタックでは八三二六メートルにまで達した。これは、むろん、人類が最初に体験する高度であった。

この遠征も、頂上を踏むことができずに、隊はイギリスに引き返している。

イギリスの第三次エヴェレスト遠征隊が、三度この地にやってくるのは、一九二四年である。

この遠征も失敗をした。

頂上アタックに向かったG・マロリーと、アーヴィンが、そのままもどって来なかったのである。

結局、エヴェレストの頂上が踏まれたのは、これより二十九年後の、一九五三年である。

イギリス隊のメンバーであった、ニュージーランド人のヒラリーと、シェルパのテンジンによって、この世界最高峰の頂《ピーク》が踏まれたのである。

途中に、政治的な空白期間をはさんだものの、思えば、三十二年間にわたる、苦闘の末の登頂であった。

しかし――

ここにひとつの謎が残された。

もしかしたら、エヴェレストの頂上は、一九二四年の六月に、マロリーとアーヴィンの足によって踏まれているのではないか。

根拠はある。

最後にふたりの行動中の姿が視認された時、ふたりの姿は、ほとんど頂上直下といってもいい場所にあったことだ。

マロリーとアーヴィンのふたりが、頂上アタックに出かけ、なんらかの事故にあって帰って来られなかったのは事実であるが、しかし、その事故がおこったのがいつであったか。

登頂の前であったのか。

登頂の後であったのか。

だが、それは、誰も知ることのできない謎であった。

しかし、それを知る方法が、唯《ただ》ひとつ、残されているのである。

2

第一次アタック隊の、ノートンとサマヴェルが、体力を使い果たし、頂上アタックから敗退したのは、六月四日であった。

同じ、その六月四日のうちに、次のアタック隊のメンバーが選ばれている。アタック隊員は、二名。そのうちの一名は、すでにマロリーと決定している。残りの一名は、隊員の中からマロリー自身が選ぶこととなった。

マロリーは、アーヴィンを選んだ。

アンドリュー・アーヴィンは、この時、二十二歳だった。マロリーをはじめとする、他の錚々《そうそう》たるメンバーに比べれば、キャリアこそ劣るものの、この遠征の前年、一九二三年に、オックスフォード大学の東スピッツベルゲン探検隊のメンバーになっている。スピッツベルゲン諸島は、その内部に高峰と氷河を持つ、北極海に連なる群島である。アーヴィンは、そこで、氷河をスキーで渡り、幾つかの頂もその足の下に踏んでいる。アーヴィンの名がつけられた山もその中にはあり、体力的にも精神的にも、探検家としてのその素質は申し分のないものであった。

さらには、酸素呼吸器などの機械のあつかいも得意であり、マロリーがアーヴィンを遠征の始め、パートナーに選んだ理由の多くは、そこにある。

マロリーは酸素の使用には消極的であった。それが、この時の頂上アタックのおりには、酸素の使用に踏み切っている。

現在でこそ、酸素の使用は、ヒマラヤ登山では常識となっているが、この当時は、まだ、酸素の使用を疑問視する意見が多くあった。

ひとつには、酸素の効果がどれほどあるのかということである。確かに、酸素が少ない高山において行動する場合、酸素があれば、動きが楽になるということは、ひとつの知識として理解されていた。しかし、充分に高度順応がなされれば、酸素は必要ないのではないか——そう考える人々もいた。

人間が高度に順応できる限度は、六五〇〇メートルあたりとされている。その高度よりあがると、どんなに高度順応ができていても、高山病になる。動かずに横になっているだけでも、疲労してゆき、いずれは死に至ることになる。

しかし、順応さえきちんとできていれば、すぐに死ぬわけではない。八〇〇〇メートルを超える高さでも、ある期間までなら無酸素で行動することができる。だから、その間に、無酸素で頂上まで行ってもどってくればよいのだと、無酸素派は考える。

現在、フランスはジェルザ社製のアルミ合金の酸素ボンベは、容量四リットルで重さが五・七キログラムと軽量化されており、二三〇気圧、およそ九二〇リットルの酸素を、その一本のボンベの中に入れることができる。しかし、一九二四年当時、ボンベ――シリンダー一本の重さは、一四キログラム近くあった。しかも、一本あたりの酸素の容量は、現在より遥《はる》かに少ない。一二〇気圧で五三五リットルの酸素が入るだけだ。そのために、マロリーとアーヴィンは、第四キャンプ出発のおり、それぞれ二本の酸素シリンダーを背に負っている。普通の登山の装備に加えて、ヒマラヤ登山では、この余分な重さが、登山者の肩にかかることになる。

さらに記しておけば、当時の酸素呼吸システムは、極めて故障しやすく、キャラバン中も、高所での行動中も、常に修理の必要に迫られることになる。せっかく持っていったシステムが使えないことも、少なからずあったのである。

仮に、もし、システムがうまく機能しても、その重量を背負ったために消費するエネルギーと、酸素が与えてくれるエネルギーとは相殺されてしまうだろうと、反対派は考えていたのである。

マロリーも、当初は、酸素の使用に対しては否定的な立場をとってきた。一九二二年の第二次エヴェレスト遠征のおり、インドに向かう船の中で、マロリーは、友人のデヴィッド・パイに宛てて、次のように記している。

あの山に登れるチャンスは非常に少なく、人生にはほかにやり甲斐《がい》があるように思えることは多いのに、こうしてふたたびエヴェレストに向かうのは、何とも不快なことだと思う。それに、四本の酸素シリンダーを背中にかつぎ、顔にマスクをして山を登ることを思うと——いやはや、それに何の魅力もなくなる。

つけ加えておくならば、はなはだイギリス的な思想が、ヒマラヤ登山における酸素の使用に、歯止めをかけていた。

それは、

〝酸素を使用してエヴェレストの頂を踏むというのは、アンフェアではないか〟

というものだ。

この考えは、酸素の使用を容認する立場の登山家の心の中にも存在した。

〝たとえアンフェアであろうとも、酸素呼吸システムの使用なくしては、エヴェレストの頂上に至ることができないのなら、酸素を使用すべきであろう〟

使用派は、必要悪として酸素の使用は認めてもよいのではないかと考えていた。

しかし――

基本的には、酸素の使用をためらっていたと思われるマロリーが、いったい、どのようなわけで、心がわりをしたのか。

ふたつの理由が考えられている。

ひとつは、隊長であったブルースが、薄い空気で心臓を痛めてしまったことである。

ブルースは、マロリーと組んで、六月一日から、第五キャンプの設置等で献身的に働いた。無酸素での苛酷《かこく》な肉体的作業が、ブルースの心臓を弱らせ、これが原因でブルースとマロリーは、第五キャンプから降りた。

もうひとつには、第一次アタック隊のノートンとサマヴェルが、やはり無酸素で敗退してきたことである。

おそらくは、このふたつの理由で、マロリーは酸素の利用を決心したのだと考えられている。

六月六日、午前八時四十分に、マロリーとアーヴィンは、酸素シリンダー二本ずつを背に負って、第四キャンプを出発した。

ふたりとも、オデルたちが料理した朝食を、少量口にしただけであった。

その日のうちに、マロリーとアーヴィンは第五キャンプに入っている。

〝第五キャンプは無風、前途は有望〟

との手紙が、ポーターの手によって、第四キャンプまで届けられている。

六月七日、オデルは第五キャンプに入り、マロリーとアーヴィンは、第六キャンプ——つまり最終キャンプまで入った。そこから先には、もう、キャンプはない。その第六キャンプから頂上に向かい、そして、そこまでもどって来なければならない。それを一日でやることになる。

現在のように、高所用の羽毛服などない時代である。服装は、皆、まちまちであった。八〇〇〇メートルを超えた高度でのビヴァークは、当時の服装では死を意味する。

一枚の写真がある。

一九二四年のこの遠征のおりに、ベースキャンプで撮られたものだ。マロリー、アーヴィン、ノートン、オデル、サマヴェル、ブルース等、九名の隊員が写っているが、古いツイード姿の者、外套《がいとう》にウールのスカーフを巻いただけの者、様々である。

ちなみに、第一次エヴェレスト遠征隊における隊員たちの装備は、おおむね、次のようなものであった。

着古したツイードの服。

大外套。

ウールのスカーフ。

カーディガン。

編んだストッキング。

アルプス登山用のブーツ。

現在のように軽量化された防寒具も用具もない。

ちなみに、この一次隊の隊長、ハワード・バリー大佐は、犬歯飾りのチェックの上着、最上のダニゴール・ツイードの半ズボン、カシミアのゲートルといういでたちでこの遠征に参加している。

マロリーが、その最終アタックに出た時の服装は、乗馬服にマフラーというものであった。第四キャンプを出る時の写真を見れば、脛《すね》にゲートルを巻き、登山用のブーツを履いていたと思われる。

今日、そのような軽装では、日本の冬山にも入らないであろう。

六月八日。

オデルは、第五キャンプを出発して、第六キャンプへ向かった。

すでに、マロリーとアーヴィンは第六キャンプを出ているはずであり、場合によっては、エヴェレストのファイナルピラミッドに取りついているかもしれない——オデルはそう考えていた。

頭上に雲がかかっている、ヒマラヤの岩稜《がんりょう》を、オデルは単独で登っていった。

途中、エヴェレストでは初めてと思われる化石を、オデルは拾っている。

歴史に刻まれることとなった光景をオデルが見ることになったのは、そのしばらく後である。

一〇〇フィートほどの岩を登り、オデルがその上に立った時、ふいに、雲の一部が割れて、エヴェレストの頂と、そこに続く岩稜が姿を現わしたのだ。

その岩稜の一部——セカンドステップと呼ばれる場所に、オデルは、ふたつの人影を発見したのである。

マロリーとアーヴィンであった。

雪の斜面を、先頭の人影が動いてゆき、上部の岩のステップにたどりつく。それを追ってもうひとつの人影が動き、先行した人影と、岩のステップで合流した。

オデルが見たのはそこまでであった。

再び、雲が動いて、エヴェレストの頂と岩稜を隠してしまったのである。

それが、マロリーとアーヴィンの姿が、人の眼によって視認された最後となった。

マロリーとアーヴィンは、そのまま、エヴェレストの頂を目指したきり、帰ってこなかったのである。

しかし——

もしふたりが、予定通りに第六キャンプを出発していれば、ふたりの姿は、もっと上方になければならない。

第六キャンプから、マロリーは二通の手紙を、ポーターを通じてノエルと、オデル宛てに送っている。

そのうちのノエル宛ての手紙の中で、マロリーは早朝には出発すると書いているのだ。遅くとも午前八時には、頂上ピラミッドの下の、岩の帯を横切っているか、山稜のスカイラインを登っているからと、ノエルに書いている。

第六キャンプが、高度八一五六メートル。

第一ステップが八五〇〇メートル。ふたりの姿が見えた第二ステップが、高度八六〇〇メートル。水平距離は別にして、高度差四四四メートルを、ふたりはその時登っていたことになる。頂上まで、あと二〇〇メートル余り。

その時、十二時五十分——ふたりが、予定通りに、朝の六時頃に出発していたとすれば、すでに六時間五十分がすぎていたことになる。六時間以上をかけて、四四四メートルしか登っていないということは、いくら八〇〇〇メートルを超える標高であっても、ふたりのこれまでのペースと、天候、山稜の地形を考えに入れると、考えにくい。

途中で、何かの事故があったのか。酸素シリンダーからの呼吸システムにトラブルが生じ、その修理に手間どったか。難しい岩場があって、そこで時間をとられてしまったか——考えられるのはそのくらいである。

わかっていることは、ただひとつであった。

それは——

まだ誰も踏んだことのない、世界の最高峰を目指していったまま、ふたりの男が帰ってこなかったということである。

高度、八六〇〇メートル——この地上のどこよりも天に近い場所で姿を消したまま、ふたりは、この地上と一切の通信を断ってしまったのだ。

3

ふたりの消息について、手掛りが発見されたのは、一九三三年であった。

この年、イギリスの第四次エヴェレスト隊が結成され、四度、大英帝国は、世界の最高峰に挑んだのである。

前回、マロリーとアーヴィンが帰ってこなかった遠征から、九年が過ぎていた。

第六キャンプ——つまり、最終キャンプは、この時、八三五〇メートル地点に設置された。

この遠征も、敗北に終わるのだが、五月三十日、最初のアタックに出発したハリスとウェジャーのふたりが、第六キャンプを出てから一時間ほど進んだ第一ステップのやや手前、八三八〇メートル付近で、一本のアイスピッケルを発見したのである。

第一ステップへ登ってゆく途中の、スラブの上に、そのピッケルはあった。

マロリーか、アーヴィンのものであろうとその時は考えられたが、後に、アーヴィンのものであることが確認された。

このピッケルが、謎を呼んだ。

アーヴィンが、このピッケルを落としたのは、登る途中であったのか、下る途中であったのか？

第二ステップでふたりの姿を見たというオデルの証言が確かであるなら、下りであると考えるのが自然である。何故なら、もし、登りの途中でピッケルを落としたのなら、そこより先へは進まぬはずだからである。第二ステップはピッケルが落ちていた場所より頂に寄った場所にある。ピッケルを落としていなかったからこそ、ふたりはそこまで行けたのである。

この場所で、何らかの事故があったと考えられる。その事故は、下りの最中におこったものであろう。しかも、そのピッケルを、後に、再び手に持つことができぬような事故だ。事故者の生命に関わるような事故がそこでおきたのだ。しかも、屍体《したい》がそこにないということは、事故者の身体はそこから下へ落ちたのだ。

下る時に、マロリーか、アーヴィンか、おそらくはどちらかが足を滑らせたのだろう。この時、ふたりの身体はザイルで繋《つな》がれていたのだろうか。繋がれていたのなら、マロリーか、アーヴィンか、どちらかがここで滑落し、一方が残った一方を引きずって、結局ふたりがここから下方へ落ちたのだ。もっと低い高度でなら、最初に落ちてゆく仲間を、残った方がなんとか確保《ビレー》することもできようが、この高度で、事故の時に瞬時に的確な対応をすることは、そうはできるものではない。

ともあれ、事故はその場所でおこり、そこにピッケルが残ったのだ。

問題は、ここで事故をおこして死んだのが、アーヴィンだけであったのか、マロリーだけであったのか、それともふたり一緒であったのかということである。

今のところ、その答えはこの地上には存在しないが、いずれにしろ、下りの最中に、その事故によって、マロリー、アーヴィン共に、死に至ったのであろうと考えるのが、自然な流れであるように思われる。

しかし、それも、より大きな謎に対する答えにはなっていない。

その大きな謎というのは、

〝いったい、マロリーとアーヴィンは、エヴェレストの頂を踏んだのか〟

というものである。

その時、はたして世界の最高峰の頂は征服されていたのか。

ふたりが下り始めたのは、頂上を踏んでからなのか、それとも、頂を踏む前だったのか。

ピッケルの発見も、その問いに答えてはくれない。

この問題の研究家であるアメリカ人トム・ホルツェルは、〝The Mystery of Mallory and Irvine〟の中で、複雑な推理を展開している。

第二ステップを登り終えた場所で、マロリーとアーヴィンは、別々に行動をしたのではないかと、トム・ホルツェルは書いている。

第二ステップを登りきるまでに、時間をロスし、酸素が不足した。そこで、アーヴィンは自分の酸素をマロリーに譲り、マロリーは単独で頂上を目指したというのである。

マロリーは頂上へ向かって登ってゆき、アーヴィンはそこから第六キャンプへ下った。その単独行動のおりに、アーヴィンは第二ステップを下り終えたところで足を滑らせ、ピッケルをそこに残して滑落したのではないか。

マロリーはマロリーで、頂上を踏んだものの、帰りの下りの最中にやはり事故によって滑落するか、第六キャンプに帰りつく前に夜になり、どこかの岩陰でビヴァークを余儀なくされて、その最中に凍死をしたのではないか――

トム・ホルツェルは、そのように推理をするが、しかし、その説は想像に頼る部分が多すぎる。特に、肝心のマロリーが頂上を踏んだかどうかということについては、その可能性があるという程度のものである。

頂上まで、垂直距離にしてあと二〇〇メートル近くの地点までひとりの登山家がたどりついていたという事実は、その登山家がその頂上を踏んだという想像を事実にするものではない。そこから頂上までの行程が、その登山家にとって、どれだけイージーなものであったとしてもである。

結局――

イギリスは、第五次、第六次、第七次と、一九二一年以来、一九三八年まで十七年間エヴェレストへの遠征隊を送り続け、敗退を繰り返してきた。正式にエヴェレストの頂上が踏まれたのは、第二次世界大戦後の、一九五三年である。

一九二一年に第一回の遠征が行なわれてから、実に三十二年後の、五月二十九日、イギリス隊のヒラリーとテンジンが、エヴェレストの頂をその足の下に踏んだのだ。

しかし、謎は残った。

マロリーとアーヴィンは、一九二四年に、エヴェレストの頂上に立った、と考える者は多く、ふたりの最後の目撃者であるオデルもそのひとりだった。

いったい、その時、頂上は踏まれたのか？

その疑問に答える方法が、実はあるのだ。

一九二四年の頂上アタックの際に、マロリーは、隊員のサマヴェルから借りた、コダックの、折り畳み式のカメラを持っていっているのである。

〝ベストポケット・オートグラフィック・コダック・スペシャル〟

ブロニーフィルムを使用するこのコダック社製のカメラは、遠征が行なわれたその一九二四年に発売された、最新鋭機である。

ここに、間違いなく言えることがひとつある。

それは、もし、マロリーがエヴェレストの頂上に立ったとしたなら、必ず、このカメラによって撮影がなされていたはずであるということだ。これだけは確かなことである。

マロリーの屍体が、エヴェレストのどこにあるにしろ、その屍体が背負っているザックの中には、このコダック社のカメラが入っている。そして、そのカメラの中に入っているフィルムは、いまだに現像が可能なのだ。

トム・ホルツェルの問いに対して、たとえ五十年の歳月が過ぎていようと、フィルムの現像は可能であると、メーカーのコダック社は答えている。

マイナス三〇度からマイナス六〇度――フィルムの保存場所として、エヴェレストの雪の中ほど適した場所は、地球上にそういくらもない。

つまり、エヴェレストの頂上にマロリーが立ったかどうかを知るためには、マロリー自身の屍体を発見するしかないのだ。マロリーの屍体を発見し、そのザックの中からカメラを取り出して、その中のフィルムを現像する――もし、そのフィルムの中に、マロリーかアーヴィンか、どちらかが頂上に立っている映像が写っていれば、ヒマラヤの登《とう》攀《はん》史は、その根本から書き換えられることになる。

この、ヒマラヤ登山史最大の謎に対して、あらたな衝撃的な事件がおこったのは、一九七九年の十月十一日であった。

一九八〇年五月三日、日本山岳会隊の、加藤保男が、中国チベット側から、チョモランマ――エヴェレストの登頂をはたしている。

一九二四年に、マロリーたちが使用したのとほとんど同じコースをたどり、午後八時五十五分に、頂上に立った。加藤保男は、頂上に十分止《とど》まり、九時五分には下降を開始している。すでに陽は沈んでおり、途中、加藤保男はビヴァークを余儀なくされた。八六〇〇メートルを超える極限の地でのビヴァークである。

かつて、五十六年前、同じ場所でマロリーがしたかもしれない死のビヴァークから、加藤保男は生還した。

この遠征では、同時に、世界初のチョモランマ北壁からの登頂も、尾崎隆隊員によってなされている。

この遠征に先立ち、一年前の一九七九年に、日本から、チョモランマ偵察隊が派遣されている。

このおり、隊員の長谷川良典《はせがわりようてん》が、中国人隊員の王洪宝《おうこうほう》から、

「八一〇〇メートル地点で、西洋人の屍体を見た」

ことをうちあけられたというのである。

一九七九年の、十月十一日——

長谷川良典の北東稜《りよう》隊は、東ロンブク氷河をつめて、六五〇〇メートル地点に第三キャンプを設営しようとしていた。その作業がひとくぎりついたおりに、王洪宝が長谷川にその話をした。

その内容については、一九八〇年一月一日付の『読売新聞』と、同年六月二十五日に読売新聞社より発行された『チョモランマに立つ』に、詳しく記されている。


「それは本当か」

「間違いない」

通訳をまじえない片言の中国語の会話だったが、その意味は直感的に理解された。

二人はそこにうずくまり、硬い雪面にピッケルで文字を書いた。筆談である。

「本当に西洋人だったか」

王はピッケルの先を雪の上に走らせた。

「英国人、八一〇〇」

そして、もどかしそうに中国語の単語を並べ、さらに書きつづけた。

「西洋人の顔。一九七五年の登山の時だ。男、岩かげに隠れるように寝ていた。大きなテラス。服を引っぱるとボロボロに崩れた。手につまんで吹いた。パラパラ飛んだ。あまり寒そう、雪をかけて埋めてやった」

驚くべき内容だった。

王は、一九七五年、中国チョモランマ登山隊の第一次アタック隊員だった。この時の登頂は失敗に終わったのだが……

彼は長谷川に向かって、おぼつかない発音で「イングリッシュ」と何度も口にしている。こんな高い所で死んでいるのは英国人しかいない——かたくそう信じているようだった。

第一キャンプ（五五〇〇メートル）近くで英国隊のキャンプ跡を見つけた時も、王は「イングリッシュ」といって指さした。王は英語はまったくといっていいほどわからない。しかし「イングリッシュ」が英国人という意味であることは、知っていたに違いない。

読売新聞社『チョモランマに立つ』

マロリーか、アーヴィンではないか——

その話を聴いた時、長谷川は、そのように思ったという。

英国人の屍体《したい》が、その高度にあるとするなら、まず、マロリーかアーヴィン以外には考えられない。

その時、仲間に王が呼ばれ、その話は中断した。

だが——

何故、そのような事実があることを、これまで中国側は、公に発表しなかったのか。

一九七五年といえば、文化大革命の真っ盛りの頃である。

登山も〝毛沢東国家主席への敬愛の表現〟〝国威の発揚〟だったのである。当時、海外思想、理念、いや、外国人そのものまでが徹底的に攻撃の対象とされ、排斥された。

そのさなかだった。中国の聖なる最高峰、山の母なるチョモランマの高所に、外国人の屍体が存在することさえ、許しがたい冒瀆《ぼうとく》と思われたのではないか。

長谷川良典は、そのように考えたと、『チョモランマに立つ』には記されている。

長谷川は、さらに詳しく王に話を聴き、場所を確認するつもりだった。

しかし、それを聴き出す前に、王は死んでしまったのである。

翌、十月十二日——

長谷川、王を含む六人の隊員は、第三キャンプを出、ルート工作のため、ノースコルへ続く氷壁を登っていた。

下方に、巨大なクレバスが口をあけている斜面を移動中に、突然、六人の頭上で雪崩が発生した。

幅五〇メートル余りの、雪と氷の塊りが、奔流となって六人を襲ってきた。

長谷川と、王を含む四人が、その雪崩に巻き込まれた。四人は、氷塊と共に、クレバスに向かって押し流された。

長谷川は、奇跡的にクレバスの縁にひっかかって止まったが、残る三人は雪崩と共にクレバスの中に落ちた。

助かった二名が、長谷川を救出し、残った三名を捜したが、巨大なクレバスは雪と氷で埋まり、屍体を掘り出すのは不可能だった。

こうして、マロリーとアーヴィンに関する重大な証言は、王洪宝の屍体と共に、氷河の底に永久に封印されてしまったのである。

だが、その屍体は、本当にマロリーかアーヴィンのものなのであろうか。

さて、ではこの二人以外に、チョモランマの八千メートルの高度に達し、行方不明になっている西洋人はいるだろうか。

北面からの攻撃は、英国隊が七回（一九二一〜三八年）、五二年のソ連隊、五八年の中ソ合同隊だけである。ほかに非合法の単独行もあったが、これはノース・コルにさえ到達していない。

ソ連隊、中ソ合同隊は完全な失敗だった。お国柄（？）で、こうした失敗のケースについての公式報告はなにひとつ出されてはおらず、確めようもないが、ソ連隊の何人かが八二〇〇メートルで行方不明となったという情報はあった。だが、昨秋の偵察隊に参加した中国側の登山家は、この情報をはっきり否定、

「ソ連隊も中ソ合同隊も、六千八百メートルまで行ってない。徹底的な敗北だった。したがって、遺体がソ連人だということはあり得ない」

と、明確に言いきっている。

とすれば、結論はひとつ、王洪宝が見たという遺体は、マロリーかアーヴィンということになる。

読売新聞社『チョモランマに立つ』

その屍体が、マロリーかアーヴィンのものである可能性は充分にあるにしても、あの広大なエヴェレストの斜面で、その屍体を見つけ出すことは、ほとんど不可能に近い。

一九八六年に、トム・ホルツェルは、自らエヴェレストへ出かけ、ふたりの遺体の捜索をしているが、天候に恵まれず、新しい事実の発見には至らなかった。

4

狭いビジネスホテルの部屋で、深町は溜《た》め息をついた。

ベッドの上に、仰向《あおむ》けになっている。

息が詰まるような部屋だった。

ベッドを置けば、その横に、やっと歩けるだけの空間が残っているだけだ。申しわけ程度のテーブルの上に、小さなテレビが載っているが、まともな映像を流してくれない。そのテレビで、ほとんどテーブルの上のスペースがふさがっている。

わずかにあいた場所に、電話と、ホテルの案内書が載っていて、そこにはもう、他にどのような作業にも使えるスペースはない。

ネパールから帰ってきてから、一週間。

加代子には、二度、会っただけだ。

井岡と船島の家に、線香をあげにゆき、工藤に会った。他のメンバーに、電話で連絡はとったが、まだ工藤以外には会っていない。

現像があがってきたポジを、今日、岳遊社の宮川に渡すことになっている。この遠征で、深町が撮ってきた写真である。遠征の失敗で、本にするということはなくなったが、雑誌用に、何枚かのポジを渡さねばならないのだ。

このホテルに入って三日、深町はほとんどの時間を、ベッドの上に仰向けになって本を読んですごした。

本といっても、全部が、エヴェレストとマロリーに関係したものばかりである。

トム・ホルツェルの本の日本語版も読み返し、大宅文庫《おおやぶんこ》で、山岳雑誌に掲載されたマロリー関係の記事のコピーもとってきた。それ等を、しばらく前に全て読み終えたところだった。

これ以上の資料が必要なら、岳遊社の資料室をあたるか、ロンドンのアルパイン・クラブに連絡をとらねばならないだろう。

深町の頭の中には、今、雪をいただいたエヴェレストの白い岩峰が浮かんでいる。

何度か、夢にも見た。

よく知っている光景だ。

ノースコルの上、第四キャンプあたりから見たエヴェレストのピラミッド。

左側に、北東稜《りょう》の尾根が見え、第一ステップ、第二ステップを経て、地球の唯《ただ》ひとつの場所へと続く稜線がある。

知っている。

何度も写真で見た映像だ。しかし、この位置からは、一度も肉眼ではエヴェレストを見ていない。これは、チベット側からの映像だ。深町が見たのは、クンブ——つまりネパール側から眺めたエヴェレストだけである。

何故、このような映像を頭の中に浮かべるようになってしまったのか。

このホテルにこもって、マロリー関係の本を読み始めてからだ。

おそらくは、オデルが見あげたであろうエヴェレストの姿だ。

しかし、オデルが見たエヴェレストは昼の姿だが、深町の脳裏に浮かぶその映像は、夜である。

黒い、ビロードのような夜空に、数えきれない量の星が光っている。ぎらぎらと、どの星も眩《まぶ》しいほどにきらめいているが、その光には、温度も、色もない。冷めた、無機質の光。

宇宙が、そこにむき出しになっているような凄《すご》い星空だった。

その星空の中に、エヴェレストの頂が刺さっている。

その頂は、そのまま、天に属しているようであった。星々の中に、エヴェレストはその頂を遊ばせているようにも見える。

しんしんと、狂おしい宇宙の静寂が、地上におりてくる。

その静寂の中で、ひとりの男が、雪の稜線を歩いている。

深町から見えているのは、その後ろ姿である。

その後ろ姿の人間は、重い足をひきずりながら、ただ黙々と歩いている。

マロリーであるのか、アーヴィンであるのか、それとも、他の何者であるのか。

深町にはわからない。わかっているのは、自分が、動けずにその光景を見つめているということだけだ。

めている。

エヴェレストの頂に、ただ独りで登ってゆくその男の背を、切ない想いで深町は見つめている。

自分は、その男に置いてゆかれたのだ。

その男はゆき、自分はそこにとどまっている。

おれを置いてゆくな——

深町は、足を前に踏み出そうとするのだが、足が動かない。

深町には、その男が、頂にゆこうとしているというより、星の天に帰ろうとしているもののように見えた。

その男が、頂にたどりついたかどうか、それがわかる前に、眼が醒《さ》める。

眼醒めてからも、いったい、どういう理由で、自分がそのような夢を見るようになったのか深町にはわからない。

きっと、マロリーのことで、頭が占められているからだろうと思う。

マロリーが言った、あるいは書いた言葉の幾つかが、頭に残っている。

仰向けになったまま、深町はそれを思い出そうとする。

〝そこに山があるからだ〟

そのように記憶してきた言葉がある。

その言葉自体は十代の頃から知っていたが、それが、G・マロリーという、エヴェレストに消えた男が残したものだということを知ったのは、もっと後になってからだ。

この言葉が掲載されたのは、一九二三年三月十八日日曜日の『ニューヨーク・タイムス』である。

マロリーは、すでに二度のエヴェレスト遠征を体験しており、この分野では最も名を知られたクライマーのひとりであった。

マロリーが、講演旅行中、ニューヨークに滞在していたおり、新聞社のインタビューを受け、その中で記者から次のような質問を受けた。

「何故、エヴェレストに登りたいと思ったのか？」

その問いに答えて、

「それがそこにあるから」

とマロリーは答えている。

それというのは、世界の最高峰、この地上で唯一無二の場所、エヴェレストの頂のことである。

これが、

〝山がそこにあるからだ〟

という言葉となって、記憶されていたのである。

〝アルプスで過した良き一日は、すぐれた交響曲に似ている〟

これは、一九一四年、マロリーが二十八歳のおりに書かれた、「芸術家である登山者」という題のエッセイの中にある言葉だ。

いかつい山男というよりは、静かな情熱を裡《うち》に押し隠した芸術家というイメージが、マロリーにはある。もの憂げな瞳《ひとみ》と、独特の孤独感のようなものが、マロリーの周囲にはまとわりついている。

友人の、ダンカン・グラントのヌード画のモデルとなるため、自分の裸体をその前にさらしたこともある。

マロリーは、その周囲に、ホモ・セクシュアルの香りさえ立ち昇らせている。

マロリー自身はともかく、社会風刺家として知られているE・F・ベンソンが、マロリーに対して、ホモ・セクシュアルな愛情を抱いていたことは確かであろう。

マロリーは感じのいい人間だ。わたしの知る中で最も率直で心が純粋な人間のひとりだ。それに、見た目に非常に美しく、すばらしく均整が取れているから、彼が動いたり何かをするさまを眺めるのは楽しい。

ベンソンは、日記にそのように記している。

西洋流のアルピニズムというか、イギリス流の登山行為には、〝自然を征服する〟といったようなニュアンスがつきまとうように、深町には以前から感じられていた。この感想がどこまであたっているかはともかく、しかし、マロリーの登山からは、そのイギリス的なものが強く立ち昇ってはこなかった。

マロリーの登山からは、むしろ東洋的な香りさえ感じられた。マロリーには、登山を、自然と一体となるためのひとつの手段として考えていたような節さえ見うけられる。

一九〇一年の夏、マロリーは、山の師であるアーヴィングと、岳友ティンドールの三人で、モン・モディを登っている。

そのおりのことについて、マロリーは次のような文章を『アルパイン・ジャーナル』に寄せている。

これが、この日を飾る峰頂なのか。なんという冷静さだ。われわれは有頂天になってはいない。しかし喜んでおり、内心びっくりもしている。……われわれは敵を征服したのだろうか。いや敵ではなくわれわれ自身をだ。われわれは成功を手にしたのだろうか。ここでは、そんな言葉は意味がない。われわれは王国をかち取ったのだろうか。そうではない……が、そうかもしれない……。

この文章の背景には、むろんヨーロッパ風の香りが漂っているにしても、明らかに東洋的な思考が、そこにはまぎれ込んでいるように深町には思えた。

しかし、忘れてならないのは、一八〇〇年代の後半から、一九〇〇年代の初めにかけて、イギリス――というよりは、ヨーロッパを中心にして、世界全体に流れていた時代的な気運であろう。

その頃の世界は、地球表面の、地図上の空白部分を埋め、さらには、地上の世界をヨーロッパ、アメリカ、ロシア、日本等の列強で、区画しようとする動きの中にあった。

ヨーロッパからはスウェン・ヘディン、スタイン、日本からは大谷《おおたに》探検隊などが、あいついで、中央アジアの地図上の空白部へ探検に出ていった。これに、ロシア、イギリス、ドイツ、アメリカ、清《しん》、日本の思惑がからまりあって、ある意味では、チベットを含む中央アジアは、世界の関心の中心軸をなしていたといってもいい。

エヴェレスト初挑戦から登頂まで、この間に、世界は、ふたつの大戦を経験している。

マロリーが、世界の頂上へゆこうとしていた当時、その背景に、このような時代の気分があったことは見逃がせない。

そういう時代の持つ気分の中に、イギリスのアルパイン・クラブも、マロリー自身もあったといっていい。

どの国が、一番最初に世界の頂上を踏むか――

この闘いは、一九五三年、ヒラリーとテンジンによってエヴェレストの頂上が踏まれてからは、アメリカとソビエトという二大大国による、どちらが先に月に人間を送り込むかという競争に移っていったのではないかと、深町は思っている。

アポロ計画というのは、あれは、大がかりな登山であったのだと、深町は理解していた。

月は、地球に残された最後の最高峰であったのだ。

ベースキャンプとしてのヒューストンを設営し、そこから、第一キャンプとしての宇宙船を宇宙空間に飛ばし、月の軌道にのせ、それを第二キャンプとして、最終キャンプを月面に着陸させて、そこから、月を、人の足が踏んだのだ。

大気が薄いため、酸素やマスクを用意していったヒマラヤ登山のように、酸素を背に負った宇宙服を、月面に降りてゆく宇宙飛行士たちは着込んでゆく。

これほど、ヒマラヤ登山のシステムに似た行為があろうか。

深町の思考は、とりとめがなくなっていた。

エアコンの耳障りな音が、部屋に響いていた。

そろそろ、宮川がやってくる時刻のはずであった。

そう考えた時――

枕元の電話が鳴った。

深町は、仰向《あおむ》けになったまま受話器を取った。

「おい、おれだよ」

宮川の声がした。

宮川は、深町がよく一緒に仕事をしている、岳遊社の編集者である。『地平線会議』というアウトドア誌の副編集長をやっている。

「今、下のティールームからだ。すぐに降りて来られるか？」

「今行くよ」

そう言って受話器を置き、深町は立ちあがった。

5

「ところで、羽生丈二のことなんだけどな――」

宮川がそう言ったのは、深町が用意した写真をひととおり見終えてからだった。

宮川は、見終えた写真を、自分のカバンの中にていねいにしまってから、もう一杯コーヒーを注文した。そのコーヒーが届く前に、宮川が、羽生丈二の名を口にしたのである。

「何かわかったのか?」

「いや、それがわからないんだよ。心あたりのある人間に、何人か連絡をとってみたんだが、誰も、羽生が今どうしているか、わかっちゃいないみたいなんだよ」

「何故だ?」

「わからない。もともと、どこか奇妙なやつだったからな。あいつが今どうしているか、気にしてる連中の方が少ないのさ――」

「そうか――」

「おいおい。おまえ、マジで羽生の行方を捜してるのか。それだったら、まだ、あきらめる必要はないぞ。おれはなにしろ、何人かに、羽生がどうしてるかを訊《き》いただけだからな。しつこく捜しまわったわけじゃない」

言いながら、宮川は、カバンの中からあらためて封筒を取り出した。

「約束してた羽生の写真だよ」

宮川は、取り出した封筒を、テーブルの上に置いた。

「グランドジョラスで事故った時のやつと、エヴェレスト遠征の時のやつさ。うちの雑誌に載ったやつのコピーなんだが、それでいいのかい」

「ありがとう。助かる」

深町は封筒に手を伸ばして、中から、二枚のコピー用紙を抜き出した。

「それにしても、おまえ、何だって羽生のことなんか調べることになったんだ」

「いや、たいしたことじゃない」

深町は、取り出した二枚のコピーを、テーブルの上に並べながら言った。

宮川の言うことを、深町は、ほとんど上の空で聴いていた。

二枚のコピーの写真に、気持を奪われていたからである。

一枚目の写真に映っているのは、頭部に包帯を巻き、左腕を、やはり包帯で肩から吊《つ》っている青年であった。三十代の半ばくらいだろうか。

カメラのレンズを睨《にら》んでいる険しい視線が、カトマンドゥで会ったあの男の眼の光と似ていた。

二枚目の写真の羽生丈二は、四十代の顔をしていた。視線の険しさは、三十代の頃より、さらに強くなっていた。不満や憤りが、あからさまに眼の光の中にある。

己れの胸の裡《うち》の濃い感情を隠しきれずに、カメラを睨む視線に込めている——そんな風に見えた。

頰を髯《ひげ》が覆っている。

顔は、間違いなく四十代の男のそれであるのに、どことなく、十四、五歳の少年の色気のようなものが、その写真にはあった。

たった独りで、自分の周囲のもの全てを敵にまわし、時には、自分自身すらもその敵として闘っているような少年——そういう少年だけが持つ、毒とも色気ともつかない凄艶《せいえん》なものがその表情にはあった。

誰も信用しないと、その、写真の中年男の中の少年が、カメラに向かって言っている。

そのかわりに、誰からも信用されなくていいと。

己れ独り——

それを、強く自分の中に覚悟した少年が、その写真の男の内部に棲《す》んでいる。

痛々しいものさえ、その写真からは感じとれた。

印刷された写真をコピーしたため、白と黒とのコントラストが強く出て、かえってその写真の男が裡に秘めたものを、鮮明にしているように見えた。

この男だ——

深町は、そう思った。

カトマンドゥで出会ったあの日本人——その男と、写真のこの男とは同一人物である。

カトマンドゥでそう思った通り、あの男は、羽生丈二であったのだ。

四章　氷　牙

1

いつの間にか、コーヒーがぬるくなっていた。

二度ほど口をつけたが、あまりうまいと思えるような味ではなかった。飲まれないままのコーヒーを見つめながら、深町は、伊藤浩一郎を待っていた。

工藤英二に、紹介してもらって連絡をとり、この日、この喫茶店で伊藤と会う約束になっていた。

羽生丈二《はぶじょうじ》が、かつて属していた山岳会の会長をしていた男である。

羽生丈二——

宮城県仙台市生まれ。

一九四四年一月十日が、彼の誕生日である。

一九九三年のその年、四十九歳になっているはずであった。

六歳の時に、交通事故で、両親と妹を亡くし、千葉県の伯父《おじ》の家にひきとられ、中学卒業まではそこに住んでいた。

その時の事故で、左脚大腿部《だいたいぶ》を複雑骨折し、その後遺症が、少し残っている。現在でも、歩く時に、軽く左足を引きずるようになった。

深町自身も、羽生丈二という男のことは、まことしやかな噂話も含めて、いくつかその耳で聴いている。

〝天才クライマー〟

そのような名前で呼ばれた時期も、羽生丈二には間違いなくあったが、日本の登山関係者の間では、

〝一ノ倉の疫病神〟

としての方が、名を知られている。

名は知られていると言っても、それは、一九八五年のヒマラヤ遠征あたりまでの話で、それより後は、羽生丈二の名前は、登山界ではほとんど聴かれなくなっていた。羽生丈二という人間の行方自体が、その年を前後するあたりから、誰にもわからなくなってしまったのである。

一九八五年に、エヴェレストで彼がおこした事件がもとになって、登山界から追放されたという噂もある。

その羽生丈二が、何故、ネパールにいるのか。

彼が、いったいどのような経緯で、あのカメラを手に入れたのか。

今のところ、カトマンドゥで、羽生丈二に会ったという話は、まだ誰にもしていない。工藤にも、宮川にも、そのことは言っていないのだ。

宮川には、マロリーのカメラの機種の名をカトマンドゥから問い合わせている。日本に帰ってからは、羽生丈二の消息について、調べてもらったりもした。しかし、そのふたつを、一緒に重ね合わせて考えられるような手掛りを与えてはいない。

マロリーのカメラの件と羽生丈二の件は、表面上はまったく別のものである。

深町の脳裏に浮かんでいるのは、コータムと話をしていたおり、店の暗がりで見た、あの、毒蛇《ビカール・サン》と呼ばれる男の顔であった。

昏《くら》い眼光を放つ双眸《そうぼう》と、濃く髯《ひげ》が浮いたあの頬。

カトマンドゥでの一件は、まだ、深町の胸の中で燻《くすぶ》り続けている。

だからこそ、こうして、今、伊藤と会おうとしているのである。

羽生丈二という男について、知るためだ。

あの男がどういう過去を持っていて、いったい、どうして今、ネパールにいるのか——

——

それを知ることが、あのカメラを何故、羽生が持っていたかを知ることの手掛りになるだろうと考えている。

また、ネパールへ出かけてゆき、羽生を捜し出す——それはなんとかできるだろう。

しかし、羽生を捜し出したとしても、それはそれだけのことだ。彼が、あのカメラについて、何か教えてくれるわけではない。知らぬと言われれば、それまでだ。

この日本で、羽生丈二のことを調べてゆくうちには、何か、ひっかかるものとぶつかるだろうと思っている。羽生丈二が、ネパールにいる理由、あるいは原因、そういうものが見えてくれれば、羽生に、また会いにゆく理由にもなるし、それが、カメラのことを聴き出す時の武器——というよりは味方になるかもしれない。

　ということは、おれは——

　と、深町は、自問する。

　もう一度、あの男に会いにゆこうと本気で考えているのか？

　そうでなければ、どうして、羽生丈二のことを調べようとしているのか。

　あの時、羽生自身が言っていたように、カメラの件も、羽生に会ったことも、みんな忘れて、なかったことにしてしまうのが正しいやり方ではないのか。

　そうであるような気がする。

　いや、きっとそうなのだろう。

　しかし——

　深町の脳裏に焼きついている、もうひとつのシーンが蘇《よみがえ》ってくる。

　氷河の上を、するすると滑り落ちてゆくふたつの点——その点が、宙に跳ねあがって下方の雪の中へ消えてゆく光景——

　井岡と、船島が死んだあの時の映像が鮮明に残っている。

　エヴェレストの頂《ピーク》を踏めずに、もどってきたふたりが、あそこで死んだのだ。屍体《したい》さえ回収できない死だ。ふたりの屍体は、今も、あの氷河の中にある。山の時間に閉じ込められたまま、一千年後か、二千年後、氷河の末端に流れ着くまで、ふたりの肉体はそこで眠っているのだ。

もし、ここで、マロリーのカメラのことも、羽生丈二のことも忘れ去ってしまうことにするのなら、自分は、もう、これを最後に、二度と山とは関わりを持たない生活に入っていってしまうだろう——そういう予感がある。

いや、予感というよりは確信に近い。

それは、あの、井岡と船島が死んだことも、過去のことにしてしまうということなのだ。

それが、できるか？

できるだろうと思う。できると思うから、それが怖いのだ。

時間がたてば、仲間の死だろうが、身内の死だろうが、皆、過去のことだ。どのような映像も、時間の中で風化してゆく。

それでいいのか、と思う。

羽生丈二と、マロリーのカメラの一件が、今、唯一、自分と山とを繋《つな》ぎとめているものであった。

そうなのだ。

井岡や船島のことだけではない。あの遠征や、これまでにやってきた山との関わりを持った全ての時間、それに費やしたものの量——そういうものとの関係をつなぎとめているのが、今、自分にとっては羽生丈二なのだ。

もし、あのカメラを発見しなければ、もし、羽生丈二と会わなければ、自分は、苦い想いを胸に抱えたまま、ゆっくりと、山とは関係のない生き方を選んでゆくことになったであろう。

時おりは、昔の山仲間と会い、酒は飲むだろう。

時おりは、そこらの山に、ハイキング程度の登山にゆくかもしれない。

しかし、あの、胸がひりひりするような山――頂上を見あげれば、胸が押し潰《つぶ》されてしまいそうになるような思い、そういうものからは別の世界に、自分はゆくことになる。

それは、もう、具体的に、山に登る、登らないというような問題ではない。

たとえ、登らなくとも、街の中にいて、ふいに、切ない想いに胸を締めつけられ、白い岩峰を捜そうとして、ビルの群のむこうの青い空に、山の頂を視線で追ってしまう――そういう場所から、去ってしまうことなのだ。

去りたくない。

おそらく、自分が、今、羽生を追っているというのは、そういうことなのだ。

岩を攀《よ》じるというのは、あれは、一種の才能である。

山が好きで、山を登り始めたのだが、自分よりも才能があり、体力もあり、実力のある者は無数にいた。

エヴェレストの頂に立つことや、未踏峰の頂を最初に踏む人間には、自分はなれそうもないことがわかった。その時に、自分は、カメラを選んだのだ。自分は、登山史に名を連ねるような登攀《とうはん》をする人間ではない。しかし、そういう遠征に参加することや、まだ誰もやったことのない未登攀の岩壁《いわかべ》に挑戦するような人間の傍にいて、それをサポートしたり記録したりする側の人間にならなれるかもしれない——

そう、自分に納得させて、これまで山と関わってきた。

そういうことからも、今度の遠征の失敗をきっかけに、離れてゆくことになるような気がしていた。

羽生との一件がなかったら、である。

加代子とのことにも、結論を出さねばならない。それが、どういう結論であるにしろだ。

しかし、羽生を追っかけている間は、まだ、終わってはいないのだ。何が終わってはいないのかよくわからないが、まだ、終わってはいないのだ。

おそらくは、自分の山が——

自分の山が終わらないうちは、加代子とのことも、もしかしたら、もっと違う結論がありそうな気もする。いや、その違う結論というのは、この世に存在しない山の頂なのだ。幻想の山の頂なのだ。

だが、ないはずのその頂を目指しているうちは、加代子との間に存在するものに、結論を出さずにすむのではないか。

それは、自分の勝手な逃げだと思う。

それはわかっている。

もう、加代子と自分との間が、駄目なのはわかっている。加代子と会って、もう、これでやめにしようと言えば、加代子も自分も楽になれるのだ。

「あなたは、わたしを苦しめるために、まだ、わたしのことを好きだなんて言ってるのよ」

加代子の言葉が、錆《さ》びた鉄片のように、胸に刺さっている。

深町は、自分の気持が、うまく名づけられない。

そういうものだ。

誰も、いちいち、過去の自分の感情にひとつずつ名前を与えながら生きていけるわけでもないし、自分の行動に理由をつけながら生きているわけでもない。

つまらないことは考えるな。

今は、羽生のことが気にかかっている。

だから、羽生のことを調べている――それでいいではないか。それが、また、ネパールへゆくことになるかどうかまで、今、考えることじゃない。

喫茶店に、伊藤浩一郎が入ってきたのは、約束の時間に、七分ほど遅れた、昼の三時七分であった。

2

「ええ、覚えてますよ、羽生丈二のことならね」

伊藤浩一郎は、そう言ってから、深町の目の前で、煙草に火を点《つ》けた。

深々と煙ごと息を吸い込んでから、ゆっくりとそれを吐き出した。

「いつもね、あいつ、切羽つまったような山ばかりをやってましたね。尻《しり》に、火が点いてるんじゃないかっていうような登り方でしたよ、あいつの山っていうのは――」

「それで、羽生丈二が、今、どうしているかについてはわかりませんか？」

「それがねえ、わからないんですよ。たぶん、深町さんも御存知だと思うんですけどね、一九八五年のエヴェレスト――今から八年前のあの事件までは、なんとなく連絡をもらったり、葉書きをくれたりしてましたからわかってたんですがねえ――」

羽生が、うちの山岳会に入った時期から、それまでのことだったら、そこそこはお話しできるとは思うんですが――

伊藤はそう言った。

羽生が、伊藤がやっていた青風山岳会に入会したのは、一九六〇年の五月である。

羽生が十六歳。伊藤が、現役ばりばりの三十歳の時のことである。

「まだ、覚えてます。わたしの自宅まで、いきなりおしかけてきて、入会させてほしいと彼が言ったんですよ」

伊藤が、五月の連休のほとんどを、山での合宿に使って帰ってきたその日に、羽生丈二は、たった独りで伊藤の自宅にやってきたのだという。

当時、伊藤はまだ独身で、二階の自室に、羽生を通した。

「青風山岳会に、入会させてくれませんか」

羽生は、顔を赤くしながら、怒ったような口調で、そう言ったという。

最初から最後まで、羽生は、伊藤を睨《にら》んでいた。

「あれは、入会の申し込みというよりは、道場破りに来たみたいでしたね」

伊藤は、深町に笑ってみせた。

入会したいと言ってきた羽生に、どうしてうちの会のことを知ったのかと伊藤は訊《き》いた。

「見たからです」

「何を？」

「山岳会の人たちが、歩いているのを」

話を聞いてみるとこうだった。

羽生がしばらく前に新宿に出たおり、十人余りの登山者の一団が、駅の構内を歩いているのを見たのだという。人間よりも重そうなキスリングを背負い、登山靴を鳴らしながら、彼等は歩いていた。

周囲の人間たちが、その集団のために道を開ける。その真ん中を、無造作に、いかつい、汚ない男たちの集団が通過してゆく。

その時、男たちが背負っていたキスリングに、〝青風山岳会〟の名前と、町田の住所が書いてあるのが見えたのだと、羽生は、たどたどしい言葉で説明した。

その山岳会の名前と町名を記憶《おぼ》えていて、人に訊きながら、ここを訪ねあてたというのである。

「何故、うちの会に入りたい」

伊藤は訊いた。

「他人《ひと》に馬鹿にされたくないからです」

思わぬ返事が返ってきた。

「誰かに馬鹿にされてるのか」

「されてます」

「どんな風に？」

「いろいろです」

「いろいろとは？」

「馬鹿にした眼で、おれを見ます」

「誰が？」

「みんながです」

「何故？」

「おれに、両親がいないからです。それに、足も悪いし」

「御両親は亡くなられたのか」

「はい。六歳の時に――」

交通事故だという。そのおりに妹も同じ事故で死に、自分だけが生き残って、千葉の伯父《おじ》の家にひきとられたのだと、羽生は言った。

その時の後遺症で、歩く時に、軽く左足をひきずるような歩き方になる。

その歩き方を見て、他人が自分のことを馬鹿にするのだという。

「そんなことはないだろう」

「あります」

かたくなに羽生は言った。

「山岳会に入れば、馬鹿にされないのか」

「はい」

「何故？」

「人に、できないことをやるからです」

「へえ――」

「新宿では、皆、避《よ》けて通ってました――」

「ありゃあ、むさくるしいおれたちを怖がってたんだ」

「馬鹿にされるより怖がられる方がいいです」

羽生の答えは、はっきりしていた。

ふと、思いついて、伊藤は羽生に訊《たず》ねた。

「山、好きか？」

問われた羽生は、口ごもり、うつむいて、

「わかりません」

そう言ったという。

「山の経験は？」

「少し」

「少しというのは、どのくらいなんだ」

「だから、少しです」

「どこをやった？」

「わかりません」

「わからないことがあるか」

「ほんとにわからないんです。丹沢のどこかだと思いますが——」

話を聴いてみると、こういうことであった。

十一歳の時に、羽生は独りで山に行ったというのである。

七月——夏休みに入ったばかりの時だ。

以前、伯父の家族と一緒に、箱根に行ったことがあった。

その途中に、小田急線の車窓から見えた山に、登ってみることにしたのだ。それが、丹沢山塊と呼ばれる、神奈川県では最も大きな山系であったことを羽生が知るのは、もっと後になってからのことである。

新宿から、小田急線で西へ向かい、山が見えた場所で降りた。キスリングを背負った登山客が何人かいたので、その後をついていった。彼等と一緒にバスに乗り、降りた所から歩き出した。

登山客は、すぐに先に行ってしまい、羽生は独りになった。独りで、山道を登っていった。地図などを見るということもわからなかった。とにかく、上へ登ってゆけば、山の頂上に着くだろうと思っていた。帰る時は、同じ道を下ればいい。

装備と言えるようなものは、持っていなかった。

子供用のリュックサックに、昼飯用のパンと、水筒を入れ、飴《あめ》をポケットに入れた。

半袖《はんそで》のシャツに、半ズボン、運動靴という格好だった。

雨具も持たなかった。

道こそあるが、今ほど、登山道が整備されているわけではない。

いくら歩いても、頂上に着かない。

どのくらい歩けば頂上に着くのかわからなかった。昼食にパンを食べ、一瞬、帰ろうかと考えたが、脚は自然に上に向かっていた。途中で、誰とも会わなかった。夕刻になった。

羽生は、大きな岩の陰で野宿をした。

寒かった。夜露で、身体が濡《ぬ》れた。ひと晩中、ほとんど眠らずに飴を舐《な》め、水を飲んで飢えをしのぎ、朝を迎えた。

よく見れば、大岩のすぐ上が、山の頂上であり、そこに小屋があった。

小屋に入ってゆくと、バスに乗った時に一緒だった登山客が、羽生のことを覚えていたらしく、

「なんだ、おまえ、ここまで来たのか？」

声をかけてきた。

羽生は、うなずいた。

「昨夜《ゆうべ》はどうしたんだ？」

登っている途中で暗くなったから、岩の陰で寝たと、羽生は答えた。

「食事は？」

昼に、パンを食べただけだと言うと、小屋の主人が、飯と味噌汁《みそしる》を出してくれた。

「独りか」

「うん」

と、羽生は、飯を喰《く》いながら言った。

「よく来れたもんだ」

小屋の主人は言った。

十一歳の羽生は、小田急線の渋沢から、大倉までバスでゆき、そこから大倉尾根を通って標高一四九〇メートルの塔ノ岳《たけ》までというコースを歩いたのである。

大人の足で、四時間はかかる道程であった。

大倉へ下るという登山客と一緒に下山し、その日の夕刻に、家に帰った。

どこへゆくかを告げずに出てきたので、家ではかなりの騒ぎになっており、警察に捜索願が出されていた。

伯父の家にひきとられてから、初めて、羽生は伯父から叩《たた》かれた。

その体験を、羽生は、ぽつり、ぽつりと、伊藤に語った。

「どうして、独りで山に行こうと思ったんだ？」

伊藤は訊《き》いた。

「楽しかったからです」

十六歳の羽生は答えた。

「楽しかった？」

「家族で旅行して、初めて行ったのが、山だったから――」

「山？」

信州の山だった。

羽生の父親が、山が好きで、丈二が六歳の時、初めて家族で信州の山に出かけたのだという。

松本から、バスで島々谷《しましまだに》の入口まで入り、そこから歩いて、一泊二日をかけて、上高地に入った。岩魚留《いわなどめ》の小屋に一泊し、徳本峠《とくごうとうげ》を越えてゆくコースである。

その時の山行が楽しかったからだと、羽生は、伊藤に答えた。

その帰りに、バスが事故をおこし、羽生の妹と両親が死んだのだ。

「どうだった」

伊藤は訊いた。

「丹沢は、楽しかったか？」

「わかりません」

羽生は、口ごもり、うつむいて、何か想い出すように、ぼそぼそと畳にむかってつぶやいた。

「でも、綺麗《きれい》だったです」

「綺麗？」

「はい」

大岩の陰で夜を明かした時、山を見たのだという。

富士山が見えた。

富士の裾野《すその》が、丹沢山塊よりもさらに上からかぶさっており、その稜線《りょうせん》のまた遥《はる》かむこうに、頂に白い雪を被《かぶ》った山の連なりが見えたのだという。

その遥か彼方《かなた》に見えた山の白い頂の群れ——

朝の陽光が、自分のいる場所より先に、そこにあたった。

それでむこうに見える山が、自分がいる場所よりも高いのだなということがわかった。

天から山頂へ、山の頂から自分のいる場所へ、陽光がゆっくりと地上に降りてくる。

南アルプス——

それが、とても綺麗だったと、羽生はたどたどしい口調で、伊藤に告げた。

羽生は、青風山岳会に入会した。

3

「要領の悪いやつでしたよ、羽生は——」

伊藤浩一郎は言った。

場所は、町田駅に近い、居酒屋のカウンターになっている。

そういう店が開く時間になったので、河岸を変えたのだ。

よく冷えたビールの中ジョッキがふたつ、深町と伊藤の前のカウンターに並んでいる。

久しぶりに、昔の話をするのが、伊藤は楽しいらしい。

伊藤自身は、六十歳を越え、山の現役からは退いている。青風山岳会は、すでに昔ほどの勢いはなく、会員の数も十人余りになっている。

伊藤は、会の顧問となり、今は登山用具店の経営者だ。登山用具店といっても、大まかにはアウトドア用品店であり、冬のシーズンになると、登山用具は隅に押しやられて、店内にはスキー用品が溢《あふ》れることになる。

「あの頃は、うちの会も先鋭的だったからね、危《やば》いところへ、いつも行ってましたよ」

冬場の谷川の烏帽子《えぼし》奥壁変形チムニー・ルート。

冬の北穂高滝谷。

冬の鹿島槍《かしまやり》北壁。

そういう所へ、日常的に入っていた。

「どこへ連れてっても、あいつ、人よりも一番重い荷物を担いで、一番よく働いてましたよ——」

夏場に、尾根を縦走している時、休憩になる。

尾根の遥か下方で、渓《たに》の水音がする。

「先輩、自分が水汲《く》んできます」

ポリタンクを担いで、羽生は一時間もかけて水を下の渓から汲みあげてくる。

「新人の時ですから、他人より、体力があったわけじゃない。むしろ、体力は他の新人よりもなかったと思いますよ。休みの時間も、水を汲みに行ったり、食事の仕度をしたりで、休む時間なんかない。だから、うちの会で、最初にへばって顎《あご》を出すのは、いつもあいつだったんですよ。だけどね——」

と、伊藤はビールを口に運び、唇を指先でぬぐってから、

「どんなにへばろうが、ぶっ倒れようが、泣きごとだけは絶対に言わなかった」

新人の頃にしろ、羽生丈二が、体力がないと言われていたというのは、深町も初めて耳にすることであった。

「普通ならね、それだけ働けば、先輩には可愛がられるんですけどね、羽生は、そうじゃなかったなあ」

「何故ですか？」

「可愛くなかったんですよ」

楽な仕事をまわそうとしても、羽生はそれを拒否し、疲れている羽生を見て、先輩たちが休ませようとしても、

「平気です」

羽生は休まない。

そのまま歩き続け、結局はぶっ倒れて、隊に迷惑をかけることが多かった。

歩く時に、軽く左足をひきずる。

動きは、特別に機敏ではなく、根性だけはあるが、鈍重で無口な男——そんな風に、羽生は周囲から捉《とら》えられていた。

その羽生の、妙な才能に、最初に気づいたのは、伊藤だった。

羽生が入会して、三年目の夏、場所は、穂高の屏風岩《びょうぶいわ》だった。北アルプスの前穂高岳から北東に伸びた北尾根の端にあるこの岩は、幅一五〇〇メートル、高さ六〇〇メートルの、日本最大の岩壁である。

その第一ルンゼをやっている時だ。

羽生と組んでいた伊藤は、トップを羽生にやらせたのである。

これまで、トップでこそなかったが、羽生は何度も岩壁の経験を積んでおり、伊藤の見たところ、バランスもよかった。屛風岩も初めてではなかった。

比較的楽にコースを取れそうな岩場で、

「おい、トップをやってみろ」

伊藤が、羽生に声をかけた。

ハーケンとカラビナで確保《ビレー》し、羽生に先にゆかせたのである。

「それで、あいつが登りはじめたんですが、見ているうちに、思わず声が出そうになっちゃってね」

〝危ない〟

伊藤は、出そうになった声を呑《の》み込んだ。

「下から見ていると、あいつ、すぐ横に安全なルートがあるのに、わざわざ危険なルートを選んで登っていくんですよ」

冷や汗が出た。

場合によっては、伊藤ですら躊躇《ちゅうちょ》するようなコースを、羽生が登ってゆく。

合流してから、伊藤は羽生に言った。

「どうして、あんなコースをとったんだ？」

「その方が、頂上に近かったもんスから」

自分が、何をしたか気づいてないのか、無造作な口調で羽生は言った。

まだ、十九歳だった。

危ないとか、危なくないとか、そういう考え方で、岩壁を見ていなかったのだ。どのコースをとれば、頂《あたま》に一番近いか、羽生にあったのはそういう選択肢のみだったのだ。

伊藤は、驚嘆した。

「おまえの岩は、危ない」

伊藤は、その時、羽生に言った。

「どうしてですか？」

「岩を怖がってないからだ」

もっと岩を怖がらなくてはいけない——伊藤は、羽生にそう諭したが、羽生は、

「はあ——」

と、曖昧《あいまい》な、伊藤の言うことがよく理解できていないような答え方をしただけだった。

岩壁登攀《とうはん》という分野における羽生の才能が開花したのは、その時からであった。

山に入っても、自然にトップをやる回数が多くなり、二十一歳になった時には、経験はともかく、技術的には、青風山岳会の精鋭と比べても、遜色《そんしょく》がなくなっていた。

青風会のトップクラスと肩を並べるということは、日本でも有数のクライマーの仲間入りをしたことになる。

しかし、まだ、羽生は無名であった。

「岩というのは、あれは、まあ、一種の才能なんです」

伊藤は、赤くなった顔で、深町を見た。

「そうですね」

深町はうなずいた。

それは、深町にもわかる。

登山——山道を重い荷を背負って歩くという行為は、基本的には体力がものをいう。才能が関わってくるにしても、それは、ごくわずかだ。

しかし、岩壁に取りついて、そこを登ってゆくというのは、大前提として体力が必要であるとしても、それだけではないものが間違いなくある。

バランス、リズム、自分の感情のコントロール——岩を登るという分野には、登攀者の努力だけでたどりつけない領域がある。

それは、名づけられている技術でも、方法でもない。

才能という曖昧な呼称でしか呼ぶことができないものがあるのだ。

体力もあり、度胸もあり、技術もあるクライマーが、確実に、ではあるが、ある速度以上ではなく登る岩壁を、初心者に近い、キャリアや技術や体力では明らかに劣る人間が、いとも軽々と登ってしまうということがある。

これは、天性のものとしか言いようがない。

山で荷を担いで登っている時は、鈍重なタイプとしか見えなかった人間が、岩を始めた途端に、豹変《ひょうへん》したりする。

そういう人間の岩壁登攀は、速いだけでなく、美しい。

流れるようなリズムがある。

羽生は、そういうタイプのクライマーだったと伊藤は言うのである。

「ま、天才だったんですね」

伊藤はつぶやいた。

「岩を登ってゆく羽生の動きは、まるで、蝶《ちょう》がね、こう、ひらひらと岩壁に沿って登ってゆくような感じがありましたよ」

羽生は、日本の登山界でも難所と言われる岩場を、次々に登っていった。

谷川岳一ノ倉沢コップ状岩壁の登攀。

衝立岩正面壁の登攀——ここには、日本でも有数の、人工登攀ルートがある。それを、羽生は、最初から最後まで、トップで登った。

滝谷や、屏風岩の難しいルートを、いくつも冬場に攀《のぼ》った。

入会して、四年目から五年目にかけては、ほとんど狂ったように岩壁ばかりをねらった。

一年のうちに、二百五十日も山に入っていたという伝説の時期が、この頃であった。

山岳会の山行には必ず顔を出し、終わればそこに居残って岩に取りつく。

羽生は、中学を卒業して、一年後に青風山岳会に入った。

高校には行かなかった。

大学にも行かなかった。

伯父《おじ》の家を出、バイトをしながら山に通ったのである。

年齢をいつわり、下水道工事から、地下鉄工事、港湾での荷担ぎ、運送会社での上乗り、鉄工場——ほとんどあらゆる肉体労働の場を、転々とした。

山に入るたびに、仕事がかわった。

青風山岳会は、社会人の山岳会である。

大学のように、予算が学校側からいくらかにしろ出るような会ではない。

登山費用は、全て自前である。スポンサーが付くにしても、自分でそのスポンサーを捜す。

なんのかんのと言っても、会員は、それぞれに、仕事を持っている。なんとか、その中で時間をやりくりして、山に入っている。

羽生のように、自分の全てを山に賭《か》けてしまったような男と付き合える人間は限られている。

実家が、店をやっていて、いずれ、その店を継ぐことが決まっている者か、自分でやりくりができる仕事を持っている者だ。そういう人間が、交代で、羽生に付き合わされた。

ひとりの人間と、一週間、北アルプスの穂高に入る。

その人間と、一週間後に涸沢《からさわ》で別れ、次のパートナーが入山してくるのを、涸沢のテントで、羽生が待つ。最初の人間と滝谷に入ったのなら、次の人間とは屏風《びょうぶ》をやる——

それが、羽生のやり方だった。

ひとつの山行のたびに、山と東京とを往復するより、その方が、かえって安くついた。ひとりのパートナーが去り、次のパートナーが来るまで、三日も時間があれば、上高地から涸沢まで、荷上げのバイトをする。

そうやって、山でも金を稼いできた。

谷川でも、南アルプスでも、羽生はそういうやり方をした。

半日、山で時間が空くことがあっても、羽生は、岩に取りつこうとした。

「行こう」

と、パートナーに声をかける。

「半日しか時間がない。どうせ、途中で帰ることになるんだから、半日はのんびりしよう」

相手がそう言っても、羽生は承知しない。

「行こう。半日しかないのなら、途中まで行って、そこから引き返してくればいいじゃないか」

相手は、辟易《へきえき》する。

しかし、辟易した相手を、羽生は、さらになじった。

「おまえ、何のために山をやってるんだ」

この頃は、さすがに、単独で岩をやるという発想は、まだ羽生にはなかった。岩をやるには、基本的に、ザイルパートナーが必要だったのである。

〝この男がゆかないから、自分が登れないのだ〟

そういうあからさまな不満を、相手にぶつけることもあった。

自然に、羽生とパートナーを組もうという人間の数は減った。

周囲の人間を、あらためて辟易させる事件があった。

実際には、それは、事件というほどのものではない。羽生丈二が口にした言動についてのエピソードである。

羽生が、二十三歳の頃だ。

青風山岳会の仲間で、飲み会があった。

その二次会——

話は、自然に山の話になり、仲のいいザイルパートナーと一緒に、壁で宙吊《ちゅうづ》りになった時どうするかという話題になった。

冬——岩壁で宙吊りになったザイルの上に自分がいる。下に、ザイルパートナーの友人がぶら下がっている。自分の身体には、友人の体重がかかっている。自分の体重だけなら、なんとか、脱出も可能なのだが、友人の体重までかかっていては身動きがとれない。

このままの状態では、間違いなくふたりとも死ぬことがわかっている。

しかし、まだ体力があるうちにザイルを切って、友人を落としてしまえば、自分の生命は助かる。

この時に、自分だったらザイルを切ることができるかどうか。

そういうテーマの話だった。

「相手が、おまえだったら、ザイル、切っちゃうけどな」

そういう冗談も出たが、いざ、現実的な問題として考えてみると、なかなか答えは出せない。

「なかなか、切れるもんじゃないよなあ。自分が助かるってわかっててもさ」

「だって、下のやつが、まだ生きてるのがわかってるわけだろう」

いざ、そういう現場に直面してみなければわからないが、そう簡単にザイルを切ることはできないなという話になった。

その時——

「おれだったら切るね」

それまで黙っていた羽生が、そう言ったというのである。

「しかしなあ、相手は、知り合いで、友人だぞ」

「切れるよ」

ら切るさ」

　真顔で羽生は言った。

「だって、そのままいれば、ふたりとも死ぬことがわかってるわけだろう。それだったら切るさ」

「おまえが、下の立場だったらどうなんだ」

「切られても仕方がないと思ってるよ」

　あっさりと、羽生は言ってのけた。

　誰もが、岩壁に取りついて、一度や二度はそこから落ち、宙吊りになってザイルに生命を助けられた経験を持っている男たちである。

　地上から数十メートル、あるいは一〇〇メートル以上の空間に、自分の肉体が宙吊りになるという光景《シーン》を、かなりリアルな感触で、頭に思い描くことができる。

　ザイルを切られて落ちる時の、自分の体重が一瞬、消失して、ふわりと自由落下する時の、尻《しり》の毛がそそけ立つような感じもわかる。

　その男たちが、羽生のあっさりした言い方に、さすがに鼻白んだ。

　しらけたような空気がそこに生まれた。

「おれは切る。だから切られても文句は言わない。そういう時があったら、切ってもらってかまわないよ」

　酒の上での戯《ざ》れごとから始まった会話である。しかも、仮定の話をしている。その仮定の話に、他人が驚くほどの真顔で、羽生丈二はそう言ったのである。

「そんなことがあったんですか」

深町は、溜《た》め息と共に、そうつぶやいた。

「何を考えてるのか、よく見えない男でしたよ」

伊藤は、深町の溜め息を真似るように、低い声で言った。

五章　孤高の人

1

羽生丈二が、伝説のクライマーとして、その足跡を、日本の登山史に刻みつけたのは、一九七〇年——昭和四十五年であった。

羽生が、二十六歳の時である。

「きっかけはね、うちの会のヒマラヤ遠征ですよ」

伊藤浩一郎は言った。

その年、青風山岳会は、アンナプルナ・ヒマラヤ遠征を行なった。

ねらったのは、アンナプルナの主峰である。

標高、八〇九一メートル。人類がその足の下に踏んだ、最初の八〇〇〇メートル峰だ。

一九五〇年の六月三日に、フランス隊のモーリス・エルゾーグとルイ・ラシュナルが、初めてその頂《ピーク》に立った。

アンナプルナ——サンスクリット語で〝豊饒《ほうじょう》の女神〟という意味になる。

青風山岳会として、初めてのヒマラヤであり、初めての八〇〇〇メートル峰であった。

高度差三〇〇〇メートルと言われる南壁ルートから、頂上を目指す予定だった。

その遠征に、羽生は、参加できなかった。

「あいつ、金がなかったんですよ」

伊藤は言った。

海外遠征——表向きは派手だが、大口のスポンサーがついているわけではない。

登山具メーカーから、羽毛服やアイゼン、テントを借りることになってはいたが、現金を出してもらうわけではない。インスタント食品メーカーからも、インスタントラーメンや、乾燥野菜等を無料で支給してもらうが、これも現金が出るわけではない。

大手新聞社がスポンサーについてはくれたが、出資した金額は、全体の費用の五分の一であり、登頂できなければ、出資金額は予定の半分に減らされてしまうことになっている。

会の運営費からも、遠征資金として金がまわされるが、それでも充分ではない。結局、費用の大半は、遠征に参加する隊員が、自ら払うことになる。

遠征に出る隊員は、ひとりあたり一〇〇万円からの金を出さねばならず、つまり、遠征に参加できるのは、その金を用意できる人間だけ、ということになる。

遠征期間は、およそ、三カ月半——予備日を入れて、約四カ月かかる。高度順応をしながら、一カ月近くもキャラバンをして、ベースキャンプにたどりつき、そこから登山を開始する。その間、膨大な量の食料や登山用具を運ぶため、多数のポーターを雇うことになる。総勢百人近い人間がキャラバンをする。その費用も馬鹿にならないのだ。

金を用意できない人間は、ゆくことができない。金を用意できても、四ヵ月もの休みをとることができねば、遠征に参加はできない。

職を転々と変えていた羽生にとって、休みをとることは問題がなかった。ただ、金がなかった。

一九七〇年——一〇〇万という金は、年収の半分近い金額になる。

その金を、羽生は用意できなかった。

知る限りの知人に声をかけ、個人的なスポンサーになりそうな登山具店や、町の企業に頭を下げてまわったが、必要な金額の三分の一も集まらなかった。

この海外遠征を断念せねばならなくなった時、羽生は荒れた。

酒を飲んで、会の集まりでも隊員にからんだ。

「体力も技術もおれより劣る人間が行けて、何故、おれが行けないんですか」

伊藤もからまれた。

「この遠征は、成功しなければ意味がないじゃないですか。うちの山岳会にとっては、絶対に頂上を落とさなければならない遠征でしょう——」

それなら、あいつが行くよりは自分が行く方がいい。

個人名をあげて、羽生は主張した。

困ったことに、単なるくやしまぎれの言葉というだけのものではなく、羽生は、自分で言った言葉の通りに、そう思い込んでいるのである。

隊員は、辟易《へきえき》した。

が――

隊が出発する十日ほど前から羽生は急に無口になった。

酒も飲まなくなり、隊の出発準備を、淡々と手伝うようになった。

隊が出発した、二月二十日の晩――

羽生は、同じ青風山岳会の、井上真紀夫を、呼び出した。

井上真紀夫もまた、岩の技術は、他人《ひと》よりも優れたものを持ちながら、やはり金が用意できずに、遠征をあきらめた男である。

年齢は羽生と同じだが、羽生より一年遅れて青風山岳会に入っている。

羽生は、井上を前にして、居酒屋で吐きすてた。

「結局、金だよ」

「金があるやつか、金を借りることができるやつしか、ヒマラヤへ行くことができない」

これに、井上はうなずいている。

「おれは、これまで、人生の全てを山に賭《か》けてきた」

羽生の日常は、まさしく自身の言葉通りのものであった。一年のうち、二百日以上も、山に入っている。その日数は、山岳会でも群を抜いていた。

他の会員より、山に入る日数の多い井上でも、せいぜい百二十日である。

「それを、年に五十日も山に入らない人間が、どうして行くんだ⁉」

全てを山に賭けた自分が残って、仕事の合い間にちょこちょこっとしか顔を出さない人間がどうして――

これまで、何度も言ったことを、羽生は口にした。

「無名じゃだめなんだ。有名にならなけりゃ。有名になれば、スポンサーもつくし、金も出る。有名になるには、ようするに、誰もやらないようなことをやらなければだめなんだ」

深町誠は、この時、羽生の相手をした井上真紀夫にも取材をしている。

〝誰もやらないようなことをやらなければだめなんだ〟

そう言い終えた羽生の顔が、

「急に、真剣な恐い顔になっちゃって――」

井上は、深町にそう言った。

そこで、初めて、井上は羽生の口から〝鬼スラ〟の名を聴かされたのである。

「おい」

と、羽生は、井上を睨《にら》んだ。

酔っている顔ではなかった。

「おれと、鬼スラをやらないか」

「鬼スラ？」

「冬の鬼スラだよ。おれと、ザイルを組んで一緒にやろう」

「無理だ」

井上は、即座に首を振った。

できるわけはない。

「冬場に、鬼スラをやるなんて、自殺と同じだ」

鬼スラ——鬼殺しのスラブを縮めて、そのように呼ぶ。

谷川岳の一ノ倉沢にある、難所中の難所のスラブが、この鬼スラだった。

巨大な一枚の岩壁——

冬場は、いたる所に雪が張りつき、垂直に近い氷壁となる。

黒沢下部のルートから、上のドーム壁まで、約一〇〇〇メートル余りの長大なルートである。昭和四十二年に登られた滝沢の第三スラブを、さらにひとまわり大きくし、さらに難度を加えた壁だ。

ほとんど絶え間なく——そう言っていいほど、上部の雪が落ちてくる。特に、黒沢下部のルートは、自然に、スラブに発生した雪崩が集まってくるような構造になっている。

雪崩の巣だ。

登攀《とうはん》の対象として考えるには、危険すぎる場所である。六発のうち、四発までを弾倉に残し、銃口をこめかみにあてて、自ら引き金を引く——通常よりも、さらに危険度の高いロシアンルーレット。

冬の鬼スラにゆくというのは、そういう賭けをするのと同じレベルの話である。

これまで、まともに、登山の対象として考えた人間はいない。

夏場でさえ、人工登攀をして、宙にぶら下がらねばならないオーバーハングが、途中に何カ所もある。

「いやだ」

井上は、はっきり言った。

「おれは死にたくない」

しかし——

「行こう」

羽生は言った。

「あきらめるわけにいくか。そんなのはいやだ」

子供のように、だだをこねた。

「貴様」

と、羽生は言った。

「くやしくはないのか。金のあるやつがヒマラヤへゆき、実力のあるおれたちが残される。こんなことに我慢できるか。ヒマラヤよりもっと凄《すご》いことを、おれたちでやってやるんだ。井上、おまえ、あいつらが帰ってきた時、黙ってヒマラヤの自慢話を聴いていることができるのか——」

井上は、当時のことを回想して、深町に次のように言った。

「あいつは、けしてね、自分の傷みというものに、慣れることができないやつだったんですね。それが、今はわかりますよ。家族が死んだこともそうだったし、ヒマラヤに行けなかったってこともそうだったし、その後のグランドジョラスにしても、その後のエヴェレストにしても、絶対に、傷みを忘れようとしなかった……」

さらに続けて――

「あいつは、傷みを、いつまでも覚えていましたよ。傷みを忘れることが、悪だと考えてたみたいにね。傷みを忘れてしまう自分を許さなかった。忘れそうになれば、傷口に指を突っ込んで、それを広げるような真似までして、忘れまいとするんです。それが、他人から見れば、我儘《わがまま》な子供みたいな時もあれば、純粋に見える時もあったんでしょうね。とにかく、あいつは、山だけだった。仕事だとか、女だとか、家族だとか、別の趣味だとか、他のことがみごとに何にもないんです」

いやだと断わった井上の前で、羽生は、身悶《みもだ》えし、涙をこぼした。

「おまえ、何のために生きてるんだ」

羽生はそう言って、井上を糾弾した。

「山へ行くためじゃないのか。山へ行かないのなら、死んだも同じだ。ここにいて、死んだように生きてるくらいなら、山に行って雪崩で死んだ方がましだ――」

無茶苦茶な理屈であった。

けして、癒《いや》そうとしない傷みの中で、子供のようにいやいやをする。

井上は、何度も、羽生とはザイルを結んでいる。羽生の、岩に対するうまさ、ひらめき、技術については誰よりも信頼をしている。しかし、岩場で、時おり羽生が見せる狂気性には、背筋が寒くなるような時があった。

下から、トップの羽生を見ていると、他にもっと楽なルートがあるのに、吸いよせられるように、困難な方へ、困難な方へと、羽生が登っていってしまう時があるのである。

下から、どう声をかけても、それを無視して登ってゆく。

「なんで、そっちのルートを選んだ?」

尋ねると、

「攀《のぼ》れるのがはっきりわかっているルートなんか、地面を歩くのと同じじゃないか。それだったら、岩なんかやらずに、通常の登山道を歩いてればいい」

羽生は、憮然《ぶぜん》とした顔でそう言ったという。

「鬼スラも、あいつにとってはそういうことだったんですよ」

井上は、そう言った。

「だいじょうぶだ。おれは、前から、鬼スラのことは考えてきた。今、いきなり、思いつきで言い出したんじゃない」

鬼でも攀れない——鬼ですら死んでしまう岩壁、それで鬼殺しのスラブと名づけられた岩場である。

「いくつかの条件さえ合えば、絶対に鬼スラは不可能じゃないんだ」

「どういう条件だ？」

思わず、井上は訊《き》いてしまった。

「いいか、あそこは、冬場に必ず何度か気温が上がる日がある。そういう日で、月があって、よく晴れた日の夕方、黒沢下部のルートから入って、途中でビヴァーク、翌日、気温が上がる前にドームにたどりついてしまえばいいんだ――」

そういう条件がそろうまで、ルートの取りつき地点でキャンプして待てばいいのだと。

「天気がよければ、太陽の熱で、ぶちぶちと雪が溶けて、落ちる雪はみんな落ちきってしまう。その後、夜になれば雪が凍って翌朝まで落ちてこない。夏場のルートは何度もおれは登っている。夜でも、雪あかりと、ヘッドランプでなんとか行ける――」

最初の晩に、途中の、オーバーハングの下で、ザイルとハーケンで岩壁に身体を固定して眠る。もし、雪崩が出たとしても、そのオーバーハングの下なら、巻き込まれる心配はない。人間ふたりなら、なんとか、身を隠すことができる場所が、あのスラブ中に、ただ一カ所だけあるのだと、鬼スラ登攀のディテールについて、熱っぽい口調で羽生は語り続けた。

ただ、それを達成するためには、相当にスピードのある登攀が要求される。

「あいつの話を聴いているうちにね、なんだか、できるんじゃないかって、そんな気になってきちゃって。そう思ったら、急に興奮してきてしまってね。冬場の鬼スラ初登攀という勲章は、日本の登山史に残りますからね——」

うっかり、ゆく、と、羽生に返事をしてしまったのだという。

「翌朝には、もう後悔していましたよ」

羽生に、やはりゆくのはやめると言うつもりでいたが、それを言い出せないでいるうちに、羽生が井上の下宿にやってきた。

さっそく、必要なものを手に入れて、その日のうちに出発しようというのである。

「不思議なやつでしたよ、あいつ……」

やめよう、引き返そうと、井上は、最後の最後まで考えていたという。

鬼スラに取りついていた時でさえそう考えていたのだが、ついに、それを羽生に言い出せずに、結局、ふたりは、冬期の鬼スラを登りきってしまった。

この時から、羽生丈二の伝説は始まったといってもいい。

日本の主要な岩場に残されていた、ビッグネームの最後の難所を、羽生がクリアした。

冬期の岩攀りに対する概念を、羽生が変えてしまったといってもいい。

この後、羽生は、次々に、日本の困難な岩場のみを、誰よりも短い時間で、征服してゆくことになる。

羽生が、ザイルを組む相手は、転々と代ってゆき、井上とのコンビも、この鬼スラが最後となった。

「あいつの言動にね、我慢できなくなってしまったんですよ——」

青風山岳会のヒマラヤ遠征は、失敗した。

同じ時期にアンナプルナに入っていたイギリス隊は、青風山岳会がねらっていた南壁をクリアして頂上に立ったが、それに三日遅れて頂上アタックを試みた青風山岳会は、壁の途中で敗退した。山岳会の隊員に、死人こそ出なかったものの、途中、雪崩に襲われて、シェルパ二名が流され、クレバスに落ちて死んだのである。

帰ってきたメンバーに、羽生は、鬼スラのことを語った。

「その時にね、あいつ、ザイルパートナーは、別に誰でもよかったんだと、そう言ったんですよ」

相手は、井上でなくてもよかったと——

「あいつの言う通りですよ。パートナーは、わたしでなくてもよかった。他の誰であっても、羽生は、鬼スラを成功させたでしょう。でも、わたしは、あの時、生命を賭《か》けたんですよ。そのわたしが横にいる場所で、言うべき言葉じゃなかった——」

溜《た》め息と共に、井上はそう言った。

「あいつは、自分が、何を言ったか、それで人がどう傷つくか、わかっちゃいないんです。ただ、正確に、思っているままの事実を言っただけでしょう。しかし、わたしは、もう二度と、あいつとザイルを組む気にはなれなくなってしまったんです」

井上は、深町に、最後に次のように言った。

「わたしは、もう、四十八歳です。あいつも、同じ歳のはずですから、じきに五十歳ですよ。わたしは、山の現役からは、十年以上も前におりてしまいましたがね。羽生のやつが、今、どこにいるか、それはわたしにはわかりませんけどね、ひとつだけ、わかっていることがあります」

「何でしょう?」

「それはね、あいつが、今、どこにいるにしろ、生きているなら、必ず現役の山屋だろうってことですよ。必ず、山をやっているだろうってね、それだけは確信をもって言えますよ。生きていればね――」

「そうですか――」

「あいつの中には、こう、うまく言えませんがね、何か、鬼みたいな怖いものが棲《す》んでいて、それが、山をやめさせないでしょう」

「――」

「あいつに、他の生き方なんて、できませんよ」

そうつぶやいた井上の言葉に、うらやましげな響きがこもっていた。

2

岸文太郎《きしぶんたろう》が、青風山岳会に入ってきたのは、一九七四年の四月だった。

羽生丈二が、三十歳の時である。

岸文太郎は、十八歳、静岡県の生まれだった。都内の大学に入学し、上京してきたのと同時に、青風山岳会に入会してきたのである。入学した大学の山岳部には入部せずに、岸が、わざわざ町の山岳会である青風山岳会を選んだのは、そこに羽生がいたからであった。

岸もまた、一九七〇年に羽生が達成した、〝鬼スラの神話〟に魅せられた人間のひとりだった。

その時で、四年の歳月が経っていたが、冬期の鬼スラを攀った者は、羽生と井上以外には、まだ誰もいなかった。

何組かのパーティーが挑戦しているが、まだ、誰も冬場の凍結したその壁をクリアしていない。いずれも敗退を余儀なくされ、三人がそこで死亡している。

すでに、羽生は、日本のトップクライマーの仲間入りをしていた。

この時期に、長谷常雄《はせつねお》というひとりの天才肌のクライマーが、徐々に頭角を現わしてきていた。

長谷は、羽生より三歳若い、単独型のクライマーだった。

一九六九年、二十二歳の時に、明星山《みようじようさん》南壁右フェース・ルートを初登し、翌一九七〇年の二月には、羽生がやった鬼スラのルートの近く、谷川岳一ノ倉沢滝沢ルンゼ状スラブの冬期初登をやっている。鬼スラよりも、難度としては劣るが、凄《すご》いのは、長谷が、このルートを単独で登ったことであった。

ヨーロッパアルプスの高峰や壁に、日本人クライマーの視線が向いていた時期であり、アイガー北壁、グランドジョラス・ウォーカー側稜《そくりょう》と、難度の高い壁を目指そうという人間も、現われはじめていた。

一九六五年には、芳野満彦《よしのみつひこ》が、日本人としては初めて、マッターホルンの北壁を攀《のぼ》っていた。

青風山岳会も、ヒマラヤについで、ヨーロッパアルプスに遠征隊を出している。

羽生は、この遠征にも、金がなくて参加を見合わせていた。

「海外だけが山じゃない」

嘯《うそぶ》きながらも、羽生の国内での登山は、さらに苛烈《かれつ》さを増していった。

名をあげたにもかかわらず、羽生の、個人的なスポンサーは現われなかった。

山に入る回数を減らし、半年なり一年なりを、しっかり同じ職場で勤めあげればまとまった金も入るのだが、同じ仕事を三カ月以上続けるということが、羽生にはできないらしかった。

仕事を始めて、二週間もしないうちに、

「すみませんが、明日から一週間休ませてくれませんか」

こういう人間に居心地のよい職場などはない。

「何かあるのか？」

「山です」

「山？」

「はい」

事情を呑《の》み込んだ上司が、

「駄目だね」

「じゃ、やめます」

あっさりと羽生は勤めをやめてしまう。

喧嘩《けんか》をしてやめるところも多かった。

伊藤が理由を訊《き》くと、

「おれを馬鹿にした眼で見るからです」

羽生が言う。

「誰が？」

「若い、チンピラみたいなやつです」

「若いったって、おまえの先輩だろう？」

「上司です。そいつが、おれの仕事にもんくをつけるんです。おれが、高校も大学も出ていないものだから、馬鹿にしてるんだ」

「そんなことはないだろう」

「あります」

自分を馬鹿にしたという、年下の上司を殴って、仕事をやめてしまう。

世間でいうまともな社会に、羽生の居場所はなかった。

「今度は、真面目に勤めますから——」

何度か、伊藤にそう言って新しい勤めにゆくこともあったが、長続きしないのは同じだった。

勤めを変えるたびに、普通は生活が荒《すさ》んでゆくものなのだが、羽生の場合は、世間の尺度からすれば、始めから荒んでいた。住むアパートも、どうせ、テント生活の方が多いのだからと言って、必要最低限の部屋しか借りなかった。

風呂《ふろ》も便所も共同の、狭い木造アパートの四畳半——それが、昔から、三十歳に至るまでの、羽生の城であった。

羽生は、自分と同じことを、時に、激しく仲間にも強要した。

「なんだって、都合がつけられないんだよ。仕事の方を、山に合わせりゃいいんだ。おれはそうしてきた。仕事を山に合わせられないんなら、やめちまえばいい——」

怒りにまかせて言うというのとは少し違う。

羽生の場合は、本気なのだ。真面目にそう考えている。そう思っていることを口にする。

羽生のザイルパートナーは、長続きがしない。羽生の性格とやり方についてゆけないのだ。

海外の山にも、死ぬほど行きたい。

誰よりも強く、ヨーロッパアルプスの岩壁や、ヒマラヤの岩峰に焦《こが》れているのに、羽生にそのチャンスはなかった。

羽生丈二、三十歳。

山の仲間も、ぽつりぽつりと結婚をしはじめ、子供もでき、それにつれて、危険な岩壁から少しずつ足を遠のけてゆく――

そういう時期に、岸文太郎が入会してきたのである。

「羽生さんがいるからです」

入会の動機を訊かれて、岸は、はっきりそう答えている。

羽生さん、羽生さん、と、岸は羽生になついた。

誰かになつかれる――羽生はそういうことに慣れていない。なついてくる分だけ、羽生が岸をしごくかたちになった。

羽生の周囲にいることは、他人にとっては精神的に疲れることである。危険な目にもあうし、体力的にもしんどい。

しかし、岸は、それが苦にならないらしかった。

羽生は、他人に、手とり足とりして攀り方を教えるタイプではない。

それが、珍らしく、岸には教えた。

教えるといっても、羽生は、

「見てろ」

そう言って、岸の目の前で、勝手に攀ってみせるだけだ。それを見て、岸が岩のやり方を覚えてゆく。

「左足からだ」

岸が岩に取りつく時に、短くそのくらいのアドバイスはする。

岩によっては、右足を最初にかけて攀ってゆくか、左足からゆくかで、その後の登攀《とうはん》の難度が、かなり違ってくるケースがある。場合によっては、最初に岩にかける足を間違えると、岩壁の途中で、どうにも身動きがとれなくなる時すらある。

岸は、よく、羽生についていった。

羽生も、ついてくる岸を、ことさら邪魔にするわけでもなかった。むしろ、ふたりの関係は、うまくいっていたと考えてもいい。

岸に、両親はいない。

岸が九歳の時に父親が死に、十二歳の時に母親が死んだ。

父は、山で死んだ。冬場の北アルプスに入っている時に、鹿島槍《やり》で雪崩に巻き込まれたのだという。母親は癌で死んだ。

静岡の伯父《おじ》の家から高校に通い、卒業して東京に出てきた。

三歳年下の妹がいて、高校に通っている。妹は、まだ静岡の伯父の家にいる。

自分と似た境遇の岸に、心情的に繋《つな》がるものを羽生が感じていたのかどうか。

岸は、勘がよかった。

岩に対する、肉体的な相性がいいのだ。

「素質があったんでしょうねえ」

と、伊藤は深町に言った。

「攀り方も、羽生によく似てました」

シルエットだけ見てると、易しい岩場なら羽生と変わらない動きをする。

二年を過ぎる頃には、セカンドについて、易しい岩場なら、羽生のザイルパートナーを務められるくらいになっていた。

岸が、青風山岳会に入会して、二年半余りが経った冬——

十二月の半ば。

羽生が、一緒に山に入ろうと考えていたパートナーが、予定をキャンセルしてきた。

仕事を休めない——

それが理由である。

いつもの調子で、羽生は、パートナーを非難した。

羽生とふたりきりで山に入ってザイルを繋いでくれる、青風山岳会でも貴重なパートナーだった。

そのパートナーを、羽生は失った。

もう、会に、羽生のパートナーとなってくれそうな人間はいない。

そこへ、ぜひ自分を一緒に連れていってくれと言い出したのが、二十歳の岸文太郎だった。

「無理だ」

と、羽生は言った。

ゆくのは、冬山である。

場所は、北アルプスの屛風岩《びょうぶいわ》である。

岩壁には、凍りついた雪が付いていようし、岩の途中でビヴァークすることにもなる。

それに、岸がどこまで対応できるか。

屛風《びょうぶ》をやっつけたら、その足で北穂の滝谷に入る。そこでまた岩に取りつくことになるのだ。知識、体力、そして判断力も技術も必要になってくる。

夏、秋ならともかく、冬の滝谷は、まだ岸の手にあまるだろう。

「だいじょうぶです。連れていって下さい」

「駄目だ」

「足手まといになったら、いつでもぼくをおいていってもいいです。危なくなったら、ザイルを切ってもかまいませんから――」

結局、羽生が折れた。

羽生は、岸と共に、十二月の北アルプスに入り、そして、独りでもどってきたのだった。

岸は、屍体《したい》となって、羽生に担がれて、徳沢小屋までもどってきた。

冬場にも、上高地と横尾との間にある徳沢小屋には、冬期専門の小屋番がいる。

夜、小屋のドアを叩《たた》く者がいるので、ドアを開けると、そこに、雪にまみれた羽生が、岸の屍体を担いで立っていたというのである。

まともな形状をしていない屍体であった。

右脚の大腿骨《だいたいこつ》が、折れて、股《また》の間から肺近くまで入り込んでいたという。

羽生は、短く状況を語った。

トップで、羽生が登っていた。

正確に言うなら、オーバーハングの終わったすぐその上部を、左へトラバースしていたのである。羽生の足元のすぐ下は、もう、下の岩棚まで何もない、落差二〇〇メートルの空間があるだけだ。

岸が、岩の途中で確保《ビレー》にまわっていた。その、確保している岸の方が、落ちたのだ。

岸が、体重を乗せていた岩が、壁から剝《は》がれて崩れたのだ。

当然、トップをやっていた羽生も、岸壁からひっぺがされた。

落ちた岸と羽生は、ザイルで繋がっている。

まず、岸が落ちた衝撃《ショック》で、岸がセルフ確保をとっていた岩からハーケンがはずれ、ザイルが張って、羽生を岩壁から引き剝がしたのだ。しかし、羽生は落ちなかった。岸が確保している場所から、引き剝がされた場所まで来る途中の、岩壁にハーケンを打ち、カラビナを付けてそこにザイルを通している。そのザイルの先は、羽生の腰に装着された安全帯《ゼルブスト》のカラビナに固定されている。岩壁の表面を引きずられ、羽生の身体は、途中で打ち込んだハーケンの刺さった場所まで来て止まったのである。

岩に打ち込まれた一本のハーケンが、羽生と岸のふたり分の体重を支えたことになる。

岸は、羽生から三〇メートル下方に宙吊《ちゅうづ》りになったかたちで、まだ生きていた。

羽生が声をかける。

「だいじょうぶか」

「すみません」

岸の声が聴こえる。

岸の姿は、見えない。

羽生の下方一メートルのあたりが、オーバーハングの上部にあたっており、そこから岩壁は内側にえぐれるようにして落ち込んでいる。

そのオーバーハング上部の岩に、ぴんと張ったザイルが触れているのまでは見えるが、その先は、岩の下方に消えて見えなかった。

声のみで話をしてみると、岸の身体は、四メートル岩壁から離れており、振り子のように身を振らねば、岩壁には手が届かないという。岩壁に手が届いても、触れるだけで、そこにしがみつくことはできないと。オーバーハングしているなめらかな岩の表面に、摑《つか》めそうなものなどない。

羽生の動きも、限られている。

ザイルを縛りつけている自分のカラビナが、岩壁に打ち込んだハーケンに引っかけたカラビナにぶつかるまで、きっちりと引っ張られてしまっているのである。

その体勢から、腕力で岸を引きあげるのは不可能であった。自らの体重を利用して、自分が下に下がってゆけば、理屈では自然に岸の身体は引きあげられることになるが、一メートルも下れば、自分もオーバーハングが造った空間にぶら下がることになってしまう。

不自然な体勢で、ともかく、目の前の岩に、二本ハーケンを打ち込み、ひとまず、それに、シュリンゲで自分の身体をセルフ確保《ビレー》した。

九ミリのナイロンザイルの先端を縛りつけてあるカラビナを、安全帯からやっとの思いではずした。同時に、ザイルを結んであるカラビナを、ハーケンに引っかけてあるカラビナに引っかける。ザイルには、岸の体重がかかっているため、かなりの腕力が必要だったが、羽生はその作業をやってのけた。

これで、やっと、シュリンゲの長さの分——三〇センチほどだけだが、岩壁から身体を離し、自由に動くことができる。

羽生は、岩壁から、上半身を突き離し、シュリンゲの確保に体重をあずけ、下方を覗《のぞ》き込んだ。

怖るべき高度感。

下方にぶら下がっている岸の身体が、やっと見える。

「今、セルフ確保した」

羽生は、下に声をかけた。

「どうだ。プルージックで攀《のぼ》って来ることができるか？」

「駄目です」

弱よわしい声が届いてきた。

プルージック――上から下に垂れたザイルに、シュリンゲを結びつけ、そのシュリンゲを利用して上に攀ってゆく方法のことである。

シュリンゲというのは、細い、六〇センチくらいのナイロンザイルを結んで輪にしたものだ。用途によって、長さが違うが、このシュリンゲを、岩をやる人間は、何本も腰のカラビナにぶら下げている。確保の時や、セルフ確保《ビレー》の時に、このシュリンゲを使う。

プルージックの時も、このシュリンゲを使う。

シュリンゲの一方の端をザイルに結びつける時に、特殊な結び目を造る――そうすると、シュリンゲの、ザイルに結びつけなかった方の端を持って引いた時、一方の方向には動くが、反対の方向には動かなくなる。つまり、垂れたザイルの上方にのみ移動し、下方には移動しない結び目を造って、一方の端を自分の安全帯のカラビナにひっかけておけば、腕力を使わずにザイルに体重をあずけて休むこともできるし、その行為によって、一度稼いだ高度が下がることもない。

いったん岩壁に張りつくと、上に攀ってゆく時や、横に壁面をトラバースする時に腕力や脚力を使うのはしかたないとしても、何もせずに動かずにいても、常に体力は消耗し続けてゆくのはつらい。だが、このプルージックを使えば、少なくとも動かずにいる時だけは、体力を温存できるのだ。

　しかし、このプルージックは、基本的には、壁に自分の身体が乗っている時のやり方である。ザイルを攀るのではなく、壁を攀りながら、なお、ザイルのプルージックを利用して攀る――そういう登山方法である。基本的には補助手段である。

　ザイルに宙吊りになった状態で、そのザイルをプルージックのみで攀るというのは、よほど腕力がある人間でも難しい。ましてや、その高度差が三〇メートルあり、冬用の装備を身につけた状態でというのは、不可能に近い。練習用のゲレンデで、体力もあり余っている時にTシャツ一枚でやるのならともかく、岸は、三〇メートルという距離を落下したばかりなのだ。

　三〇メートル落下した時の速度を、腰の安全帯が支えたことになるが、その衝撃が、岸の内臓や背骨に、相当のダメージを与えているはずであった。

　とても、プルージックで登って来れるものではない。

　しかし、駄目とわかっていても、下の岸には、声をかけ続けてやらねばならない。

　見れば、むこうには常念岳や蝶《ちょう》が岳の白い頂が見えている。

　ダケカンバやシラビソの樹々が、眼下の白銀の雪の上に映えているのが見える。

　人影はない。

　もう、一週間か十日もすれば、正月休みを利用して入山する連中が、この岩場までやってくるかもしれないが、今は、この広い天地に羽生と岸だけしかいない。

このままでは、岸も死に、羽生自身も死ぬ。

岸をここに置きざりにして、単独で登ってゆくにしても、ザイルは必要である。

羽生は、途方に暮れた。

何度か、ザイルを手に持って、岸を引きあげようとしたが、二メートルも引きあげることはできなかった。

最初は、言葉を頻繁にかわしていたが、それも、次第にとぎれとぎれになった。岸の声が弱くなってゆく。

岸は、内臓をやられたらしい。

一時間、二時間経つうちに、羽生も消耗してきた。

3

「切れたんです」

羽生は、徳沢小屋の番人に言った。

「切れた?」

「ザイルが、岩の角に当たっていて、そこから切れたんです」

羽生はそう説明をした。

そして羽生は自由になった。

その後、羽生は単独で屏風《びょうぶ》の頭まで出、夏場の登山道を下って、岸の屍体《したい》を回収し、やっとここまでたどりついたのだという。

警察にも、青風山岳会の連中にも、羽生は同じ話をした。

念のため、ザイルの切れた箇所が調べられたが、そこは、岩に擦《こす》られて切れた跡が残っていた。

事故——

そういうことになった。

この事故から一ヵ月後、羽生は青風山岳会をやめている。

誰からともなく、

〝あれは、羽生が切ったんじゃないか〟

青風山岳会に、そういう噂が流れた。

羽生が口にしたのと近い事故がおこったには違いないが、ザイルは、岩に擦れて切れたのではなく、自分自身を助けるために、羽生がナイフで切ったのではないか——

むろん、現場に、羽生と岸以外の人間がいたわけではないから、想像である。

言う方も、本気ではない。

本気ではないが、あるいは、あの羽生なら——そういう気持があることは否定できない。

〝おれだったら切りますよ〟

はっきりと、羽生は、そう口にしたこともあった。

ザイルパートナーと、岩壁で宙吊《ちゅうづ》りになる。

自分が上で、相手が下。そのままではふたりとも死ぬが、ザイルを切って下の人間を落とせば、上の人間は助かる——そういうシチュエーションの時に、

〝自分だったら切る〟

と、羽生は言ったのである。

〝しかし、ザイルの切り口は、岩で擦れて切れたものだって——〟

〝そんなこと、あとでいくらだって細工できるじゃないか〟

皆、自分が言ったとは言わない。

誰かが、そんなことを言ってたけど——あるいは、そんな噂があるけど——そういったシチュエーションで、羽生のことを語る。

本気ではないが、つい、そのような会話に、リアルな感触の響きがこもってしまうのは、その話題の主が羽生丈二であったからだった。

4

長谷常雄のことを、羽生丈二が、どれだけ意識していたのかということを、直接には深町は知らない。

しかし、この自分より三歳若い天才クライマーのことを、羽生がどのような眼で眺め

ていたかは、深町は想像できる。

年齢は、三歳しか離れていないにもかかわらず、羽生にとって、長谷は、新しい世代に属するクライマーであった。少なくとも、羽生はそのように長谷を見ていたはずだと深町は思っている。

その才能も、実力も、長谷と羽生とはあまり変わらない。

違っていたのは、何よりも、その個性であり、性格であった。

そして、おそらくは、有している運までもが、このふたりは違っていたのである。

羽生が、常に、暗いものをその肉体の周囲にまとわりつかせているのに比べ、長谷には、その性格にも、登山のスタイルにも、風のようなさわやかさがあった。

羽生の登攀《とうはん》に、奥まった北側の谷の、陽の差さない青白い氷の上をゆくイメージがあるなら、長谷の登攀には、南面の、陽光に照らされた青あおとした岩壁をゆくイメージがある。

長谷が、次々に国内の主だった岩壁を征服し、やがて、ヨーロッパアルプスの壁にその主戦場を移していったのに比べ、羽生は、あいかわらず、国内の岩にとりついていた。

岸文太郎の死と前後して、羽生は、単独行を好むようになった。

場合によっては、パートナーと組むこともあったが、この時期、羽生は、かなりの数の壁を、単独でやった。

もうひとつ——

羽生のことを調べてゆくうちに、深町は、奇妙なことに気がついた。

羽生の周囲に、女っ気がないのである。

誰に訊《き》いても、羽生が、誰か特定の女性とつきあっていたということを言わないのだ。

「女？　いなかったんじゃないですか――」

伊藤もそう言ったし、他の人間も、

「知らないねえ」

短くそう言うばかりだった。

「でも、コレだって噂もないから――」

〝コレ〟のところで、その男は、右手を持ちあげ、その手の甲を左頬にあてた。

〝ゲイ〟とか〝オカマ〟とかを意味するあのポーズである。

「――案外に、どこか、我々の知らないところで、てきとうにやってるのかもしれませんけれどね」

ともあれ、ほどなく羽生は、長谷との長い闘いの中に、入ってゆくのであった。

六章　岩稜の風

1

　その当時の羽生丈二について、一番よく知っているのは、〝グランドジョラス〟の、多田勝彦《ただかつひこ》だった。

　〝グランドジョラス〟は、日本の、登山用具メーカーである。

　昭和四十年代初めの創業当時は、簡単なハイキング用の靴やザック、雨具から水筒などを造っていたのだが、社会的なブームとして登山熱がたかまってゆくのに合わせて、本格的な登山用具も造るようになった。冬山用の靴や、ピッケル、テントなども造り出し、スキーブームのおりには、スキー用具にまで手を広げている。

　現在は、スキーとアウトドア用品の専門メーカーとなり、事業の規模は、創業時とは比べものにならないくらい拡大した。

　深町誠は、五反田にある〝グランドジョラス〟の本社ビルの三階で、多田と会った。

　電話で、深町が羽生のことを取材している旨を告げると、

「一時間くらいなら時間がとれますから――」

　と、多田が、この日を指定してきたのである。

午後の三時——

多田からもらった名刺には、〝営業本部長〟の肩書きがついていた。

「ええ、そうですよ。私が、羽生を、うちの社の最初のテスターとして、引っ張ったんですよ。彼の立場は、社員ではなく、フリーでしたけどね——」

多田は、自分で、深町にコーヒーを淹《い》れながら言った。

「すみません、わざわざ——」

「いえ。もともとが山屋ですから、何でも自分でやる癖がついちゃってるんですよ」

ドリップで淹れた、本格的なコーヒーの香りが、テーブルの上に置かれたカップから漂ってくる。

「スキーとアウトドアのブームで、三年前からは、カヌーなんかも出し始めたんですが、山の人間としては、少し淋しいですよ」

「山へ行く人間が減りましたか」

「ええ。テントや他の道具にしても、出るのは、ファミリータイプのものが多くてね。ことさら小さく、軽くしなくても、いいんですよ。ガスコンロにしても、別に、それを背負って山の上まで運ぼうってわけじゃありませんから、車に積める程度であれば、それで充分ということで——」

今どき、重い荷を背負って、ただ黙々と頂上まで歩いてゆこうという人間なんて、めったにいませんから——と、多田は付け加えた。

「羽生が、うちに来たのは、一九七七年だったと思います」

多田は、当時のことを自分の内部にさぐるように、視線を宙にさまよわせた。

「青風山岳会を、例のザイルが切れた件でやめた後だったと思います。羽生丈二が、仕事を捜してるというのを、人づてに聴いたんですよ。何度か、羽生とは顔も合わせたことがあったんで、それで、わたしが羽生に連絡をして会ったんです」

〝グランドジョラス〟で製作中の新製品が商品化される前、現場でそれを使用し、あれこれと意見を述べることが羽生の仕事であった。

さらには、メーカー主催のアウトドアのイベントに参加して、参加者に岩や山の技術を教えたりする。

どちらにしろ、いつもある仕事ではない。

〝グランドジョラス〟の製品をあつかっている販売店から、あの鬼スラの羽生なら、ということで声がかかり、登山用具店の販売アドバイザーもやった。

店員として、登山用具を買いに来た客の相談にのってやったり、客の登山計画のアドバイスをしたり、場合によっては、ガイドのようなこともする。

この、〝グランドジョラス〟でのテスターの仕事は、ほんの何年かはもったが、岳水館という登山用具店でのアドバイザーという仕事は、結局、ヒマラヤ事件までの八年間、続くことになる。

いつでも仕事を休んで山に入ってもいい――この条件が、羽生の長期間の勤めを可能にしたのだが、不思議なことに、この時期、かなりの日数を、羽生はこの仕事のために使った。山にはあいかわらず現役の登山家として入っていたのだが、以前のように、生活を捨ててまでというような登り方をしなくなった。

この時期——昭和五十二年の夏に、羽生は、初めて海外の山に登っている。ヨーロッパアルプスの、アイガー北壁、マッターホルンの北壁、グランドジョラスのウォーカー稜《りょう》——この三つの壁を、ひと夏の間に攀《のぼ》ってのけたのである。

この時は、単独ではない。

羽生よりも四歳年上の、多田自身が一緒であった。

羽生が三十三歳、多田が三十七歳。

「天才というんですかね。羽生の登り方はみごとでしたよ。岩壁で迷わないんです。いや、それは正確な言い方じゃないな。迷うんですよ、しかし、迷うと、あいつは決断してしまうんです。難しい所に、手を伸ばしてしまう。まるで、岩を怖れた自分に腹をたて、自分に罰を与えようとするみたいに、その難しい岩場に手を出してしまう。そして、そこを、クリアしてしまうんですよ」

多田は、ふいに、何か思い出したようにうなずき、

「妙なやつでしたね、羽生は。やっぱりどこか、普通の感覚では理解できないところがありましたよ」

そう言った。

「どういうところですか」

三つの北壁をひと夏に全部やって、最後のウォーカー稜が終わった後、レショ小屋で、あいつとビールで乾杯してたんですよ。わたし自身は、かなりハードなことを済ませたわけですから、充実した気持でビールを飲んでたんですが、あいつは違ってました」

「────」

「あいつ、飲みながらこのわたしに言うんですよ」

「なんと？」

「こんなの、カスみたいなもんですねって」

「カス？」

「そうです。びっくりしてしまいました」

その時、羽生は、次のようなことを、多田に言ったのだという。

〝夏場に、どれだけの壁をやったって、たいしたことないですよ。やっぱり、冬の北壁ですよ。初めてのことをやらなくちゃ、意味ないですよ〟

「はじめはね、羽生が、冗談を言っているのかと思いましたよ。だけど、本気で彼は、夏の三大北壁なんて、たいしたことないと思ってたんですね。彼がどう思おうと自由ですが、しかし、それは、三大北壁を一緒にやり終えたばかりの相手に向かって言う言葉じゃない。まあ、今にして思えば、彼が、長谷のことを、それだけ強く意識していたってことだと思うんですがね」

羽生が、多田と一緒にアルプスをやった年の二月、ふたりに五カ月ほど先んじて、長谷常雄が、単独で、マッターホルンの北壁を攀って、頂上に立っていたのである。

冬場、しかも単独で、マッターホルンの北壁を攀ったというのは、むろん、世界で初のことである。

これが、長谷の名を、日本という舞台から、世界という舞台におしあげるきっかけとなったのだった。

それを、羽生は意識しているのだ。

長谷の名こそ口にしなかったが、羽生が長谷のことを気にしているのは明らかだった。

羽生の初めての海外は、新しいテントや、用具の試験をかねた登山であり、羽生と多田の旅費は〝グランドジョラス〟から出ている。

「そういう時に、言う言葉じゃあないですよ」

羽生が、次第にパートナーを失くしていった原因を、多田は、その時、ようやく理解したという。

羽生が、強く意識していた長谷は、昭和五十二年の二月、冬のマッターホルン北壁登《とう》攀《はん》を皮切りに、次々と、ヨーロッパアルプスの壁を攀っていった。

マッターホルンの翌年、昭和五十三年（一九七八年）三月に、長谷は、アイガーの北壁を、単独で登攀している。これも、冬期の単独登攀としては、世界初であった。

長谷は、これで、完全に世界の登山界の寵児《ちょうじ》となった。

さらに、アイガーの翌年一九七九年の冬、長谷は、グランドジョラスのウォーカー稜《りょう》をねらった。

この壁の冬期単独登攀も、まだ世界中のクライマーの誰も成し得ていない事業であった。

最初の年がマッターホルンの北壁、次の年がアイガーの北壁、さらにその次の年がグランドジョラスのウォーカー稜——ヨーロッパアルプスで、最も難度の高い三大北壁を、まだ、世界中のクライマーが成功したことのない冬場に、ひとりの人間が単独登攀してしまうというのは、世界の登山史にも類を見ない快挙である。

冬期のグランドジョラスのウォーカー稜というのは、ヨーロッパアルプスに残された、最後の大きな壁と言ってもいい。これが攀られることは、そのまま、ヨーロッパアルプス登山史の最終章のページが閉じられることになる。

歴史的に、遅れてヨーロッパアルプスに入った日本人クライマーにとって、初ものとして残されているのは、極めて難度の高い危険な壁ばかりであった。

これまで、何人もの有名無名のクライマーたちを退けてきた壁である。

それを、長谷がねらっているということは、羽生は——いや、羽生ならずとも、壁に興味を持つクライマーには、充分に想像できることであった。

いつかおれが——

そう考えていたクライマーたちも、現実問題としては、手を出しかねていた登攀であった。

危険度が、桁違《けたちが》いに大きいからである。

ふたりで攀るよりも、独りで攀るというのは、二倍から三倍——いや、四倍以上の体力と精神力が必要になってくる。

テントやガスコンロ、ハーケン、カラビナ、ザイルなどは、ふたりでゆく場合もひとりでゆく場合も、持ってゆく量、個数は基本的にほとんどかわらない。ふたりなら、ふたつにその重量を分けて背に負うことができるが、ひとりなら、その全ての重量を自分の力で上にあげねばならない。

壁を攀る場合、まず、空身《からみ》で攀ることになる。出発地点に、荷物を置いてゆく。いったん、上に攀ってから、懸垂下降でもとの位置まで降り、そこで荷を背負って、再び同じ壁を攀ってゆくことになる。つまり、二度、同じ壁を攀ることになる。

気温はマイナス二〇度から三〇度。強風と共に、吹雪がたたきつけてくる、一年中陽の射さない北側の壁の途中で、一週間以上も、そういうことを繰り返さなければならないのだ。

絶えまなく、シャワーのように新雪がこぼれ落ちてくる壁の途中で、岩にハーケンを打ち、それにハンモック状にテントを固定して、その中で眠るということもする。

ほとんど眠れない。

壁の途中で精神が参り、幻聴を聴くようになり、結局、落ちて死ぬ——冬のグランドジョラスのウォーカー稜は、そのようにして、人を拒み続けてきたのである。

長谷がやろうとしているから、それならおれが先に——そう考えはしても、現実にやれるものではなかった。

あの長谷がやるのならしかたがない。

それが、日本のみならず、世界の登山家たちの考えであった。

ところが、ここに、ひとりだけ、それを受け入れられない人物がいた。

「それが、羽生丈二だったんですよ」

多田は言った。

2

「二月から三月いっぱい、休ませてもらえませんか」

羽生が、多田にそう申し入れてきたのは、一月の中旬であった。

「どこかの山に入るのか？」

多田が訊《き》くと、

「ええ、まあ——」

ぼそりと答えた。

答え方がぎこちなく、声は強《こわ》ばっていた。

表情が堅い。

すぐに、多田は、その意味に思いあたった。

「まさか、グランドジョラスをやろうってんじゃないだろうな」

多田の言葉に、羽生は押し黙った。

「長谷が攀《や》る前に、先にやろうとしてるのか？」

問われた羽生は、そうだとも違うとも言わなかった。

「行かせて下さい」

それだけを言った。

多田には、わかっていた。羽生がこういう状態の時に、駄目だと言えば、羽生は仕事をやめてしまうだろう。

新しい冬用のテントや、ゴアテックスの羽毛服が、今〝グランドジョラス〟で準備されている最中で、その最終的なチェックのため、羽生が、それらのテントや羽毛服を持って、三月は谷川に入ることになっているのである。

「岳水館の方は？」

「水野さんには、まだ言っていません。明日、お願いするつもりです」

水野治は、岳水館の店長をやっている男である。

「検討してみる。少し待ってくれ」

多田は言った。

「検討しても、無理なんじゃないすか」

羽生は言った。

多田は、奥歯を嚙《か》んだ。

羽生の言う、無理の意味はわかっている。

長谷の、今回のグランドジョラス行きには、いくつかのスポンサーがついているが、登山用具メーカーである〝グランドジョラス〟も、その中に入っているのである。

グランドジョラス・ウォーカー稜の、冬期単独初登頂をねらっている長谷のスポンサーになっておきながら、自分のところのテスターである羽生が、長谷に先んじて初登頂をねらうのを、公に許すわけにはいかない。

羽生が、どこに入るのかと問われて、それを口にしなかったのは、そういう背景があるからだ。

〝グランドジョラス〟側としては、羽生がどこの山に入るかを知らなかった、ただ、羽生に休みを与えただけ——そういう体裁をつくることはできるが、しかし、それはあくまでも体裁だけだ。

「なんで、おれにやらせてくれないんですか——」

黙している多田に、羽生は言った。

「なんで、うちの会社は、他の人間に金を出してグランドジョラスに行かせて、おれにやらせてくれないんですか」

「それは違うぞ、羽生。うちが、金を出して長谷にやらせているんじゃない。行くのも、やるのも長谷だ。長谷が、自分で決心して、自分で計画し、自分で行く。うちは、その長谷に、少しだけ、金と用具を提供しただけだ。うちのようなスポンサーは、何社もある——」

多田の言う通りだった。

他にも、長谷のスポンサーになった企業はいくつもある。

出版社、映画製作会社、食品メーカー、TV局、新聞社、時計メーカー、酒造業者、〝グランドジョラス〟を含めて十社余りが、現物を提供するか、金を出すかの差はあったが、長谷の計画にはスポンサーとして協力している。

それもこれも、前年、前々年と、長谷が、アイガー北壁、マッターホルン北壁の冬期単独初登攀《とうはん》をやりとげたという実績があってのことだ。

羽生は、沈黙した。

頭を下げて、多田の部屋を出て行った。

許可を待たずに、羽生は、〝グランドジョラス〟をやめた。

岳水館の方は、水野が一カ月の休みを許可したため、羽生は、勤めをやめずに済んだ。

「しかし、なんで、そこまで羽生は、長谷のことを意識していたんでしょうか」

深町は、多田に訊いた。

「長谷が、鬼スラをやった話は御存知でしょう?」

「ええ。ヨーロッパアルプスの、三大北壁をやった年でしたっけ、長谷が、羽生のやった鬼スラをやりましたね。あとになってみれば、それは結局、その年にやった、マッターホルン北壁の、冬期単独登攀を睨《にら》んでのことだったわけでしょう」

「そうです」

「あの鬼スラが、羽生にはショックだったわけですね」

「長谷が、鬼スラをやる前に、羽生のところへ相談に来たのは、誰かから聴いていますか？」

「そんなことがあったんですか？」

「たしか、昭和五十二年の一月だったと思います」

「というと、あの、屏風岩《びょうぶいわ》でザイルが切れた事件のあった——」

「そうです。あの事件のあった翌年——というより、同じ冬の一月です。羽生のところへ、長谷が訪ねてきたんですよ」

「へえ——」

「ちょうど、羽生が、うちのテスターをやることに決まった時期で、渋谷の居酒屋で羽生とふたりで飲んでいた時でした——」

「その現場にいたんですか」

「はい」

ふたりは日本酒の熱燗《あつかん》を飲みながら、山の話をしていた時だという。

座敷席で、小さな卓《テーブル》を挟んで鍋《なべ》を突つきながら飲んでいると、ふたつ離れた卓を囲んでいた四人グループのうちのひとりが、羽生に、ちらちらと視線を送ってくる。

雪焼けした黒い顔から、山をやっている人間だろうと見当をつけたが、知っている男ではない。

そのうちに、自分の席を立って、その男が、羽生と多田の席に向かって歩いてきた。

「失礼します。人違いだったらすみませんが、羽生さんじゃありませんか——」

羽生が、そうだとうなずくと、急にその男の顔が明るくなった。

年齢は、二十代の後半か、いっていても三十歳くらいだろうか。

「自分は、長谷といいます」

男が、自分の名を名のった。

「長谷？」

「長谷常雄です」

「ああ、あの——」

羽生が頷《うなず》くと、長谷は、照れたように頭を掻《か》いて、恐縮した。

まるで、体温というよりは、陽光のような温度を持った男だった。

くったくのないその笑顔に誘われて、思わず、めったに笑わない羽生が、笑みを浮かべていた。

「すみません。ちょっといいですか——」

話をうかがいたいのですがと、長谷は言った。

多田も、羽生も、この時が初対面だったが、むろん長谷の名前は知っている。日本やヨーロッパアルプスの、難度の高い壁を、次々に攀《のぼ》っている男だ。ザイルパートナーと一緒の時も多いが、単独で壁を攻めることも、少なからずある。

「いいですよ」

羽生が答え、多田が身体をずらすと、その横に、長谷が胡坐《あぐら》をかいた。長谷の三人の仲間は、長谷がいなくなったまま、三人で卓を囲んでいる。

あらためて自己紹介をした後、

「羽生さん。鬼スラの話を聴かせてくれませんか」

長谷が、卓の上に身を乗り出すようにして言った。

「鬼スラの？」

「ええ。あれだけの壁は、日本にはちょっと他にありませんよ。ヨーロッパアルプスにだって、いくつもあるっていうわけじゃありません。一九七〇年に、冬の滝沢ルンゼ状スラブをやった時、ちらっと鬼スラを眺めたんですが、震えましたよ」

長谷は、眼を光らせた。

「凄《すご》かったです。とても、ぼくの手には負えないと思えました。こんなところを攀った羽生さんていう人は、どんな人かと思いましたよ」

お世辞ではない賞讃《しょうさん》の響きが、その声にはある。

「運がよかっただけですよ」

羽生は、無愛想な声で答えただけだったが、悪い気分でないらしいことは、多田にも、声の調子から察せられた。

鬼スラの、壁の話になった。

長谷が訊《たず》ねると、羽生が答える。

驚いたことに、羽生は、鬼スラに取りついてから攀りきるまでの、自分の一挙手一投足を、おそろしく正確に記憶しているらしかった。

どこのオーバーハングで、右手をどれだけ伸ばすとどれだけのホールドがあるか、それが何ミリくらいの出っ張りであったか、その時の自分の動きを、居酒屋の畳の上に立ってやってみせるのである。

長谷が、特に細かく訊《き》いていたのは、ビヴァーク地点とその方法についてである。

長谷の話しぶりからして、かなり、鬼スラについては研究しているらしかった。

ひと通り話が済んで、

「ありがとうございました」

長谷が頭を下げた。

「それじゃ」

と、立ちあがりかけた長谷に、

「鬼スラをやるのか？」

羽生が声をかけた。

一九七〇年に、羽生が井上と共に鬼スラをやって以来、まだ誰も、冬の鬼スラを成功させた者はいない。

挑戦する者は何人かいたが、全てが途中で敗退し、その半数が死んでいる。

「ええ。明日——」

立ちあがった長谷が、くったくのない声で言った。

「明日？」

「はい。明日、谷川に入ります」

顔には、笑みが浮いていた。

不安はないのか、この男は？

多田は、その時、そう思ったという。

不安はないのか——

これまで、何人もの死者を出し、最近では、もう、攀ろうと考える者さえいなくなってしまった冬の鬼スラ——そこに、明日から入る男のようには見えなかった。

「怖くはないですか」

多田は訊いた。

「怖いですよ」

長谷が答えた。

その声が、微《かす》かに震えを帯びていた。

「怖いから、怖いところばかり行っちゃうみたいで――」

長谷は笑った。

「誰と組むんですか?」

多田が訊くと、長谷は再び頭を掻《か》き、

「独りなんです」

そう言った。

3

「それで、結局、長谷は、単独で鬼スラをやっちゃったんですよ」

多田は、コーヒーカップに五分の一ほど残っていたコーヒーを、ひと息に飲み干した。

空になったコーヒーカップをまだ手に持ったまま、

「だから、それから一カ月後ですよ、長谷がマッターホルンの北壁をやったのは――」

つぶやいた。

「マッターホルンの前――二月に、羽生が二度目の鬼スラをやってますね。単独で――

――」

と、深町。

「やってます」

「長谷に刺激されて?」

「そうだと思います」

単独で鬼スラをやろうと発想しそれをやってしまう長谷も長谷だが、その後で、また、二度目の鬼スラを、今度は単独でやってしまう羽生も羽生である。

「結局、これまで、冬の鬼スラが攀られたのは、三回。攀った人間は、羽生、井上、長谷の三人きりで、二度攀ったのは、羽生ただ独り……」

それは、現在も変わってはいない。

「そうだったんですか……」

深町はうなずいた。

羽生丈二にとっては、唯一の、そして最大の勲章が、冬の鬼スラであった。

どういう人間が、どういう海外の山で、どのような実績をあげようが、

〝おれが冬の鬼スラを最初にやった〟

それが、羽生の心のよりどころであった。

その心のよりどころを、長谷が奪った。

冬の鬼スラを単独でやろうなどというのは、誰も考えもしない。それを、いとも軽々と、長谷がやってのけてしまったのである。

羽生は、歯を軋《きし》らせ、くやしがったであろうと、深町は想像した。

羽生が、自らも単独で冬の鬼スラを攀ったのは、長谷が鬼スラをやった一カ月後であった。

長谷が、鬼スラを攀りきるまで、三回ビヴァークしているところを、羽生は、二度のビヴァークで鬼スラをやっつけた。ビヴァークの回数が少ないというのは凄いには凄いが、しかし、単独での冬の鬼スラ初登攀《とうはん》をしたのが、長谷であるという事実が動くものではない。

あの長谷が、三度ビヴァークしたところを、おれは二度のビヴァークで攀った。自分の心の内部で、そう言いきかせているうちに、羽生のそういう心の作業をあざ笑うかのような事件がおこった。

長谷常雄が、マッターホルン北壁の冬期単独初登攀をやってしまっては、羽生の記録も色褪《いろあ》せる。

おそらくは、その時に、始まったのだ。

羽生丈二という天才クライマーが、もうひとりの天才クライマー、長谷常雄を、心の中で常に意識し続けてゆくという作業が、である。

むろん、それまでも、眩《まぶ》しいような記録を次々に打ちたてていった長谷のことを、羽生は意識してきた。長谷が、昭和四十八年の日本エヴェレスト登山隊の隊員として、八三五〇〇メートルまで登り、活躍した話も耳にしている。

しかし、長谷常雄というクライマーを、現実の人間として、羽生が具体的なイメージを持って意識し始めたのは、この時からだったろう。

4

羽生丈二と長谷常雄——

このふたりほど好対照なクライマーはいない。

深町誠は、そう考えるようになっていた。

陰と陽。

羽生が陰ならば、長谷は陽だ。

深町は、羽生のことを取材してゆきながら、羽生と長谷についての登山記録を、眼につく限り、集めていった。

山岳雑誌に、ふたりが寄稿した文章も読んだ。

羽生は、ほとんどそういう文章を残していないが、長谷は、何度か山岳関係の雑誌を中心に文章を残しており、特に、グランドジョラスのウォーカー稜《りょう》を冬期に単独登攀した後は、一般誌や、新聞にまでインタビュー記事が多く載るようになった。

三冊の著作まで、長谷が残しているのに比べ、羽生は、鬼スラをやった時に、短い文章を『岳望』という山岳雑誌に寄稿しているだけである。本人が書いたものはそれだけで、後は、常に客観的な記録だけだ。

むしろ、羽生については、羽生と同行した人間の文章の中に記されている方が多い。

羽生は、落ちるために攀ろうとしているように見える時がある。

伊藤浩一郎・青風山岳会会誌『青風』21号（一九六五年六月発行）

確かに天才的な攀りを見せる時も多いが、その分危険へと近づいてゆくような気がする。

伊藤浩一郎・青風山岳会会誌『青風』22号（一九六五年十二月発行）

めったに笑わないが、笑った時は子供のような顔になった。

伊藤浩一郎・青風山岳会会誌『青風』23号（一九六六年三月発行）

良く言えば純粋、悪く言えば我儘《わがまま》。羽生にはそういうところがありました。結局、私は羽生とは離れていったのですが、今でも、羽生のことがうらやましくなる時があります。私は、彼ほど真っ直ぐに山と向きあえませんでしたから。私が、彼から離れるようになったのは、あいつが嫌いになったとか、憎むようになったとか、そういうことではありません。好きか嫌いかということでなら、好きですよ、たぶん、あいつのことはね。技術も、あいつが山に向ける強い感情も尊敬しています。ただ、一緒にザイルを結べなくなった、私の気持がそういうようになっていったということですね。

井上真紀夫『岳望』一九七〇年五月号「鬼スラを語る」（インタビュー）

羽生さんのことは、レショ小屋で聴きました。攀っている時、羽生さんの落ちたところを通ったんですが、左の方に、もう少し安全なルートが見えているのに、羽生さんは、真っ直ぐそこから上《あが》っちゃったみたいですね。やってやれないコースではないとは思いますが、どうして羽生さんはここで上に行くコースをとっちゃったのかなと、不思議な気がしました。

長谷常雄『週刊アサヒ』一九七九年四月二十一日号「グランドジョラスに舞う」（インタビュー）

羽生丈二という男は、人間が好きだったんですね。嫌いだったんじゃない。それが、今はよくわかります。人間の社会も、友人と飲むことも、みんな好きだったんです。羽生の、本当の本音のところは、みんなと同じ、普通の人間でいたかったということじゃなかったかと。でも、あいつは、自分以外の人間と馴染《なじ》めなかった。いや、自分自身とだって、馴染めなかったんじゃないかと思います。いつも、自分と喧嘩《けんか》しているような人間でしたから。だからね、きっと、あいつは山にのめり込んでいったんだと思いますよ。山というのは、あいつが、人間社会と関わるための、唯一の方法だったんじゃないですかね。あいつはね、誰かに誉めてもらいたくて誉めてもらいたくて、どうしようもなかったんでしょう。それで、危ないことばかりやってたようなとこ、あると思いますよ。仲間と飲んでいる時も、すぐに帰ってしまうか、最後まで残って飲んでいるかのどちらかでしたね。最後まで飲んでいる時は、もう一軒行こう、もう一軒行こうって。仲間の数が、一軒ゆくたびに少なくなってゆくと、淋しそうな顔をしてねえ。なんだか、あいつを独りにできなくて、最後に、結局、自分とふたりで朝までってこともありましたよ。あれだけ、人恋しいやつが、よく、単独で山になんか入るようになったもんですよ。たぶん、あいつは、人恋しくて山にばかり入ってたんじゃないかって思いますね。エヴェレストでのことは、私も責任を感じています。私が、隊に、彼を推薦したわけですから。

伊藤浩一郎『岳望』一九八六年九月号「エヴェレストの可能性」（インタビュー）

羽生は、ヒマラヤで、やってはいけないことをした。才能も、技術も認めますが、山男として、評価はできません。

田辺聡志『岳望』一九八六年九月号「エヴェレストの可能性」（インタビュー）

長谷常雄は、自分自身で、幾つも山についての文章を書いている。

その山に登れなかったというのは、山のせいではない。山は、その登山家に対して何もしない。その登山家が、山に登れなかったというのは、それはその登山家が自分自身に負けただけのことなのだ。

『北壁の詩』岳遊社

友人の屍体を背に負って、私は、雪を踏みながら、降りていった。ガレ場までたどりついて、私は、谷川をふり返った。

「自分は何もしていないよ」

山は静かにいつもと同じ山であるだけだった。

『北壁の詩』岳遊社

死ににゆくために、山にゆくのではない。むしろ、生きるために、生命の証《あか》しを摑《つか》むためにゆくのだ。その証しとは何かが、ぼくにはうまく語れない。山にいる時、危険な壁に張りついている時に、ぼくはそれを理解しているのに、町に帰ってくると、ぼくはそれを忘れてしまう。考えてみれば、山にゆくというのは、それを思い出すためにゆくようなものだ。

『グランドジョラス』岳遊社

山へゆくというのは、あれは、山と対話をしにゆくのである。山と対話をしながら、山のどこかにいる自分自身を捜しにゆく。そのような行為が、ぼくにとっての山なのだろう。より危険で、より困難な壁に向きあえば向きあうほど、山とは濃密な対話ができるような気がする。

『グランドジョラス』岳遊社

独りの山は深い。

『グランドジョラス』岳遊社

たぶん、きっと、山でなければだめなのだ。単にそのような極限状況に身をさらすだけなら、他にも色々方法はあるし、そういうことでもいいじゃないかと人は言うかもしれない。しかし、ぼくにとって、その極限状況というのは、山によってもたらされたものでなければならないのだと思う。

『極限への登攀《とうはん》』岳遊社

動物が生きてゆくのなら、食物があればいいだろう。食物と、眠ることのできる場所があれば。しかし、人間はそうじゃない。衣、食、住を満たされていれば、何も考えずに、何も行動をせずに生きてゆけるというものじゃない。人間が生きてゆくというのは、もっと、それ以外のもの、もっと高い場所にあるものを求めてゆくことではないか。

単に、長く生きることが、生きることの目的ではないのだ。これは、はっきりしている。人間が生きてゆく時に問題にすべきは、その長さや量ではなく、質ではないか。どれだけ生きたかではなく、どのように生きたかが、重要なのだ。

生は、長さではない。

『極限への登攀』岳遊社

ただ、そこにあるだけの山の頂は、至高なものでも何でもない。道端に落ちている石と同じ存在でしかない。

それが、至高な存在となるのは、それを見つめる人の視線があるからである。その頂について、人が想う時、その頂について、切実に人が憧《あこが》れるからこそ、そこが至高の場所になるのである。神聖な場所になるのである。

頂が神聖であるから、人が憧れるのではない。人が、魂の底から憧れるから、そこが神聖な場所となるのである。

『極限への登攀』岳遊社

七章　グランドジョラス

1

グランドジョラスは、モンブランの北東にある。

その頂稜《ちょうりょう》は、東西、約一キロの長さに伸びており、六つのピークがある。

東峰のウォーカー頂《ピーク》が、標高四二〇五メートルで、このピークが、グランドジョラスの最高点である。

西峰、ウィンパー頂。

クロ頂。

エレヌ頂。

マルグリット頂。

ヤング頂。

どの頂も、富士山よりも高い。

一八六五年にE・ウィンパーが西峰に初登頂した。東峰の最高点を最初に踏んだのが、W・H・ウォーカーである。一八六八年にそこを踏んだ最初の男の名、ウォーカーがこの頂の名にあてられたのだ。

このグランドジョラス北壁は、ヨーロッパアルプスで、最も有名な壁といってもいい。

特に、ウォーカー頂に抜ける高度差一二〇〇メートルのウォーカー側稜は有名で、一九三八年に、カシン、エスポジト、チゾニの三人によって初登攀《はっとうはん》された。

冬期の初登攀は、一九六三年一月に、W・ボナッティが果たしているが、むろん、これは単独ではない。

単独によるこの壁の冬期初登攀は、一九七九年に長谷常雄の手によってなされている。

深町自身も、かつて、一度だけ、このグランドジョラスに、取材で訪れたことがある。

荘厳で、風格のある山であった。

レショ氷河から仰ぎ見るその山容は、どれだけ眺めていても見飽きるということがない。

「仕方がありませんでした――」

店を訪ねた深町に、奥の小さな丸椅子に座って、水野治は言った。

深町も、水野から勧められた、同様の椅子に座って、水野と向きあっている。

六十歳を、幾つかまわっている年齢のはずであったが、骨が太く、手首の肉も厚みがある。

ハードな山からは遠ざかってはいるのだろうが、山へゆくということでは、まだ現役の肉体をしていた。

「羽生は、とめても行くつもりでいることはわかっていましたからね。それに、だめだと言うなら、始めから、羽生を雇ったりはしませんよ」

水野の背後の壁には、ザックがびっしりと掛けられている。

ミレーなどの外国製品が多かったが、〝グランドジョラス〟などの国内のメーカーのものもある。

汗の匂いとも、ピッケルの鉄の匂いともつかない、独特の匂いが、店内には満ちていた。深町は、この匂いが嫌いではない。嗅《か》いでいると、気持が落ちついてくる。

もともとは、現在、羽生がどうしているかをさぐるために始めた調査であったが、取材してゆくうちに、だんだんと羽生丈二という男そのものに、深町は興味を抱くようになってしまっていた。

本来の目的は、マロリーのカメラともう一度出会うためであった。あのカメラを手に入れ、マロリーのカメラであることを確認したかった。

そのためには、羽生丈二がネパールのどこにいるかを調べねばならない。そのために始めた調査のはずであった。

むろん、カトマンドゥで会ったビカール・サンという日本人が、羽生丈二であることが前提の話になるが、まず、あの男が羽生であることは間違いはない。それは、宮川が手に入れてきた写真で、確認している。

単に、羽生の居所をさぐるだけなら、再び自費でネパールへ飛んで、捜してみるという手もある。

しかし、現在も羽生がネパールにいるという保証はなく、もし、カトマンドゥ以外の場所に羽生がいるのなら、何の当てもなくあの男を捜し出すのは、至難の業である。

伊藤にしても、井上にしても、多田にしても、結局、現在の羽生のことになると、心あたりがないという。

しかし、ともかくも、ようやく水野のところまではたどりついたのだ。

「で、結局、羽生は出かけて行ったのですね――」

「しかも独りでね」

「独りだったんですか」

「そうです。日本を発《た》つ時から、羽生は独りでした――」

二月の十日に、羽生は、日本を発っている。

長谷の予定より、三日早い出発だった。

ただ独りの出発。

それを事前に知っていたのは、〝グランドジョラス〟の多田勝彦と、岳水館の水野治のみである。

「その後のことは、だいたい、皆さんが知ってる通りです」

「羽生が、落ちたんですね」

「そうです」

羽生が、レショ小屋を出て、ウォーカー側稜に取り付いたのは、二月十八日だった。

その一日目にレビュファ・クラックを越え、二日目、その上部の壁に取り付いている時に、羽生は落ちた。

その落差、およそ五〇メートル。

全身打撲。

右腕、左脚骨折。

肋骨《あばらぼね》三本骨折。

そこから、羽生の、片腕だけの脱出行が始まるのである。後に、奇跡の登攀とよばれることになるその脱出行が、また、羽生丈二の神話となった。

その脱出行は、そのすぐ後に長谷が成功させた、グランドジョラス・ウォーカー側稜冬期単独初登攀よりも、ある意味では、危険な、難度の高い登攀であったといえる。その奇跡の登攀によって、一般マスコミまでが羽生の名を覚え、長谷と一緒に並べて書きたてたのである。

この、羽生の事故を、誰よりも先に知り、救助隊に連絡したのが、三日遅れてウォーカー側稜に取り付いた、長谷の隊であったのである。

岩壁に取り付こうとした長谷の隊は、上部の壁のどこにも羽生の姿が見えないのに気づき、それが、羽生の事故に気がつくきっかけとなったのだった。

「行く時も独り。帰ってくる時も、羽生は独りでしたよ……」

水野は、深町にそう言った。

2

また、あの夢を見ていた。

星の群れの中にそびえ立つ山の頂に向かって、ただ独りで攀ってゆく男。

背中しか見えないその男が、もし振り返ったら——

もしかすると、それは、あの羽生丈二であるのかもしれない。

始めは、その男が、マロリーかアーヴィンであるのかと考えたこともあったが、少なくとも、今は、羽生ではないかと思っている。

浅い眠りだ。

何故なら、夢を見ながら、それを夢だと認識している自分がいるからである。

その男が、誰かということを考えるというのもおかしい。もともと、これは夢であり、事実ではない。その都度、自分の頭の内部で気にかかっていることがその夢に反映されて、映像も自分の感じ方も変化をする。この男が羽生かもしれないと自分が考えるのは、今、自分が羽生のことを気にしているからだ。

昼間、水野治に会って、羽生の話をしている。それが、夢にも影響を与えているのだろう。

じきに、この夢は醒《さ》めるだろうとも思っている。

夢そのものの密度より、自分の思考の密度の方が濃くなってゆくからだ。

眠りが浅くなっている。

ええと——

何だったっけ。

そうだ、水野治が、帰りがけに言ったのだ。

何と？

手記——

そうだ、手記だ。

「羽生丈二のね、手記の話は知ってますか？」

水野がそう言ったのだ。

「いえ、知りません。どういう手記なんでしょう」

「グランドジョラスの時の分ですよ」

「帰ってきてから、どこかに書いたんですか」

「いえ。帰ってきてからじゃありません。攀っている最中に、グランドジョラスの岩壁で、羽生丈二が自分で書いたものですよ」

「そんなものがあるんですか」

「はい。どこの雑誌にも発表されてはいませんがね」

「水野さんは、ごらんになったことがあるんですか」

「いいえ。でも、持っている方なら存じあげてますよ」

それを、ぜひ読んでみたいのですが、と深町は水野に言った。

「その人の名前を、今言うわけにはいきませんが、深町さんのことはお話ししておきます……」

水野はそう言った。

お願いしますと頭を下げてから、

「ところで、羽生の行方なんですが、どなたか、知っていそうな人の心あたりはありませんか――」

深町は水野に訊《き》いた。

「さあ――」

水野は何かを思い出そうとするように、頭上にぶら下がっているカラフルなザックを見上げ、

「ヒマラヤの時の、ドクターなら、何か知っているかもしれませんね」

「ドクター？」

「岡本仙次郎先生ですよ」

「ああ、あの……」

深町は、うなずいた。

岡本仙次郎ならば、知っている。

日本の山岳会の、初期のヒマラヤ遠征時代から、何度も、ドクターとして、遠征隊に

加わっている。

羽生丈二が参加した、一九八五年のエヴェレスト隊にも、ドクターとして参加しているはずであった。

「岡本さんなら、大阪ですね」

水野は、そう言って、岡本仙次郎の連絡先を深町に教えてくれたのだった。

明日にでも、岡本に連絡をとらなければ——

深町は、すでに、眠りから半分以上醒めかけた意識でそう考えている。

「でも、どうして、羽生丈二のことを、そんなに知りたがってるんですか？」

水野に訊かれた。

「彼の山に興味があって——」

いずれ、できることなら、羽生丈二という男について、一冊の本にまとめてみたいのだと、深町は答えた。可能であれば、それに、本人へのインタビューも加えたいのだと。

羽生と、ネパールのカトマンドゥで会ったことや、マロリーのカメラのことは伏せたが、基本的には、本音に近い部分の話をした。

眠りが、さらに浅くなった。

今、思い出している話を、実際にはどういう順番で、水野とかわしたのか、深町自身にもよくわかってはいない。本を作りたいという話は、ことによったら、帰り際ではなく、最初に会った時にしていたのかもしれない。

ああ、そうだ。

手記だ。

手記のことを思い出した途端に、思考が、夢からそちらの方に流れてしまったのだ。

もう、エヴェレストの映像は、切れぎれにしか、浮かんでこない。

しかし、完全に覚醒《かくせい》する前に、もう一度、あの男が、エヴェレストの頂に向かおうとするその光景を見ておきたかった。

その男に、言わねばならないことがあったはずだ。

おれを置いてゆくなと――

いや、それだけではない、他にも言わねばならないことはあるはずだ。

何であったか。

加代子を――

そうだ、加代子のことだ。

加代子をおれから奪ったのは――

ふうっ、と意識が沈み込み、一瞬、再び眠りの中に思考が吸い込まれてゆく。

男が、立っていた。

正面を向いて、深町を見ている。

知った顔だ。

忘れるはずのない男の顔。

加倉典明《かくらのりあき》——

その顔が、哀しげな眼で、深町を見つめている。

その唇が、動く——

「すまん……」

加倉典明はそう言った。

ああ、違う。

こんなことを、おれは思い出したいんじゃない。

違う。

気がつくと、仰向《あおむ》けになったまま、深町は、闇の中で眼を開いていた。

暗い天井を見上げていた。

狭いビジネスホテルの部屋。

ベッドの上の身体の表面が、ねばっこい汗でぬるぬるしていた。

服を着たままだった。

水野と別れ、部屋に帰って、ベッドに仰向けになっているうちに眠ってしまったのだ。

暑い。

エアコンのスイッチを入れていなかった。

頭の横に、デジタル式の時計がある。そこに、時刻を知らせる数字が、闇の中で青い燐光《りんこう》を放っている。

午前二時——

深町は、上半身を起こして、溜《た》め息をついた。

〝すまん……〟

加倉典明の、その時の表情、その言葉の抑揚までを、深町は、はっきり思い出していた。

あの加倉のひと言こそが、今回の自分のエヴェレスト行きを決心させる原因となったのだ。

3

飲みに行かないかと、加倉に誘われた時、それが何を意味するのか、深町にはわかっていた。

これで、ようやく楽になれる、そう思った。

二年前——一九九一年の秋だ。

飲みに行った。

新宿の居酒屋だった。

山の話をした。

昔、一緒に登った山や、友人たちの話だ。十年前の、マナスルの時に、加倉とは知り合った。加倉は、その遠征に荷上げ隊員として参加している。工藤たちと東京で飲むおりにも、時間があれば顔を出す。

深町とは、同じ大学の出身で、共通の話題もあり、登山隊という閉鎖された組織の中で、よく話をした。

年齢も同じ、そして、惚《ほ》れた女まで同じだったのである。

加倉は、河岸を変えて、二軒目の店に入っても、山の話をし続けていた。

加倉は、なかなかそれを切り出さなかった。

深町の口数が少なくなり、その分、加倉だけが饒舌《じょうぜつ》になった。

いくら飲んでも、どちらも酔わなかった。

ラストオーダーの時間が過ぎた時——

「言ってもかまわないんだぜ」

深町は言った。

饒舌だった加倉が、口を閉ざしてうつむいた。

「加代子とつきあってるんだろう？」

深町が、そう言っても、加倉は顔をあげなかった。

長い沈黙の後で、ようやく加倉は顔をあげた。

加倉は、深町を見つめ、

「すまん……」

頭を下げた。

その時のことを、闇の中で、深町は思い出していた。

瀬川加代子――

それまで、三年、深町とつきあってきた女である。

フリーのデザイナーだ。

雑誌の特集ページのデザインをやったり、場合によってはカットも描き、編集の仕事もする。青美社という出版社の編集部に自分の机があり、そこで専属の仕事をしている。ほぼ社員あつかいという待遇であった。

青美社が、メインで出している月刊誌『旅と宿』で、深町が仕事をした時に、加代子と会った。

加代子が二十九歳、深町が三十四歳の時であった。

気持のさっぱりした、山が好きな女だった。岩攀《いわのぼ》りこそしないが、日本の北アルプス、南アルプスの、主だった山の頂は、ひと通り踏んでいる。

瞳《ひとみ》は、どちらかと言えば大きめ、貌《かお》のつくりはややきつめで、ほとんど化粧っ気はない。

最初に会った時は、知的で、とっつきにくいものがあった。仕事の話をしている最中も、ビジネスライクで、見方によっては冷たい印象があった。しかし、丁寧でいい仕事をした。小さな写真のレイアウトにまで、自分のスタイルと主張を通す。

深町が、ベストと思っていた写真の何点かは、加代子がやったトリミングの方が、ずっと良いものになった。

岩壁を攀ってゆくクライマーを下から撮った写真があった。岩と、クライマーと蒼《あお》い空だけのシンプルな構図の迫力ある写真だった。

「これ、天地を逆にしてレイアウトをしてもいい？」

その方が、もっと迫力が増すからと加代子が言うのである。

ためしにそうしてみると、驚くほどの高度感が出た。

〝空の地平線〟

と題されたその特集記事の評判が良く、三カ月後に、深町の写真を再びメインに使って、〝天へ帰る〟という特集グラビアページが組まれた。

その時に、深町は、他のスタッフと一緒に、加代子と飲んだ。

そこで、深町は、初めて、加代子が笑うのを見た。

プライベートな時間の彼女は、深町が思ってもみなかったほど生き生きとしていた。

モノトーンの風景が、ふいに鮮やかな色彩に包まれたようであった。

半月後、編集部へ電話を入れて、

「飲みに行こう」

加代子を誘った。

「わたし、お酒、強いわよ」

それが、ＯＫという意味の、加代子の返事だった。

学生時代に、加代子が山に行っていたことがわかり、何度か、加代子と一緒に山に登った。

二度目の登山の帰り、宿泊した温泉宿で、深町は加代子を抱いた。

以来、加代子とは、週に一度くらいのペースで会ってきた。

深町は、加代子に溺《おぼ》れた。

これまで、何人か、このような関係になった女はいたが、深町の意識は、常にどこか醒《さ》めていた。自分は、女というものに、心の底から溺れることができない人間だと考えていたし、そういうものだろうと深町は思ってきた。

しかし、加代子とつきあうようになって、男が、女に溺れるというのがどういうことか、自分なりに理解できたような気がした。

身体全体は細《ほ》っそりしているのに、加代子の乳房は、深町の手に余るほど豊かだった。肌は滑らかで、掌に吸いついてくるような感触があった。

ひとりの女が、自分の手によって、どんどん淫《みだ》らになってゆくのを見る悦楽——ひとりの女によって、自分がさらに淫らになってゆくことの悦楽。男と女との間に、このような種類の悦《よろこ》びが存在するのだと、深町は初めて知った。

実際に、そういう行為こそなかったものの、この女ともっと深く繋《つな》がり合うためだったら、

〝小便まで飲める〟

そういう意識すらあった。

結婚、というものを、最初に意識したのは、自分の方であったろうと深町は思う。

結婚の話がもちあがると、

「結婚は、考えたことがないわ」

加代子はそう言った。

「今の関係が自分には一番あっているから——」

あなただからということではなく、相手が誰であっても、結婚については考えられないのだと——

「今の生活スタイルが気にいっているのよ」

そういうものかと、深町は思った。

加代子がそういう気持なら、それでよかった。もし、加代子が結婚したくなったら、その時に考えればいいことだと。

加代子が、忙しさを理由に、自分と会う時間を減らすようになったのはいつからだったろうか。

ああ——

また、自分は不毛の思考の中へ、自分を沈めようとしているな——と深町は思う。

どれほど考えても、答えは存在しない。

考えることは、その泥沼に、さらに深く沈み込んでゆくことだ。

もう、やめよう。

よけいなことは考えずに、これから朝までの時間を、どうやって過ごすか検討した方がいい。

もう一度、時計に眼をやった。

午前二時五十三分。

いつの間にか、一時間近くも、自分はあの時のことを考えてしまっていたのだ。

気持を切り換えることだ。

シャワーでも浴びようかと考えた時、深町は、もうひとつの、赤い、小さな灯《あか》りに気がついた。

サイドテーブルの上にある電話機の、メッセージランプが点《つ》いていたのである。

眠っている間に、誰かが電話をよこしたのだろう。

しかし、どうやら自分は、それに気がつかなかったらしい。電話機のボリュームスイッチを見ると、着信音が、最小になる場所まで、それを絞ってあった。

鳴るには鳴ったが、深町を眼覚めさせるほどの音量で鳴らなかったのだろう。

フロントに電話を入れて、どういうメッセージが入っているかを、深町は訊《き》いた。

「夜の九時くらいに、岸涼子さまから電話がございました。また連絡いたしますとのメッセージが入っています」

慇懃《いんぎん》な、フロントの男の声がそう告げた。

「それだけですか」

「はい。それだけでございます」

深町は、受話器を置いた。

再び、ベッドの上に仰向《あおむ》けになった。

岸涼子——

頭の中で、今、フロントの男が言った女の名前を繰り返した。

知らない女の名前だ。

いや、待て——

どこかで耳にしたことがありそうな気もする。

だが、わからない。

岸涼子から、次に電話があったのは、二日後だった。

「水野さんからお話をうかがって——」

彼女がそう言って、初めて、深町は、岸涼子が、水野が言っていた人物であることに気がついた。

「岸文太郎の妹です」

そうか——

深町は、岸涼子が何者であるかをようやく理解した。

一九七六年の十二月、羽生が屛風岩《びょうぶいわ》に連れてゆき、そこで遭難して死んだ男の妹だ。

「あの、岸文太郎さんの――」

「はい」

受話器のむこうで、岸涼子がうなずいた。

岸より、三歳年下のはずであったから、現在は――

三十四歳のはずであった。

たぶん、加代子と同じ歳だ。

「色々と、羽生さんのことを、お調べになっているとうかがいました」

「ええ、まあ――」

「羽生さんのことで、何かあるんですか？」

問われて、深町は、水野に答えたのと同様のことをしゃべった。

岸涼子は、うなずき、

「もしかして、深町さんは、羽生さんと、どこかでお会いになったんじゃありませんか――」

「――――」

「深町さんは、確か、ヒマラヤへ行ってらしたんですね」

「はい」

「ネパール側から、エヴェレストを登ってらしたんでしょう」

「頂上は踏めなかったんですが」

「その時に、羽生さんとお会いになったんですか——」

深町は、一瞬、迷った。

しかし、ここまで具体的に問われて、とぼけるわけにはいかない。

「会いました」

「会ったんですか、羽生さんに。じゃあ、羽生さんは、まだネパールにいたんですね」

岸涼子の声が高くなった。

さきほどの質問から推測するに、岸涼子には、羽生が、ネパールにいるかもしれないと考えるだけの根拠が、少なくともあったということになる。しかし、今の声の調子からすると、羽生が本当にネパールにいるかどうかまでは、確信を持ってはいなかったのであろう。

「涼子さんは、羽生さんがネパールにいることを、御存知だったんですか？」

「いいえ。羽生さんが、ネパールに行ったのは、もう、何年も前ですから。ただ、帰ってきたという話を耳にしていませんので、もしかしたら、まだあちらにいるんじゃないかと思って——」

話が、電話でするにはこみいった内容のものになってきた。

岸涼子の口ぶりでは、彼女はまだ、羽生について、深町の知らないことを色々と知っていそうだった。

「涼子さん。さきほど、私は、羽生さんに会ったと言いましたが、それは、私がそう思っているというだけで、まだ、はっきりしたわけではないんです」

「といいますと？」

「カトマンドゥで、羽生丈二によく似た人物に会ったのです。私は、彼に、羽生丈二ではないかと問いました。しかし、彼は、そうだとは答えませんでした」

「――――」

「そのまま、彼は何も答えずに、行ってしまったのです――」

「けれど、深町さんは、その方のことを羽生さんだと考えていらっしゃるのでしょう」

「ええ」

「――――」

「わけあって、ぜひもう一度、羽生さんと会いたいのです。それで、羽生さんが、現在どこにいるかを御存知と思われる方にお会いして、色々と話をうかがっているのです」

「実は、わたしも、羽生さんがどこにいるかを知りたいのです。水野さんから、この話をうかがった時、もしかしたら、深町さんが、羽生さんについて何か御存知なのかと思って、それで連絡をさしあげたのです。羽生さんの手記を、お読みになりたいとか――」

「彼の手記をお持ちなのですね」

「はい」

「何故、あなたが、彼の手記を――」

を途中でやめた。

「本人から預かったのです」

「預かった？」

どうして岸涼子が、羽生からその手記を預かったのかを問おうとして、深町は、それを途中でやめた。

「すみません。たちいった質問でした――」

「気になさらないで下さい。覚悟して、お電話しているのです。この話をどなたかにする気はもともとなかったのですが、深町さんが、羽生さんのことを何か御存知かもしれないと考え、電話をする決心をしたのです。でも、二日前にお電話をさしあげた時に、いらっしゃらなくて、実はほっとしたのです。わたしの方も、決心をしたといっても、その場その場で、心が揺れますので、結局、二度目のお電話まで、二日かかってしまったのです――」

「一度、ゆっくり、どこかでお目にかかれませんか。そのおりに、ネパールでのことも、もう少し、詳しくお話しできると思うのですが――」

「わかりました」

岸涼子は、うなずいた。

4

岸涼子と会ったのは、二日後だった。

場所は、新宿プラザホテルのティールームである。

斜めむかいにあるビルの窓ガラスと壁面に反射した午後の陽光が、ティールームの、床から天井まである窓から差している。

岸涼子は、深町より先に来て、すでに窓側の席についていた。

テーブルの上に置かれた、目印の『岳望』を見て、

「岸涼子さんですか」

深町は声をかけた。

「はい」

岸涼子が会釈をした。

「失礼します」

深町は、岸涼子と向きあうかたちで、椅子に座った。

岸涼子は、胸元の大きく開いたワンピースを着ていた。そこから、白い頸《くび》がのぞいている。

革紐《かわひも》に、小指の先ほどの大きさの、トルコ石をひとつだけ通した、ネックレスをしていた。

白い肌に、トルコ石の蒼《あお》がよく映えている。

自分の家からほとんど外へ出たことのない猫が、はじめて他《よそ》の家にやってきた——岸涼子の雰囲気には、そういう緊張感があった。

自分の意志でやってきた、だから、いつでも自分の意志で席を立つことができる——そういう覚悟が、その緊張感の中に見てとることができる。

コーヒーを注文し、ぽつりぽつりと挨拶《あいさつ》を交わしている間に、コーヒーが運ばれてきた。

「いろいろと、お話をうかがいたいのですが——」

と、最初に切り出したのは、岸涼子の方からであった。

「あれこれ、条件をつけるつもりはありません。そのまえに、まず、わたしが預かっている、羽生さんの手記に眼を通して下さい」

岸涼子は、横の椅子の上に置いていたハンドバッグを手にとった。中から、古びた一冊のノートを取り出した。

岸涼子は、このことで、かけひきをしたくないと、そう言ったのだ。

そのため、まず、自分から持ち札を目の前にさらしたのである。

「よろしいんですか」

読みたかった手記である。

しかし、無条件でこの手記を最初に読んでしまうと、後になって岸涼子に問われた時、どういう嘘も、彼女に対してつくわけにはいかなくなる。

「かまいません」

すでに覚悟を決めているらしく、きっぱりとした口調だった。

「読ませていただきます」
深町は、そのノートを手に取った。
小さいノートだ。
手帳というほどではないにしても、普通の大きさよりも、ふたまわりは小さい。
表紙の一部から、背表紙、裏表紙の一部にかけてが黒——表紙全体は灰色をしている。
タイトルを書き入れるためのスペースがあるが、そこには何も記されてはいない。
表紙の下方に、〝羽生〟とだけ、小さくボールペンで記されていた。
開いた。

〝一九七九年二月十八日〟

ボールペンの、丸っぽい、やや右上がりの文字で、その手記はそのように書き出されていた。

羽生文二の手記　5

一九七九年二月十八日

寒い。

覚悟はしていたが、やはり寒い。ヨーロッパアルプスの、三〇〇〇メートルを超える岩壁で、厳冬期の夜をすごすことについては、もちろん覚悟していたのだが、その温度に自分がさらされると、想像以上に身に応《こた》える。

しかし、どんなに寒くとも、その寒さよりは自分の覚悟の方が上だ。

今、ヘッドランプの灯《あか》りをたよりに、これを書いている。もともと、字を書くのは苦手だ。何か、頭に浮かぶことでもあったら書きとめようと、ノートを持ってきたのだが、ほんとうに、そのノートを字で埋めることになるとは思ってもみなかった。頭に浮かぶことがあったから、というよりは、眠れないからこれを書き出したのだ。起きたまま、ひと晩中、自分の内部と向き合っているのはたまらない。こうやって、字を書いていれば、気分がまぎれるし、少なくとも、同じことを何度も何度も考えたりせずにすむ。

指先は、凍ってしまったように感覚がない。時々、強く指先を揉《も》んだり、叩《たた》いたりしながら、ボールペンを握っている。

夜の十二時だ。

気温は、二時間前で、マイナス三二度。

風が強い。

風速三〇メートルはあるはずだ。いつも、ここは、こういう風が吹く。

今、いる場所は、レビュファ・クラックの上だ。そこの雪をピッケルで取りのぞき、小さなテラスを作ったのだ。壁にハーケンを打ち込み、それにツェルトを固定して、その中で、寝袋《シュラフ》に丸くなって眠っている。いや、眠らずに、起きて、このノートをつけているのだ。

まるで、みの虫だ。

強い風が吹くたびに、自分の身体が、ツェルトごと壁から離れそうになる。思わず身体が突っ張ってしまう。

今日の食事は——と書いて、驚いた。なんと、何時間か前に食べた食事のメニューを、もう思い出せなくなっているのである。なんということだ。

ああ、おじやだ。乾燥米《ジフィーズ》と粉末のスープを、乾燥野菜と共にコッフェルで煮こみ、それを食べたのだ。他に、みかんをひとつ。チョコレートを少し。

風が吹くたびに、スノーシャワーが上から落ちてきて、ツェルトにぶつかって下に落ちてゆく。

無限に続く壁の途中に、ゴミのように自分がひっかかっているイメージが浮かぶ。この天と地の間に、自分独りだけが、ぽつんと生きている。

八日間くらいをかけて、この岩壁を攀《のぼ》り切るつもりだった。たった独りでだ。眠れないことは覚悟していたからいいが、心配なのは指先だ。そこが凍傷になれば、いずれ、青黒く皮膚が変色し、指を切り落とすことになる。そういう指を何本も見た。

ツェルトのファスナーを開けて、外を見ると、凄《すご》い星空だ。大地の熱が、空に抜け出てゆく。音をたてて、ぎちぎちとこの壁全体が冷え込んでゆくのがわかる。いいぞ。アイゼンの刃も蹴《け》り込めないくらい、雪がみんな凍りついてしまえ。

こっちに着いてから、毎日、天気図ばかりを睨《にら》んで過ごしたのだ。

一週間、登攀《とうはん》にふさわしい天気が続くのは、ここでは極めて稀《まれ》だ。晴天の日は、あっても、一日か、せいぜいが二日だ。ところが、ワンシーズン、つまりひと冬三カ月の間に、一度か二度、一週間ほど連続して晴天が続く時があるのだ。ひと冬に唯一といってもいいその機会《チャンス》を、いかにうまく捕まえるかということに、ウォーカー側稜単独登攀の成功はかかっている。

不思議なことに、毎日、天気図を眺め、地球全体、この北半球のブロック、そして、この地域だけの気象をチェックしてゆくうちに、いつの間にか、天気予報よりも正確にこの地域の天候が読めてくるようになる。

天気予報官の生命が、自分の予報がはずれることによって奪われることが決まっているなら、これまでの倍以上の精度で、予報が当たるようになるだろう。

そして、今朝が、この冬最初の、もしかしたら今シーズンで唯一の機会の始まりだったのだ。昨日までは、毎日、曇り空から白い雪がちらついていたのが、嘘のような快晴になったのだ。

今朝、岩壁に取り付いて、レビュファ・クラックを攀りきった。

しかし、岩壁の単独登攀というのは、ふたりで攀る時より、四倍はたいへんな作業になる。

だからといって、荷物の量が半分でいいというわけではないのだ。ほぼふたり分に近い量の荷を、独りで担ぐことになる。

手間も、二倍だ。

ザイルのワンピッチを空身《からみ》で攀り、上部にハーケンを打ち込んで、懸垂下降で下に下り、そこに残しておいた荷を担いでまた攀ってゆくのである。二倍と二倍、合わせて四倍ということになる。

夜、あまり眠れないのはわかっていた。

夜は、眠ることより、疲労した身体を休めるためにあるのだと、気持の上で割りってきた。そういう覚悟を最初からしておかないと、精神的にきついからだ。

長谷は、もう、レショ小屋に入っているだろうか。入っていれば、もう、自分がグランドジョラスに取り付いていることはわかっているだろう。

自分が、今、どうしてここにいるのだろうかということについて、考える。

長谷を怨《うら》んでいるというのではない。あの男の邪魔をしてやろうというのでもないやがらせでもない。

自分の気持であるのに、それをうまく表現できない。

ただ、あの男を意識してはいる。

負けたくないとも思っているらしい。

あの男が、嫌いというのでもない。

何故、こんなことを考えはじめてしまったのだろう。

これは、案外、それを考えるのに、いい機会かもしれない。

うまく自分の感情をまとめられないが、自分が今、ここにいるのは、守るためではないだろうか。自分を守るために、ここへ来ている。

もともと、マッターホルンの北壁にしても、アイガーの北壁にしても、このグランドジョラスにしても、冬期の単独登攀というのは、自分も考えてきたことなのだ。もし、自分にチャンスがあれば、長谷のように、独りで全部やってやろうとおれは考えるだろう。自分はそういう人間だ。他の人間だってそうだろう。だから、長谷が、三大北壁を、全部ひとりでやってしまおうと考えたことについては、いけないとは思わない。思わないかわりに、自分にチャンスがあれば、遠慮なく、そのうちのひとつをいただかせてもらう――

それが、どうも、自分を守るということの意味のような気がする。

自分という人間には、これしかない。岩を攀るということしかない。その自分から、長谷は、これしかないものを奪ったのだ。もちろん、長谷は、そんなことは意識していないだろう。

だが、少なくとも、おれから、鬼スラを、あの男は奪った。

その奪われたものを取りもどすために、自分は今、ここに来ているのだろうと思う。

たぶん、そうだ。たぶんというのは、自分の気持をうまく表現できないからだ。表現できないのに文章にしてしまうと、そういう気になってしまう危険性がある。だから、自分は、山でのあれこれを、文章にしたり、言葉にしてしまったりすることが、あまり好きではないのだ。

それをしてしまうと、自分の内部にある濃い量の感情が、減ってしまうような気がする。

山屋は、ただ、登ればいい。

それが、そのまま、文章や言葉にするという行為と同じなのだ。なのに、それをまた文章にするというのは、そこで、二重の表現をしてしまうことになる。

それだったらいっそ、文章を考えたりするエネルギーを使って、もうひとつ別の新しいバリエーションルートをねらう方が正しい気がする。

もう、指が限界にきた。

指を、わきの下に挟んであたためながら、この続きは頭の中でやろう。書いている感覚で――

あんまり深く自分と向きあわないようにしないと、この壁はやれない。

独りぼっちだ。

地球上の人間がみんな死んでしまって、この壁と風の中に、自分独りだけが取り残されてしまったようだ。

二月十九日

落ちた。

失敗した。

おれは、負けた。グランドジョラスに敗北したのだ。何故、死ななかったのだろう。落ちたまま、気がつかずに死んでいれば、こうやって、敗北に気づかずに済むのに。

生きていたのなら、死にたくない。

寒い。身体中が痛い。ああ、まったくなんということになってしまったのか。死んでしまう。たぶん、おれはここで死ぬかもしれない。死ぬという言葉を自分で書くのは、生々しい。書く前よりも、書いてからの方が恐くなった。

何故、落ちたのか。

ああ——

畜生。

スカイフックだ。

あれを上の岩の出っ張りに引っかけて、休んでいたのだ。

そのすぐ上が、オーバーハングだった。

ルートが見えていた。難しいが、そこにルートはある。左にトラバースしてから上へゆくのが、楽な本来のルートだ。打ち込まれたハーケンが、そちらの方に見えていたから、それは確かだった。

しかし、そこから、直登してゆくルートが見えていた。

左へゆくのは、おれのルートじゃない。それは他人《ひと》がやったルートをなぞるだけの行為だ。まだ、誰もやってない直登のルートこそが、このおれのルートなのだ。この岩壁におれが刻みつけることのできるものなのだ。

それだけじゃない。その岩壁は、直登こそが美しい——直登されるための岩壁なのだと、そんな気がしたのだ。

そういう意識が、たぶん、おれの中で働いたのだろうと思う。実際はわからない。今、思い出しながら、そのことを書いているから、つい、言いわけめいた文章になってしまう。

ともかく、おれは、そのルートを選び、そして落ちたのだ。

直登するルートは、難しかった。

しかし、それは、不可能という意味じゃない。もし、本当に、できない壁なら、おれも直登はしなかった。

難しかったが、充分可能性のある壁に見えた。

ゆるいオーバーハング。

しかし、指や、爪先《つまさき》を乗せる場所はあったし、壁の途中からは、指を差し込める溝もあった。人工を二度ほど使えば、上に出ることができる。それに、ここを直登しておけば、次の展開が楽である。どうせ、いったん左へトラバースしても、いずれ、またこのオーバーハングの上部にもどってこなければならないのだ。

初めてのことをやるのなら、初めての場所をやるべきだ。これは、理屈ではない。ただ、安全のみを考えてルートを選んでゆくのなら、初めから、厳冬期にこんな場所へ、単独で来るべきではないのだ。

石のように凍りついたチョコレートを嚙《か》み、飲み込んで、おれは直登することにしたのだった。

順調だった。たいへんそうに思えた場所も、すんなりとクリアできた。

気になるのは、あちこちの岩の窪《くぼ》みや、溝に張りついた雪が、堅く凍りついていることだ。

あれにうっかり体重をかけると、そのまま剝《は》がれ落ちることがある。

二ピッチ攀《のぼ》って、小さなテラスに出た。

そこから上は、雪のついていない、ガラスのような青い氷になっていた。岩と岩の間の溝が、ぎっちりとその氷で埋まっていた。

懸垂下降で降り、下の荷を、いったんそこまで持ちあげ、その氷を攀り始めた。

何百年か、何千年か、それとも何万年かはわからないが、このグランドジョラスが持っている太古からの時間が、この青い氷となって岩の奥から滲《し》み出てきたような気がした。そういう山の時間の上を、右手にアイスハンマー、左手にアイスバイルを握って攀ってゆくのは、気分を昂揚《こうよう》させた。アイゼンの刃を、鋼鉄のような氷に蹴《け》り込み、バイルを打ち込んで、自分の体重を上に引きあげてゆく。

落ちたのは、二五メートルくらい攀ったあたりだったと思う。

右の十二本アイゼンの刃が潜り込んでいた氷が、ふいに、割れて剝がれ落ちたのだ。右足に乗せていた体重が、いきなり消えて、その時には、もう、身体が壁から離れて宙に浮いていたのである。かろうじて、壁に残っていた左足で、氷の壁を蹴った。落下していく時、二五メートル下のテラスに、身体がぶつからないようにするためだった。

背中から、どこかへ吸い込まれてゆくような落下感があった。

その時、色々なものが、頭の中をよぎった。

その瞬間は、ついにやったか——そういう思いと、これでおれは死ぬな、という気持を、同時に感じていたように思う。

身体がぐるっとまわった時に、アイゼンの爪先の向こうに、青空があって、そこに白い雲が浮いているのが見えた。それから、左足のアイゼンの刃先に、白い氷のかけらがくっついているのも見えた。

ああいう時に、そういう細かい部分までが、眼の中に焼きついていることが、なんだか不思議だった。

気持の方も、記憶は断片的だ。ああ、これで自分は長谷に負けたのだな、もうがんばらなくてもいいのだな、これで楽になれるのだな――そんな気持が、交互に頭の中に生まれた。文章にしてしまうと長くなるが、実際には、もっと瞬間的な、閃《ひらめ》きだった。

衝撃《ショック》。

その後のことは、記憶にない。

たぶん、落下していったおれの体重をザイルが支え、伸びきったところで岩にぶつかったのだろうと思うが、そのディテールはわからない。

テラスのあった場所にザイルの支点を置き、そこから上へ二五メートルは登っている。まず、おれの身体はテラスの高さまで二五メートル落ち、そこからさらに、テラスに支点のあるロープの長さ分、二五メートル落ちたことになる。合わせて五〇メートル。

大人の男の体重が、五〇メートル落下した衝撃を、ザイルが支えてしまったのである。ザイルに弾力があったからこそ、その衝撃を中和させることができたのだろう。

おそらく、三メートル近く、ザイルは伸びたろう。

おれは、ザイルで宙ぶらりんになっている状態で気がついた。

身体のあちこちがいたかった。

ザイルが真っ直ぐに伸びきった時、身体が振れて、そのまま岩壁に叩《たた》きつけられたのだ。

息をするたびに、肺に激痛が疾《はし》る。左の肋骨《ろっこつ》が、折れているらしい。おまけに寒かった。寒さで蘇生《そせい》したようなものだ。

時計を見ると、なんと、落下してから四時間半が経っていた。

手に、ナイフを握っていた。

気を失ってぶら下がっているうちに、苦しくなって、無意識のうちに、着ていたものをナイフで切り裂いてしまったらしい。

両足とも、アイゼンははずれ、アイスハンマーも、アイスバイルも、どこかへ落としたのか、消えてしまっていた。

左足に感覚はない。左腕も、しびれてしまっていて、自分の腕とは思えなかった。

おそろしいことに、手袋もなかった。

アイスハンマーやアイスバイルについては、紐《ひも》で、身体に繋《つな》いであった。どうやら、そういうものまで、無意識のうちに、ナイフで切っていたらしい——

よく、自分の身体を支えているザイルを切らなかったものだ。

左手と左足は、まったく動かない。

自分の身体の左側面が、岩壁に触っている。

右手と右足を岩壁にかけ、ゆっくり、身体を移動させ、すぐ近くのテラスへたどりついた。

夕刻だった。

むこうの方に連なる山々の頂に、夕陽が当たっているのが見える。

その時、あらためて、自分の内部に恐怖が広がった。

だいじなことに気がついたからだ。

食料も、ツェルトも、寝袋も、みんな、ここから二五メートル上のテラスに置いたままであったことを、おれは思い出したのだった。

肋《あばら》が折れ、左腕、左足が利かない。

今から陽が沈むまでの時間では、とても上のテラスまでたどりつけそうにない。

このメモを書いているうちに、陽が沈んで、星が出た。

真下に、青く沈んでいるレショ氷河はもう夜だ。


寒い。

身を守るものは、もう、何もない。

腹を抱えるようにして、うずくまっているだけだ。眠らなければならない。しかし、眠ったら、たぶん、また落ちるだろう。

落下する距離は短いが、また宙ぶらりんになったら、もう、また、ペンをとった。

何か書こう。

書いているうちは死なない。書けなくなった時が死ぬ時だ。しかし、何を書こうか。

そうだ、壁のことを書いておこう。あんなに焦って、何かに急《せ》かされるように壁にとりついたのに、とりついたら、急に気分が落ち着いて、楽になった。

それでも、攀っている最中に何度も下を見た。自分の股《また》の下から、いつ長谷の顔が覗《のぞ》くか、おれはそれを怖がっていたのだろう。


寒い。

頭の中、空っぽ。

思い出しては、ペンを取る。

書くことがなくなってしまったみたいだ。

何度もうとうとした。

時々、ふわっ、と寒さを感じていない時がある。

ずい分ぽかぽかと温かいので、おかしいなと思うと、急に寒さがぶりかえす。

左手は、もう、凍傷にかかっている。

右手で、これを書いている。

闇の中なので、いったい、どんな字になっているか。読める字になっているのだろうか。いや、これが読めるかどうかは、かん係がない。書くことが目てきだからだ。かくことがもく的だ。

星が凄《すご》い。

星が凄い。

両手を、両脇の下で温めている。

折れているのか、左腕が熱をもってふくらんでいる。

温めながら書く。

風が、そんなに強くないことが救いだ。

強かったら、もう、一時間まえに死んでいるだろう。

どのくらい時かんがたったのか。

時計を見るのがこわい。見て、まだ、落ちてから三十分しかたっていないのがわかったらどうしよう。おれは、そこで気が狂ってしまうかもしれないな。

灯《あか》りが見えていた。

レショ氷河の先だ。

あっちの方に、家なんかあったろうか。

その灯りが、動いている。

こちらへ登ってくる。誰か、助けが来たのだろうか。いや、違う。ひとがあんなにはやくうごけるわけがない。

ちがうぞ、これは、幻覚だ。

げんかく。

そう思ったら、また、もとの位置に灯りがある。

うごいていない。


ああ。

なんということだ。さっき見えていたあかりが見えない。あのあかりもげんかくだったのかもしれない。それとも、れショひょうがを、霧がすこしずつはいのぼってきて、それがあかりをかくしたのかもしれない。そういうことにしよう。そういうことにしておくのなら、まだ、おれはくるってはいないということになる。

マイナス三〇どはいっているか。

はなみずがこおってしまった。

ついでに、ひだり手のゆびの血もこおってしまった。みぎてでさわってもかたい石みたいだ。

いま、おちた。

ちゅうぶらりんになったショックで目がさめて、死ぬようなおもいをして、おなじテラスにもどってきた。はじめ、ぶらさがったまま、がんぺきとははんたいがわのくうかんに、手や足をのばしていた。どうして、まちがえたのか。くらかったからだ。くらかったから、もうたい力がないから、もう、たいりょくがないから、こんど、ぶらさがったら、もどってこれない。こわい。しにたくない。そうだ、しにたくないとおもうことはひつようなことだ。しにたくないとおもっていれば、しなないのはしないぞというのはおもっているだけでもたぶんたいへんなことですよ、

死にたくない。

明日、夜が明ければ。
明るくなりさえすれば。

やろう。
あした、しにものぐるいで、のぼってみよう。
これまでのさいこうののぼり。

そのことだけかんがえよう。生きているイメージ、そのイメージで、イメージはひとつようだからな。


へんだな。

へんなことをおもいだした。

あたまのなかでかんがえていてもわからないから書きだした。

おちる時、どうして、もうこれでらくになれるなんておもったのか。

すこしもらくじゃない。

らくじゃないのはいきていたからだ。

でもらくじゃないからって、らくになろうとおもうのはいけない。らくになるってことはしぬってことだけど、でも、どうして、しんじゃいけないんだ。なんでいきなければいけないのか。これはたぶんふくざつなもんだいだ。あとでかんがえよう。でも、今かんがえておく。なにをかんがえればいいのだろう。


いま、こえがきこえていた。

「おーい」

「おーい」

だれかたすけにきたのだとおもった。

ここだ、ここだとへんじをしそうになった。げんかくやげんちょうにへんじをしたら、おしまいだ。

し、死。


ああ。

岸のやつだ。

きしのやつが、そこにぶらさがって、おれを見ている。

あのときのかっこう。

だいたいこつが、むねまでもぐりこんでいて、くしゃくしゃになって、ちみどろのかお。

でも、わらっている。

おいでおいでをしている。

きしよ。

きしよう。

おれも、いきたいけどな。

そこへいってやりたいけどな。

まだ、ジョラスをのぼっているとちゅうなんだ。

さいごまでやらせてくれ。

やれるだけやって、こんかぎりやって、どうしてもいかなければいけないときには
どうせおまえのところへいく。
おれはきしにむかってこえをかけてしまった。
でも、きしのやつならいい。
いまは、がんばらせてくれ。
あと、たったのにじゅう五メートル。
あそこまでいけば、くいものも、ある。
おまえのせいで、くいもののことをおもいだしてしまったじゃないか。
はらがへっていることもおもい出してしまった。
あついふろにはいりたいな。
かみこうちの、さかまきおんせん。
たにがわのかえり、いちどだけ、みなかみのおんせん、いったよな。
おい。

なんで、のぼるのかな。
これしかないからだろ。
きし、どこへいった。
おまえなら、わかるだろう。

おれは、じぶんが、なんで山にいくかよくわからない。よくわかっているようなきがするのに、かんがえたりすると、きゅうにわからなくなる。

かんがえなければ、よくわかっているってことくらいはよくわかっている。

ほかのやつらがもっているほかのことぜんぶのかわりにやまへ。

おれには山だけだということはわかっている。

そうか。

あしたは、やるぞ。

これまで、にじゅうねんちかくも、おれは、岩にしがみついて、のぼることだけやってきた。

あしたの二五メートルは、みせてやる。

これまでのおれのありったけを。

きし。

きしよう。

もういちどかおをだせよ。

つらいときには、いまよりもっと、つらかったときのこと、おもいだせば、いまのことくらい、たえられる。

こんなことくらいで、

おい……

二月二十日

生還。

今、ツェルトを張って、岩壁に打ちつけたハーケンに、確保《ビレー》した。

ツェルトの中に潜り込んで、ありったけの衣服を着込んだ。

石みたいに堅いチョコレートを食べ、雪で湯を沸かした。それに、残ったチョコレートと砂糖をありったけ溶かして、飲んだ。

ツェルトを張るといっても、狭い岩棚だから、ツェルトの二カ所をつまんで、上の岩壁に引っ張りあげただけのものだ。ポールと、ザックを使って、その中に、人がやっと横になれるだけのスペースをつくった。

たっぷり湯を飲んだというのに、もう、どういう気力も湧いてこない。

生還とはいっても、もうひと晩、ことによったら、もう数時間生きてもいいという、許可をもらっただけだ。

これまでの二十年分のありったけを、根こそぎ、今日一日で使いきってしまった。

たった、この二五メートルを攀《のぼ》るためだけに、これまでの二十年間はあったのではないか。

こんなことは、もう、二度とできないだろう。

使えるのは、右手と、そして右足だけだった。そして、歯。

シュリンゲを使って、メインザイルにプルージックをとった。

プルージックの結び目を、ほんの少しずつ、五ミリか一センチずつ、メインザイルの上に滑らせながら、攀った。

右足を岩壁にあて、右手でメインザイルを握って、体重を支える。その間に、歯で、プルージックの結び目を上へ移動させる。これが、簡単なことじゃない。一回ごとに、体力のありったけを使ってしまうため、しばらく休まなければいけない。やっと一メートル攀っても、プルージックの結び目が緩んで、三〇センチ——時には五〇センチ近くもずり落ちてしまう。

凍った結び目を歯で解《ほど》いて、また結ぶ。これを、気の遠くなるような回数、やったのだ。

朝、その作業を始めて、たどりついたら夕方になっていた。

九時間？

十時間？

一日中、おれはそれをやったのだ。

もう、何も、おれの中には残っていない。

気力とか、体力とか、言葉で言いあらわせるものだけじゃなく、言いあらわせないものまで全て、みんな、この攀りで使ってしまった。

そして、手に入れたのが、あとひと晩か数時間、生きてもいいという権利だ。

神が、とか、幸運が、とは言わない。このおれが、その権利を手に入れたのだ。


あっという間に、夜になった。

風が出てきた。

うとうとはするが、それは、眠り、と呼べるほどのものじゃない。

寒い。

昨夜《ゆうべ》よりずっと寒い。

口の中にチョコレートを入れているのだが、ずっと溶けない。味もわからない。ことによったら石を口の中に入れてしまったのかとも思う。

攀っている間も、幻聴はずっと聴こえていた。

岸のやつや、伊藤さんまでが出てきて、先頭《トップ》をかわろうか、と声をかけてきた。

まだ、だいじょうぶ。

もう少しやらせて下さいよ。

そんなことを答えながら攀った。

湯を飲んで、いったん幻聴はおさまったが、また、それが始まったらしい。うとうとしていたら、外から名前を呼ばれて、今、起きてしまったのだ。

返事はしない。

幻聴だとわかっているからだ。

その声は、おれの左側、つまり、何もない吹きさらしの空間から聴こえていたからだ。


何ども、目がさめる。

風が、いよいよつよくなって、ツェルトごと、もっていかれそうになる。

ハーケンをうつときに、どれだけ入っているか、よくかくにんをしておけばよかった。

とにかく、だれかにこえをかけられておきるのは、もういやだった。

みんな、どこかへ行ってしまえ。

もう、来なくていい。

助けは、くるだろうか。

サポート隊がついているわけじゃないから、おれが、こんなになっているのを、だれかがわざわざ見つけはしないだろう。見つけるとすれば、ここをねらっている長谷か、長谷のサポート隊の偵察班のだれかだろう。

また、おきた。

かおの上に、吊《つ》ってあったツェルトの一部がおちてきたのだ。

ハーケンがはずれたのだ。

外へ出て、ハーケンを打ちなおす気りょくは、ない。もう、おれはなんにもできない。やりたくない。

もう、かってにしてくれ。

おれを、おこすな。


岩棚のはじの、岩のかげに、うずくまっている。

ねぶくろに入り、ザイルとハーケンでからだをビレーした。

ザックをしりの下にしいて、ツェルトを、からだに巻きつけるようにして被《かぶ》っている。

しばらく前に、二ほん目のハーケンがはずれて、風にあおられて、ツェルトごとあやうく、おちるところだった。

シュラフとツェルトをかぶっているぶん、きのうの夜よりはマシだが、風のことをかんがえれば、おなじだ。たいりょくがなくなっているぶん、きのうより、じょうきょうはわるくなっているはずだ。

このばしょで、自ぶんのからだをかくほするまで、いちじかんちかくじかんがかかってしまった。

ヘッドランプのでんちも、それで、ほとんど、つかいきって、しまった。どこかにでんちはあるとおもうが、それをさがすたいりょくは、ない。

岩かげにいるため、ちょくせつつよい風はあたらないが、風がまいているため、くう気はつねにうごきつづけている。

だから、さむい。

せまい。

うごかずにいると、すぐにつかれて、こしがいたくなるから、なんぷんおきかでこしのいちをずらしている。

まだ、よるは、はじまったばかりだ。

また、あの、気がとおくなるような、ながい、よるをすごすのかとおもうと、ぜつぼうてきになる。

こうして、がんばったあげくに、けっきょく死んでしまうのなら、いま、死んでしまったほうがいいかもしれないとおもい、でも、おもったとたんに、そのかんがえを、打ち消したから、だいじょうぶだろう。

さっきから、ぎょうれつが、見えている。

ぼくの、目の前の、すぐ先の空間に、しろいきものをきた、たくさんの人があるいてゆく。

ぜんぶしっているひとばかりだ。

でも、しっているひとばかりなのに、そのひとたちがぐたいてきにだれなのかということがわからない。

どこへいくのかときこうとしたら、ぎょうれつのひとりがふりむいた。

きいて、こたえられたら、きっとすごくこわいだろうという気がして、ぼくはそのひとにきかなかった。


さっきのぎょうれつのひとに、やっぱりきかなくてよかった。

あれは、かんがえてみたら、げんかくだというけつろんが出たからだ。

げんかくに、きいたら、じぶんもげんかくのなかまいりをしてしまう。

はなで息ばかりしていたら、はなのおくがいたくなった。

みぎてのゆびをつかって、てばなをかむ。

あかい、ちのまじったシャーベット状のはながでてきた。

せきをすると、むねがいたい。

あばらぼねにひびがはいっているのだろう。

ひだりての小ゆびとくすりゆびは、ヘッドらんぷのあかりで見ても、むらさきいろになってきている。

ちが、かちんかちんに凍ってしまっているのだろうか。

こうなったら、ゆびを切りおとさなければならないのは、おれは、よく、しっている。なんども、みたから。

ひだりあしのゆびも、たぶんダメになっている。

あたまがかゆい。

ヘルメットをゆるめて、みぎてのゆびでかく。すなが、かみのけのあいだにいっぱいつまっているようで、かたいものが、つめのすきまにはいってくる。

ぽろぽろとそれがおちてくる。

みると、かたまった血だった。

きのう、おちた時に、どこかであたまをうっているのだろう。

ヘルメットが、いっかしょ、割れて、いた。

りょうこさん、なんと言っておけばよかったのか、りょうこさん、すみません。なにか、してあげられること、もう、ない。

できないから。

さっきから、おれのそでを、きしのやつがひっぱっている。
あのみっつくらいにたたまれたからだで、おれの手をひこうとしている。
もう、じかん、きたか。
おまえ、わらってるのか、そのくちで。
そうか。
もう、いかなきゃ、いけない、か。
やりのこしたこと、ないか。
さびしい、のか。
きし、よう。
いって、やっても、いいけどな。
でもな、まだな、なっとくが、できてないような気がしてな。
おれが、こえにだしたのか、あたまのなかでおもったのか。
まてよ。
もうちょっと。
きし。
きしよう。
そんなにかなしそうなかおするな。
おれは、まだ、いかないよ。

そういうと、きしのすがたが消えた。

ごう、と、かぜのおと。

ああ、そでをひっぱっていたのは風か。

たとえ、かぜでも、ひかれて、そっちへ行けば、まっくろなよるだ。そこへおちる。

きしのやつは、何ども、でてきては、おれのそでをひいたり、ナイフを出したりして、ザイルを切ろうとした。

しんちょうがはんぶんのくせに、いわに打ちこんであるハーケンに手をあてて、それを、ひっこぬこうとする。

でも、きしのかおのまえに、すぐきしのひだりひざがあるから、ハーケンがよくみえないみたいだ。

そんなに、おれにきてもらいたいのか。

それなら、いってしまおうか。

そんなに、つめたいハーケンを、歯でかんだって、だめだ。

「きし」

と、おれは、ほんとうに声を出していた。

もうすこし、まってれば、いずれ、おまえのところに、おれは、いってやるよ。

いつか、おちる、その日までおれはゆくぞ。

おれが、おちるのをこわがって、山をやめたり、おまえのことなんかわすれて、ひとなみなことなんかをかんがえはじめたら、そういうときに、おれをつれにこい。
いまは、まだ、そのときじゃない。
おれは、おちるまではいくから。
かならず、いくから。
ただ、わざと、おちる、それだけはできないんだ。
きしよう。
そんなに、かなしいかおをするな。
そんな目でおれを見るな。
いいか。
おれは、ぜったいに、おれだけがしあわせになろうなんて、おもっちゃいない。
おれは、らくになんてなろうとおもっちゃない。
いいか。
おれがやくそくできるのはそれだけだ。
おれは、ここへくるのをやめないから。
あんしんしろ。
おれは、ずっと、山へ、いく。
な。

ああ。

よく来たな。

岸。

ビールを飲みに行かないか。

びーるの東。

うまいビール南。

どこでもいい。

クラックがはしっているのはおれが泣いてきっとそうだとおもっているそこまではのぼってきたらまずいものだってうまいけれども……


ながいよるだ。


かくことがあまりなくなってかんがえるのがめんどうになったからだとおもうのだがもう気が狂うまでもない。しょくじだけはしっかりてんじょうのかざりからであればもうゆくな。くえないものまででんしんばしらどこまでいった。

どこまで……

倒れるなよ。

ながい、よる。
ながい、ながい、よる。
ながい……

やっと、眠くなって、でも、眠ったら、死んでしまうというのはほんとうだろうか
と、じっけん、でも、できない、しょうめいは、しんでしまったら……
ねむいからよぶな。よんでももうおきないよ。
おれは……。

おおい。
おおおい。

声。
こえ。
返事、しない。
しないよ。
しないです。

こたえるだけ、そん……

二月二十一日

生還。

二月二十二日

病院のベッド。

ヘリに助けあげられて、ジョラスの上を飛んだ時、涙が出た。

いったい、おれはここへ何をしに来たんだろう。遭難するために、わざわざこんなところまで来たのだろうか。

6

深町は、羽生の手記を読み終えて、テーブルの上においた。

羽生の手記は、最初は読み易かったが、遭難したあたりから、字が乱れ、ほとんど読めないくらいになった。

凍傷になりかけた右手にボールペンを握り、闇の中で、生きのびるために、羽生はこの手記を書いたのだ。

鬼気迫る文章であった。

読んでいて、何度か、背筋に震えが疾《はし》りそうになった。

とんでもないしろものであった。

羽生は、レビュファ・クラックから、少し上にいったところにある岩棚から、ヘリによって救出された。

しかし、最初の発見は、ヘリによるものではなかった。

羽生の事故に、最初に気づいたのは、長谷の先発隊として、岩壁の様子を見に来た原田であった。

下から、見あげると、当然あるべき場所に、羽生の姿が見えなかったため、レショ小屋にもどって、そこにいた小屋の主人と長谷本人に、それを告げた。

「羽生さんの姿が見あたりません――」

双眼鏡で、捜して、ようやく、岩の陰に小さくなってうずくまっている羽生の姿を発見し、ヘリを呼んだのだ。

ヘリが、近くをホバリングしても、最初、羽生は、いったんは顔をあげてそれを見たものの、幻覚でも見たかのように再び顔を伏せてしまったという。

三度目に顔をあげ、ようやく、羽生は、ヘリを現実のものとして認識したらしい。

羽生は、ヘリに引きあげられ、病院に運ばれた。

左腕の、上腕部の骨が複雑骨折。

肋骨《ろっこつ》三本骨折。

左脚大腿骨《だいたいこつ》骨折。

頭部にも、打撲による傷。

全身、打撲。

左手の小指と薬指、凍傷。

左足の小指と中指、凍傷。

この四本の指は、手術で切りとられた。

これだけの傷を負う事故にあいながら、片手片足で、二五メートルの登攀《とうはん》を単独でやってのけ、しかも、真冬に、三〇〇〇メートルを超える場所でのビヴァークを二夜にわたってした——

ヨーロッパの登山史上でも、類を見ないできごとであった。

「たいへん貴重なものですね」

深町は、溜《た》め息と共に、岸涼子にそう言った。

「はい」

「しかし、どうして、この手記が、岸さんのところに?」

「羽生さんからいただいたのです」

「もらった?」

「ええ。羽生さんが、日本へ帰ってきて、一ヵ月後くらいに、これをわたしのところへ持ってきて――」

〝これをもらってくれませんか〟

たどたどしい声で、うつむきながら、羽生はそう言ったという。

〝どうして？〟

〝あなたにもらって欲しいんです〟

無理に、岸涼子のアパートの部屋にそのノートを置いて、羽生はいなくなった。

岸涼子は、それを読んだ。

涙が出た。

自分の兄の死について、羽生丈二が苦しみぬいていたのだということが、理解できたからだ。

山にいても、どこにいても、羽生は、あの手記のような対話を、常に、心のどこかでし続けている……

「それで、何もかも、わかったんです」

「というと？」

「兄が死んでから、毎月、わたしのところへ、お金が送られてきたんです。最初の時だけ、中に手紙が入っていて……」

〝がんばって下さい〟

そういう意の文が、そこに書かれていたという。

毎月、きちんと一万円。

「その送り主が、羽生さんだったんです」

その手紙の字と、手記の字が同じだった。

岸文太郎が死んで三年、一度も休まずに、その金は送られ続けてきた。

岸涼子は、その翌日、羽生に会いに行った。

「それで、自然に、おつきあいをするようになりました……」

つきあって、男と女の関係になるまで、三年、かかった。

ふたりのつきあいは、あの、ヒマラヤの事件がおこるまで、およそ、六年続いた。

そこで、あの、ヒマラヤ事件がおこったのだ。

ヒマラヤから帰ってきて、半年後、羽生の姿は日本から消え去っていた。

「それでも、三年前までは、ネパールから、月々一万円というお金が届けられていましたので、羽生さんは、そこが気に入ってしまい、今でも、ネパールにいるものとばかり考えていました」

という。

「三年前までですか」

「はい」

三年前、その時に金がなくなって仕送りをあきらめたか、それとも、他の理由でネパールを離れたのか——

そう考えているうちに、三年がたった。

そういう時に、羽生を捜しているという深町のことを知ったのだという。

「今度は、深町さんの番です」

はっきりと、岸涼子は深町にむかって言った。

「今度は、深町さんが、何故、羽生丈二を捜しているのか、それを教えていただけますか？」

もう、迷う理由はない。

カメラが、マロリーのものかどうかということまでしゃべる必要はないにしても、カメラのことぬきに、語れるわけもない。

「承知しました」

深町は、覚悟を決めた。

それで、ネパールでの話を、細かい部分にわたって、深町は岸涼子に語って聴かせた。

「左手の、薬指と小指が無いのを、この眼で見ました。羽生丈二が、今もネパールにいるというのは、おそらく、間違いないでしょう」

しかし、ネパールのどこにいるのか、何故、いるのか、それが、謎であった。

八章　サガルマータ

1

深町誠は、酒を飲んでいる。

独りである。

グラスに大きめの氷を転がして、ウィスキーをダブルで注いでもらった。

オールド・パー。

駿河台《するがだい》にあるホテルの、バーのカウンターであった。

瀬川加代子を待っている。

すでに、半分、グラスからウィスキーが消え、腹の中に流れ込んでいた。胃のあたりが、ぽっと火が点《とも》ったようになっている。

いったい、いつから、加倉と加代子がつきあうようになったのか。

それが、男と女の関係というのだと、ちょっと見当がつかないが、いつ知り合ったのかということなら、言うことができる。それは、一九九一年の一月だ。他ならぬこのおれが、加代子と加倉典明をひき合わせてしまったのだ。

加倉は、ライターをやっていた。

頼まれればむろん何でもやるが、ポジションとしては、アウトドアライターである。新しく出たテントや寝袋《シュラフ》などのアウトドア用品を使用してその使いがってなどを雑誌に書きもするし、都会から地方へ移り住んで、山小舎《やまごや》などを経営している人間へインタビューしたりもする。

深町が、加倉を知ったのは、十年前のマナスルの時だ。

最初に仕事をしたのは、一九八八年である。ある雑誌で、「大日本釣り名人」というページを、カメラマンとライターとして、一緒に、およそ一年近く創っていたことがあるのだ。

加倉は、学生時代に山岳部にいて、日本の有名な岩場の通常《ノーマル》ルートは、ひと通り、やっている。

マナスルの後にも、加倉とは、何度か、一緒に北アルプスに入山したことがある。

加倉の山は、気負いのない、楽しい山だった。自分の分にあった山をやる。山の中に入り、山の空気を呼吸し、山の土を踏んで歩く——そういう行為が、加倉には楽しいらしい。その過程の中で、頂《ピーク》を踏むことができれば、それにこしたことはない、と。

加倉は、頂ハンターではなく、初登頂という記録にも、特別の野心があるわけではなかった。

加代子を誘って、三人で上高地から穂高に入ったこともある。

その加倉が、どうして、加代子とつきあうようになったのか。

深町にはわからなかった。

ああ——

自分はまた、考えても仕方のないことについて考えようとしているな。どうしようもないことについて、問おうとしているな。

過去を責めようとしているな。

答えのない問い、出口のない迷路、勝利者のいない不毛のゲームをやろうとしている——

ウィスキーは、苦く、胃の粘膜を焼いた。

時間があいたからといって、三十分も早く待ち合わせの場所に来るんじゃなかった。

羽生丈二の過去を追うことで、しばらく、この不毛のゲームから心を遠ざけていられたのに、こうして、加代子を待っていると、また、誰も幸福にすることのない心のゲームに、エネルギーを使ってしまう。

心を向けまいとすればするほど、そのことを考えてしまう。

自分は、瀬川加代子という女に、まだ愛情を抱いているのか？

ああ——

見ろ。

もう、自分の気持すらわからなくなっているではないか。

好きだったのは、昔のことだ。

そして、辛《つら》かったのは、自分の内部に疑心暗鬼という、心の鬼が棲《す》み始めた時だ。

いつの間にか、加代子が、自分と会うのを避けるようになった。

週に一度は会っていたのが、十日に一度になり、半月に一度になり、月に一度になった。そのうちに、一ヵ月も会わぬことが多くなり、会っても、ベッドへゆくのを、色々な理由をつけては拒むようになった。

会えない理由は、仕事が忙しいからというものであった。

では、いつなら会えるのかという問いに、わからないという返事が返ってくる。

「仕事が楽になったら連絡するわ」

しかし、待っても連絡はない。

家に連絡をしても、留守電になっている。

メッセージを入れても、電話がかかってくるわけではない。

職場へ連絡を入れても、忙しいからと、すぐに電話を切られてしまう。

忙しいからと言っていた時期に、職場に電話を入れると、本人は、定時に仕事を終えて帰ったと、別の人間に言われる。

たまに会えたおりに、他に好きな男ができたのかと問うても、そんなことはないという答えが返ってくるばかりである。

仕事をしていると言っていた日、定時に仕事を終えて、帰っていたじゃないか、どこへ行っていたのだ、と問う。

あの日は外でイラストの川本さんと打ち合わせだったのよ。夜半の十二時過ぎまでか。打ち合わせが終わればお酒くらい飲むわ。でも二時になっても帰って来なかった。なんでそんなことを知ってるの。きみのマンションの前で待ってたんだ。わたしを見張ってたの。ちがう、きみを待ってたんだ。同じよ。同じじゃない。そんなふうに束縛されたくないわ。いつぼくがきみを束縛した。今よ。してない。しようとしているわ。

心が離れてゆく。

加代子が好きなのに、加代子には別の男がいる。

好きな男ができたのなら、できたと言ってくれ、と深町は言った。

それならそれでいい。

おれを楽にしてくれ。

自分で自分を責め苛《さいな》むのはもうたくさんだった。

それが、半年以上、一年近く続いた。

男がいる——それはわかった。いやでも見当はつく。しかし、それなら加代子は何故そう言わないのか。

ここまでの状況に至ったのなら、男がいるのならいると、普通は言うはずだ。

何故、言わないのか。

それは——

ようやく、深町は、そこに思い至った。

言えないのは、加代子がつきあっている相手が、自分に言えないような相手だからだ。

そのような相手は、ひとりしか思いあたらない。

加倉典明——

あいつか。

あの男か。

しかし——まさか。

それが、事実だったのだ。

そう思って気をつけていると、加倉と加代子が、同時に連絡がとれないというケースが多くあった。

いったい、おれは何をやっているのかと思いながら、加倉と加代子に電話を入れ、ふたりが同時にいないことに、歪《いびつ》な悦《よろこ》びの感情を抱くようになってしまっていた。

加倉と会っている時に、何気なく加代子のことを話題にしてさぐりを入れる。

加代子と会っている時に、何気なく加倉のことを話題にしてさぐりを入れる。

それぞれの反応をうかがいながら、確信を深めてゆく。

いつか、おまえたちを、追いつめてやる。追いつめて、加代子自身のその口から、もうすでにわかっている事実について言わせてやる。

なんという、暗い、粘液質な悦び……。

もう、おれがわかっているということを、おまえたちもわかっている。わかっているそのことを隠している。その嘘におれは、手を貸しさえしたのだ。

このゲームに、最初に耐えきれなくなったのが、加倉だった。

「すまん……」

加倉は白状した。

もっと早く言うつもりだったと加倉は言った。

結婚するつもりだとも言った。

楽になんか、ならなかった。

あんなに、おれとの結婚をいやがっていた加代子が、どうして加倉との結婚を覚悟したのか。

呼吸するのさえ、苦しいような日々が続いた。

気持が荒《すさ》みきっていた。

そういう時に、エヴェレストの話が持ちあがり、おれは、ゆく決心をしたのだ。

エヴェレストによって、自分は、救われようとしたのである。

しかし——

深町がエヴェレストにたつ、半年前——冬の一ノ倉沢で、加倉典明は死んだのであった。

雪崩だった。

2

深町は、ベッドの上に仰向《あおむ》けになって、天井を睨《にら》んでいた。

裸だ。

深町の身体のすぐ横に、瀬川加代子の裸体が横になっている。

深町も加代子も動かない。

どちらも言葉を交わさない状態が、すでに十五分以上も続いていた。

ホテルの部屋だ。

下のバーで、加代子と待ち合わせた。

七分ほど遅れて、加代子はやってきた。バーで、一時間半ほど飲んでから、加代子を誘った。

「このホテルに、部屋をとってあるんだ……」

無言でうなずき、無言で加代子は部屋までついてきた。

シャワーを浴びてから、深町は、加代子を抱こうとした。

抱けなかった。

深町の男が、機能しなかったのである。

それで、仰向けになっている。

黙ったまま、天井を睨んでいる。

「もう、やめましょう……」

深町の傍から声が響いた。

加代子が、堅い声でそう言ったのだ。

「やめる？」

「ええ」

「何をやめるんだ」

深町は訊《き》いた。

加代子が、何のことを言っているのかはわかっている。

わかっていながら、訊いた。

「こういうこと……」

加代子の、細い声。

かなりの勇気を振りしぼって、加代子は言ったに違いない。

「こういうことって？」

それも、わかっているのに、また訊いた。

意地が悪くなっていた。

「こういうふうに会うのを、もうやめましょうって言ってるの——」

沈黙……

「何故？」

沈黙の後で、深町は言った。

「誰も、幸福になれないからよ――」

「――」

「こういうことを続けていっても、誰も幸福になれないじゃない」

「――」

「あなたも、わたしも――」

深町には、言葉がない。

加代子の言うことは、よくわかっている。

わかりすぎるほどわかっている。

しかし――

「あなたは、わたしを苦しめるために、まだ、わたしのことを好きだなんて言ってるのよ」

加代子の声が、高くなった。

これは、復讐《ふくしゅう》なのか？

加代子を苦しめるために、おれは加代子を好きだなんて言っているのか。

それもわからない。

加代子を抱いたのは、加倉が死んでから二ヵ月後だった。

加代子と会い、酒を飲み、加代子を家へ送って、そのままあがり込み、半ば、犯すようにして抱いた。

　あの時は、抱けたのだ。

「いっそ許さないいって言って」

「――――」

「その方が、お互いに楽な生き方ができるわ――」

「楽？」

「そう」

「違う」

「違う？」

　そうだ、違うのだ。

「何が違うの？」

「おれは別に、楽になろうなんて、思っちゃいないよ」

「――――」

「楽になろうとして、こんなことをしてるんじゃない。おれは……」

おれは、納得したいだけなんだと、深町はそう言おうとして、言葉を切った。

　この女とやってゆくのが、どうしても駄目だというのなら、それでいい。ただ、その前に、それを納得したいのだ。

　その納得が、まだ、自分はできていないのだ。

深町には、自分が、深い、出口のない、暗い穴の底にいるように思われた。

仰向けになって、その穴の底から天を見あげている。

その天の彼方《かなた》に、白く、雪を被《かぶ》った頂が光っている。

世界にただひとつしかない、この地上の最高の点。

サガルマータ――

ああ――

とどかないその頂にすがろうとするように、深町は溜《た》め息をついた。

3

深町は、執拗《しつよう》に、仕事の合い間を見ては、羽生丈二のことを調べ続けている。

羽生のことを調べ尽くす――

その作業に没頭することで、瀬川加代子との間にぶら下がっている結論から、自分は逃げようとしているのかもしれないと、深町は思っている。

マロリーのカメラのことよりも、今は、羽生丈二という人間にのめり込んでいた。

しかし、あのカメラと、カメラがもたらすかもしれないもののことを、忘れたわけではない。

ただ、そのカメラにたどりつく前に、羽生という人間について、徹底的に近づいておくことが必要なのではないかと、深町は思っていた。それが、羽生がどこにいるかを知るための方法であり、それはそのまま、カメラのある場所にたどりつくための方法であると思っている。

少なくとも、日本にいてできるのは、羽生のことを調べることであった。

あの、ヒマラヤでの事件についても、今は、多くのことを深町は知っている。

もともと、ヒマラヤで羽生が起こした事件については、深町も噂としては知っている。

山屋の間では、有名な事件だったからだ。

それを、深町は、関係者のひとりずつに取材し、直接話を聴きながら調べていった。

岸涼子や、他の人間の話を総合すると、羽生は、ヒマラヤ遠征のあと、日本に帰ってきて、半年ほどはこちらにいたらしい。

その後、ふっつりと、羽生の消息は日本から消えてしまう。

その後、羽生から岸涼子のもとへ送られている金は、ネパールから届くようになった。

羽生は、ネパールにいる——しかし、どこにいるかがわからない。送り主の住所が記されてないからだ。

仕送りは、三年ほど続いた。初めは一万円だったが、時には八〇〇〇円になり、五〇〇〇円の時もあったという。

日本から送る金ではない。労働賃金の安いネパールからの仕送りだ。羽生はむこうで働いているのだろうが、月に一万円にしろ五〇〇〇円にしろ、血の滲《にじ》むような金であったろう。

それも、三年前からとだえている。

羽生の、ヒマラヤ遠征が一九八五年の秋。

いったんは日本に帰ってきた羽生が、その翌年に、すぐまたネパールへ行ってしまったということは、その前年のヒマラヤ遠征の時に、羽生が姿を消すきっかけとなった何かがあったと考えるべきであろう。

それが、例の、噂されている事件であるのかどうか。

ともかく、一九八五年のヒマラヤ遠征に、その鍵《かぎ》はありそうであった。

4

東京山岳協会が、ヒマラヤ遠征を計画したのは、一九八四年であった。

エヴェレスト——

南東稜《なんとうりょう》からの登頂という通常ルートではなく、冬期の南西壁からの登頂という、未踏のバリエーションルートをねらった遠征である。

特定の山岳会にこだわらず、会に属さない人間や、あちこちの山岳会から人材を集め、登頂をねらう——

大手の新聞社が、バックにつき、スポンサーとなった。

大学山岳部、OB、山岳会のトップクラスの人間たちが集められた。

そのメンバーの中に、羽生丈二も入ったのである。

そして、羽生にとっては、運命の人間とも言うべき、長谷常雄も、隊員に加わった。

入山は、一九八五年の十二月。

冬期登頂という勲章を得るためには、登山開始は十二月に入ってからでなければならない。そうでなければ、冬期の登頂とは認められないからだ。

具体的には、十二月に入る前に、ベースキャンプの設営や、そこまでの荷あげはやってもいいが、ベースキャンプから上への登山は、十二月に入ってからやらねばならないということである。

この時、羽生丈二、四十一歳。

長谷常雄、三十八歳。

羽生が、メンバーに選ばれた理由は、隊員の選考委員の中に、青風山岳会の伊藤浩一郎が入っていたからである。伊藤が、隊員として、羽生を強く推したのだ。

「色々癖のある連中の集団の中で、さらに癖のあるあの男が、うまくつとまりますかね――」

そう言って反対する委員もいたが、

「しかし、羽生の山での能力はずば抜けています。うまく使いさえすれば、最強の戦力となりますから」

伊藤はそう言って、羽生をメンバーの中に入れた。

入山時、四十一歳という羽生の年齢についても、だいじょうぶかという声があがったが、羽生の体力については、三十代初めの人間並みであるという伊藤の意見に、一同が納得をした。

その知らせを、伊藤から直接電話で聴いた時、羽生は、涙を流して悦《よろこ》んだという。

羽生が、伊藤から電話を受けた現場に、岸涼子がいて、その時の様子について、深町に語っている。

「やるぞ。おれはやるぞ……」

無口な羽生が、その晩は、明け方近くまで興奮して、独り言のようにつぶやいたり、唸《うな》ったりしていたという。

「伊藤さんはいい人だ。やっぱり、おれのことを気にかけてくれてたんだ」

翌日、羽生は、珍らしく一升瓶をぶら下げて、伊藤の家まで挨拶《あいさつ》に行っている。

「なんだかんだ言っても、あいつが気になってねえ――」

何故、羽生のメンバー入りにこだわったのかと深町に問われて、伊藤はそう答えている。

「グランドジョラスのこともあったし、あの男の人生に、もう一度だけ、機会《チャンス》を作ってやりたかったんですよ」

普通の登山では、小さなスポンサーがつくとはいっても、自己負担金が多すぎて、とても、羽生にはその費用を払いきれない。今回は、大きなスポンサーがつく。それでも、自己負担金は、かなりの額になるが、羽生に払えない額ではない。

そう考えての推薦であった。

四十一歳という羽生の年齢から考えても、エヴェレストの未踏の岩壁からの登頂というのは、これが最後の機会になるだろう。仮に、羽生の登頂がないにしても、登頂成功のための、大きな戦力となるに違いない――

しかし――

その伊藤の期待を、羽生は、みごとに裏切ることになる。

5

ある個人が、八〇〇〇メートル峰の登頂という結果にたどりつくまでには、実に様々な力学に支配される。

最初の力学は、まず、遠征隊員に選ばれることである。遠征隊にメンバーとして参加しなければ、登頂はあり得ない。

次は、体力である。

その個人に、どこまで体力があるか。

しかし、いくら体力があっても、登頂時にその体力が残っていなければ駄目だ。

次は、健康である。

どんなに体力があっても、高度順応に失敗して高山病にかかったり、他の病気にかかったりしていれば、登頂メンバーに入ることはできない。

強い意志力も必要だ。

次は、怪我。

そして、人望——あるいはそれを人脈と呼んでもいい。

健康で、怪我もなく、体力がどれだけ残っていようと、隊長が、その個人を登頂隊員として選んでくれなければ、登頂はできない。

さらには、幸運も必要である。

ベースキャンプ——BCから、キャンプワン（C1）、キャンプツー（C2）、キャンプスリー（C3）、キャンプフォー（C4）、キャンプファイブ（C5）、キャンプシックス（C6）と、キャンプをあげてゆき、最終的にはC6から、頂上のアタック隊が、登頂をかけて出発することになる。

それまでに、隊員全員が、荷あげをやることになる。

皆で、テントや荷をあげながら、キャンプを設営しつつ、食料だの燃料だの酸素だのを、小刻みに上へあげてゆく。

その全ての作業が終わった時に、自分がどこにいるかが大きなポイントとなる。

天候や、隊全体の日程的なゆとりにもよるが、この時、ローテーションの都合で、たまたまベースキャンプや、C1にいると、まず、登頂隊員に選ばれることはない。C6にいる場合でも、テントの設営等で、体力は消耗しきっているであろうから、登頂隊員に選ばれないケースもある。

多くの場合は、まだ、C6が設営されるまえに、登頂隊員が何組か予定されることになる。そのメンバーが、キャンプがある程度まであがった頃から、体力を温存しつつ——つまり、テントの設営はせずに、設営されたテントを利用しながら、上のキャンプにあがってゆき、高度に身体をならして、いつでもC6に入れる位置に待機するということになる。

それは、ひとつの理想形ではあるが、そうきちんとうまくことが運ぶわけではない。登山の多くは、天候や時間に追われ、体力や精神力が、個人としても隊としてもぎりぎりの状態で、登頂隊員が選ばれることになる。

その登頂隊員を決めるのは、隊長である。

この隊長に好かれているかどうかで、登頂隊員に選ばれる確率が違ってくる場合も少なくない。

あいつに頂上を踏ませてやりたい——

隊長がそう想っていれば、キャンプ設営のローテーションの中で、自然に、その隊員に有利な状態にもってゆくこともできるのだ。

C5で高度およそ八三〇〇メートル。C6ともなれば、高度が八三五〇メートル前後になる。

暖房の利いた部屋で、栄養のある美味《うま》いものを喰《く》い、最高のベッドで眠っていたとしても——何もせずに眠っているだけでも、この高度では体力が消耗してゆくのである。

ましてや、狭いテントの中で、極寒に耐えながら、テント設営のために体力を使いきった状態とあっては、この高度は地獄に等しい。

いったん酸素の濃いベースキャンプに引きかえし、体力がある程度もとにもどるまで、休むことになる。

別の隊員が上にあがり、上にあがった隊員が降りる——そのようなローテーションを組んでゆくことになる。

その休むためのベースキャンプでさえ、標高五四〇〇メートルもあり、酸素の量は地上の半分しかない。

こういう状況の中で、隊長の意図が働けば、特定の隊員が頂上を踏み易くなる。

しかし、隊員ひとりひとりも、様々な計算をする。

自分の都合のよいポジションを得るために、わざと、体調が悪いと言って、予定より早くベースキャンプにもどってきたり、朝の出発を遅らせたりする。

隊員どうしの、腹のさぐりあいが始まることになる。

大学の山岳会であれば、縦の関係がある。

先輩からの命令は絶対であり、会に対する忠誠心もある。自分たちの会が登頂するために、個人が自分を殺しもする。それで、ひとつの納得もある。

しかし、別々の山岳会に属している連中、あるいは一匹狼的な連中の集まりである今回のような会は、登頂に至るまでのどこかの段階で、必ず、個と隊との衝突がある。

羽生が参加したその隊は、悪く言えば寄せ集めの隊である。

隊員は三十人。

いずれも、実力者たちだ。

キャリアや実力から言って、誰が頂上を踏んでもおかしくない連中が集められている。

しかも、少なくない自己負担金も払っている。

他人《ひと》の登頂のため、荷あげをしに来たわけではない。

誰もが登頂をねらっている。

しかし、隊長や、隊員個人の思惑とは別に、そのローテーションに、天候が関わってくると、もはや、個人の思惑や、人智が及ばない状況が生まれる。

吹雪で、何日も、C6に閉じ込められ、体力を消耗し尽くして下に降りねばならなくなるケースもあれば、登ってゆく途中で雪崩にあい、生命を落とすかもしれない。

最後に作用する力学が、この天運である。

もとより羽生も、自分が、他者に好かれているとは思っていない。

人間関係、この力学からは、羽生ははずれている。

もうひとつ、羽生は、天という力学——天運からも見放されていた。

6

羽生は、誰よりも、多く、働いた。

誰よりも重い荷を負って、羽生は登った。

ヒマラヤの荷あげでは、どんなに体力のある人間でも、普通は、せいぜい一五キロから二〇キロ、どんなに多くとも、背負う荷は二五キログラムまでである。

それを、羽生は、三〇キロ背負った。

無謀であった。

隊全体と、隊長に、自分の調子がいいとアピールすることは重要だが、荷あげの段階で無理をすると、体調を崩し易い。

しかし、羽生には意地があった。

羽生はその時、伝説を持った人間であった。

鬼スラの、二度にわたる冬期の登攀《とうはん》。

グランドジョラスでの奇跡の生還。

しかも、年齢は四十一歳――

ベースキャンプより上へ行かない隊長の和賀良一《わがりょういち》が、五十一歳であることを別にすれば、戦力となるメンバーの中では最高齢である。

「あれが、羽生か――」

そういう眼で、若い隊員は羽生を見る。

「どれだけやれるのか？」

「昔は昔、今はどこまでできるのかねえ」

「逆に足を引っぱられるかもしれないぜ」

「四十一歳だしな」

そういう囁《ささや》き声も、耳に届いてくる。

あれが、あの羽生か――

そういう声に、

〝おれが、その羽生だ〟

強い声で応《こた》えるように、羽生は重い荷を背に負った。

同じ神話上の人間でも、長谷常雄は、自分のペースを崩さない。

皆と同じ荷を背負い、淡々と登ってゆく。

羽生は、長谷とは、必要以上には口をきかなかった。話をする必要がある時は、必要最小限だけの会話をする。

朝の挨拶《あいさつ》をするにも、最初に声をかけるのは長谷であった。羽生は、それに答えるだけだ。

もっとも――

羽生は、長谷に対してだけ、そうしていたわけではない。どの隊員に対しても、同様の接し方をした。

「危ないことだけはしないで――」

岸涼子は、羽生が日本を発《た》つ前日の晩に、そう言った。

羽生は、苦笑し、

「それは、山に行くなと言ってるようなもんだ」

そうつぶやいたという。

それから羽生は、真顔になって、

「必ず死ぬとわかっていることだけはしない――」

そう言った。

怖い言葉であった。

7

南西壁の登攀は、難航を極めた。

気温は、連日、標高八三〇〇メートルあたりで、日中でもマイナス三六度。

雪が深い。

残りの日数だけが、どんどんなくなってくる。

途中、雪に時間をとられた。

その後に、世界最大と言ってもいい巨大な岩壁が控えている。

天空に、吹きっさらしになった、岩壁だ。

長くとどまろうにも、食料が尽きては、どうしようもない。

南西壁の登頂が危ぶまれた。

「別動隊を編成して、ノーマルルートである南東稜《りょう》を攻めよう」

と、隊長の和賀が提案した。

この時、初めて、これまで一度も私情を口にしなかった羽生が、発言した。

「おれは反対です」

何故なら、と羽生は声を大きくした。

南東稜は、これまでに、冬期においても何度となく攀《のぼ》られているルートである。そこを攀ることに、どれだけの意味があるのか。

南西壁に挑むことが、意味のあることなのではないかと——

南西壁は、このままでは攀れないかもしれない。しかし、可能性がなくなったわけではない。今、隊の力を二分してしまったら、残っている可能性がさらに小さくなってしまうではないか——

南西壁登攀を続けるべきだ——

言っているうちに、羽生の声は、興奮のため震え、眼に涙が浮かんだ。

だが——

今回は、バックに大きなスポンサーがついている。

今回の隊は、目的こそ南西壁だが、そこを登頂できなかったにしろ、たとえノーマルルートからでも頂上を踏んでいるのといないのとでは、大きな差がある。スポンサーに対しても言いわけがたつ。

この遠征には、映画班まで参加しているのである。南東稜からの登頂をねらう別動隊を編成するといっても、南西壁をあきらめるわけじゃない。運がよければ、両方からの登頂ができるかもしれない――

和賀は、そう言った。

たとえノーマルルートにしろ、世界の最高峰は最高峰だ。その頂を踏める機会が、隊員たちにもう一度あるとは思われない。

隊員の多くは、隊長の意見に賛成をした。

「わかってくれないか、羽生くん――」

「わかりません」

羽生は、子供のように、そこでだだをこねた。眼に涙をためた。

「今さら、ノーマルルートに、どういう意味があるっていうんですか。少しでも可能性があるうちは、南西壁に、隊の全力を投入すべきじゃないですか」

しかし――

結局、隊は二分された。

羽生は、南西壁隊に残り、長谷は南東稜隊にまわった。

「あの後の羽生は、鬼が憑《のりうつ》ったようになってね」

と、和賀は、当時を述懐する。

「先頭に立って、荷上げからルート工作まで、ひとりで、ふたり分から三人分やりましたよ。あんな人間、見たことありません」

無限の体力が、羽生の体内から湧き出してくるように見えたという。

「私は、口では、まだ登頂可能と言ってはいましたが、南西壁はあきらめていたんですよ――」

それが、羽生のおかげで、登頂の可能性が見えてきた。

ルート工作も全部済んで、第六キャンプに二名、第五キャンプに二名を置くかたちになった。

羽生は、第六キャンプにいる。

明日は、頂上アタックという時になって、雪が降りはじめた。

それは、すぐに吹雪になった。

二日間、雪は吹き荒れ、三日目に晴れた。

しかし、三日目は動けない。

岩や、古い雪の上に積もった雪が、風と陽光にさらされて、表層雪崩をおこしやすいからだ。

雪が落ち着くまで、一日は待たねばならない。

「迷いましたよ」

と、和賀は、深町に言った。

いったい、どういう順序で頂上アタックを仕掛けるか――

機会《チャンス》があるのは、C5にいる二名と、C6にいる二名だけである。

四人一緒に頂上へは向かわせられない。

一方がアタックをかけている時は、一方がサポートにまわらなければならないからだ。

C5が、川北正義三十二歳と、森田学二十九歳。

C6が、羽生丈二四十一歳と、石渡敏三十一歳。

体力の消耗が激しいのは、当然、上のキャンプにいる羽生と石渡である。

しかし、今、羽生は調子がいい。

体力でいえば、C5の二名と同じであろう。

だが、問題はふたつあった。

羽生と一緒にいる石渡が、体力的に悪くはない状態であるが、羽生ほどではないことだ。

さらには、雪の問題もある。

予報では、この好天は、四日は持つ。

第六キャンプから、上の岩壁に出るまで、高度差二〇〇メートルほどの間で、何カ所か、きつい岩壁がある。

その岩壁に新雪がくっついたら、危険である。凍りついて、雪が堅く締るまで待たなければならない。そこをクリアした後、まだ、最後の難関である南西壁の最後の壁を詰めるだけの体力が残るかどうか。

考えた末に、和賀は、結論を出した。

アタックの機会は、ひと組のパーティーに一度ずつ、二度ある。

最初のアタックは、今、C5にいる川北と森田がかける。

一日、雪が落ち着くのを待って、二日目に川北組と羽生組がキャンプを入れかわるのだ。羽生組がC6からC5に降り、川北組が、C5からC6にあがる。

そうすれば、C5とC6の間のラッセルは、どちらも半分ずつですむ。

三日目に、川北組が、C6を出発し、南西壁の上部に取りついて、アタックをかける。

それで、頂上を落とせれば、よし。続いて四日目に、羽生組が、C5からいっきに頂上までアタックをかける。この間に、川北組はC5まで下る。

頂上を落とすにしろ、落とせないにしろ、その晩、羽生組はC6に泊まり、翌日、C5に下る。

仮に、三日目のアタックで、川北組が頂上を踏めない場合でも、四日目には、羽生組はC5を出発して、調子がよければ、そのまま頂上をねらい、調子が悪ければ、C6に一泊した後、五日目に再度頂上をねらう――

「これが、ベストであると、私は判断したんですよ」

しかし、納得しなかったのが羽生であった。

なんで、自分が、第二次のアタック隊にまわらなければならないのか。

「おれが、一番がんばりました」

はっきりと、羽生は言った。

「おれがいたから、ここまでルートもできたし、キャンプもあげることができたんじゃないですか。そのおれが、何で、二番なんですか。一番目に誰かが登ったら、二番目なんかは、ゴミですよ」

はっきりと羽生は言った。

現場で言う言葉ではなかった。

どのキャンプにも人は入っており、無線によるその交信は、誰の耳にも届く。

「たのむ。わかってくれ」

と、和賀は言った。

「わかりません」

羽生は言った。

あの時、羽生さん、泣きながら交信していましたよ——同じC6のテントにいた石渡は、深町に、そのおりのことをそう語った。

「本当はね、私は、羽生に初登頂をねらわせようと、そういう腹づもりだったんですよ」

和賀は、当時について、そう語っている。

誰が、どういう状況で出発しようと、第一次アタック隊の登頂は、明らかに無理であると自分は判断したのだと、和賀は言った。

C6を出発して、すぐ、困難な岩場がある。それで時間と体力を使い果たし、そこから先の岩壁をやる時間も体力も、もう残らないだろう。

登頂の機会があるとしたら、第二次アタック隊である。

しかし、第一次アタック隊に羽生を使ってしまったら、羽生は、第二次アタック隊に入ることはできない。第一次で登頂ができなかったということは、その時点で、ぎりぎりまで体力を使ってしまったということだからだ。羽生の場合は、もう、下へ降りる体力を使い果たすまで、エネルギーを一次のアタックで使ってしまうだろう。

そうなると、二次アタック隊は、川北組がやることになる。

その場合、岩壁にとりつく地点までは、川北組はゆけるだろう。しかし、そこから先、岩壁の技術については、川北組は、羽生組に劣る。この苛酷《かこく》な条件下で、川北組が、南西壁を落とせるとは思えない。

もともと、登攀《とうはん》リーダーとして、羽生と長谷はこの遠征に参加が決まったといっていい。

世界的に見ても、岩壁での能力がずば抜けているこのふたりが隊に加われば、どちらかが必ず、南西壁を攻略してのけるだろうとの期待が、このふたりにはかかっていたのである。

しかし、そのうちのひとりである長谷は、南東稜《りょう》の方にまわっている。

今、南西壁を落とせるのは、唯一、羽生丈二がいるのみである。

しかし、第一次アタックでは、たとえ羽生であっても、南西壁は落とせない。第一次アタック隊に選ばれた川北は、言うなれば、羽生に南西壁を落とさせるための、ラッセル隊の役目なのである。

しかし、それを口にするわけにはいかない。

口にせずとも、川北組は、それを理解している。羽生のパートナーとなった石渡もそれを理解している。

理解していないのは、唯一、羽生だけであった。

いや、羽生も、理屈の部分では、それを理解しているだろう。しかし、感情の部分で、羽生は、それを受け入れられなかった。

「なんで、おれが二番なんですか」

羽生は譲らなかった。

「それがベストなんだ」

和賀は、懇願した。

これが、羽生個人の登山であれば、いい。

羽生が金を出し、隊員を集め、ここまでやってきたのならいい。

羽生は、羽生個人の納得のために、どういう決断をしようといいのだ。たとえ、それが、登頂失敗に至る選択であっても、羽生はそれをする権利がある。

しかし、この遠征は違う。

皆が皆、時間や金を、必死の思いでやりくりし、スポンサーもついて、ここまでなんとかやってきたのだ。

隊長としては、羽生の納得よりも、隊としての登頂を優先させるしかない。

「わかりました……」

やがて、羽生の声が響いた。

「降ります」

乾いた声で、羽生は言った。

二日目、羽生は、石渡と、C6を降りた。

途中、川北組とすれ違った時、羽生は微笑さえ浮かべて、

「がんばれよ」

そう声をかけた。

羽生と、石渡は、C5に着いた。

しかし、羽生は、C5のテントに入らなかった。

「おまえは残れ、おれは降りる……」

羽生は、抑揚のない声で石渡に言った。

「どうしたんですか、羽生さん?」

石渡は言った。

「おれの山は、終わったんだ」

羽生は、短くそう言っただけで、そのまま、C4に向かって、足を踏み出した。

8

結局——

羽生は、単独で、ベースキャンプまでビヴァークしながら降りた。

南西壁の、冬期初登頂は失敗をし、南東稜隊の方は、長谷と三島という男が登頂を果たした。

九章　岩壁の王

1

「難しいぜ、それは――」

宮川は言った。

銀座――

地下にあるビヤホール。

すでに、八月に入っている。

深町誠は、小さなテーブルを挟んで、宮川と向かい合っている。

ふたりの大ジョッキに入ったビールが、半分以下に減っていた。

「七年は無理か――」

深町は、宮川にそう言った。

「いろいろ調べたんだけどな。仕事で入っていて、六ヵ月だ。六ヵ月したら、いったん出国しなきゃならない。国外に出て、それで、またもどってくることになる。それにしたって、すぐにもどれるわけじゃない。何ヵ月かしなければだめだ――」

「ネパールも、以前より、だいぶ厳しくなってきたっていうのは、聴いているよ」

「仮に、羽生丈二が、遠征のあと、一九八六年に再びネパールに入ったとして、それから、今年の一九九三年まで、約七年間、ずっとネパールにいたとは考えられないだろう」

「しかし、この間に、日本に帰ってきたとは考えられない」

「誰にも見つからずに帰ってくることなんか、いくらでもできるし、それに、国外へいったん出るにしたって、日本へ帰ってくる必要はないんだ。インドへ下ったっていい」

「それはそうだ」

「ネパール政府関係の、大きな仕事に関わっていれば、ノンツーリストビザをもらえる。これなら一年。しかし、一年たったら、延長の手つづきをしなけりゃならない。あとは、政府関係者に、よほどいいコネがあるかどうかだな――」

宮川は、ジョッキを右手で持ちあげて、ビールを喉《のど》に流し込んだ。

「くそ、マロリーか……」

口をぬぐって、宮川はつぶやいた。

仕事が終わって、人が、こういう場所に流れてくる時間帯だった。

陽は沈んでも、まだ、外に明りが残っている時間――

ふたりの周囲のテーブルは、もう、空きがなく、隙間なく人間で埋まっていた。

宮川に、ネパールで、羽生丈二と思われる人間に会ったことを話したのは、一週間前である。

いずれ、もう一度、ネパールへゆこうと、深町は考えている。

自費で行けなくはないが、仕事でということになれば、経費が助かる。すぐに金になるとは思えなかったが、あのカメラが本当にマロリーのものであれば、ビッグニュースになる。

仮に、そうでなくても、あの羽生が、現在どうしているかということであれば、それなりに、記事にはなる。

行くのは自費でゆく。

記事になれば、あらためて、稿料の他に、その扱いに応じて、交通費や宿泊費を出してもらう——その程度の約束が、口頭でもらえればいいと考えて、話をした。

それに、事情を知っていて、色々と協力をしてくれる人間がいる方が便利である。仮に、ネパールへ行っている最中に、日本で、あれこれ動ける人間がいるというのもありがたい。

マロリーのカメラの話をした時には、

「本当か、そいつは——」

宮川の声のトーンが高くなった。

「もし、本当なら、こいつはえらいことだぜ——」

宮川も、マロリーのカメラが、今、発見されることの意味は充分にわかっている。

「わかった。協力するよ。それが事実ならば、費用の全額は、うちが持つ——」

そう言ってから、宮川は——

「このことは、誰かにもうしゃべったか？」

そう訊《き》いてきた。

「言ってない。おまえが最初だ」

「よかった。いいか。これは、おれとおまえだけの秘密だ。社内でも、しばらくこのことは内緒にしておく。言えば必ず、どこかに洩《も》れるからな——」

宮川の声が震えていた。

「興奮してるのか？」

「あたりまえだ。マロリーだぞ。彼が、エヴェレストに初登頂したかどうかという謎が解けるかもしれないんだぞ」

その時に、深町は、羽生丈二のネパール滞在について調べてくれるように宮川に頼んだのである。

その報告を、今、受けているところであった。

「それに、パスポートの問題がある。ビザを、うまいことコネでなんとかしたって、五年で有効期限が切れる」

宮川は、空になったジョッキを、指ではじいた。

「そうだな」

「しかし、大使館で、新しいのを発行してもらうことはできるだろう」

「もし、羽生が、ネパールの日本大使館で新しいパスポートを発行してもらってたら、その線から、羽生の居場所を調べることはできないか？」

「普通じゃ無理だろう。外務省に電話をして、教えて下さい、はいよ、というわけのもんじゃないはずだ」

「しかし、海外で暮らしてるんなら、現住所とか、そういう情報は、データとして、外務省に保管されてるんだろう。日本での連絡先くらい、わかるんじゃないのか」

「外務省の役人に、知り合いがいる。そういうことを調べることが可能かどうかくらいは訊けるが、こうなったら、ともかくカトマンドゥへ飛んで、むこうの日本人やシェルパに、羽生のことを訊いてまわる方が早いんじゃないのか。なんと言ったかな、名前があったろう。羽生の——」

「ビカール・サンか」

「そうだ。その名前でたどってゆけば、なんとかなるだろう」

「ネパールか……」

「こっちで考えてるよりは、むこうへ行っちまったらどうだ」

宮川は、ジョッキを持ちあげ、それが空であったことに気づき、またテーブルに降ろして、深町を見た。

「行っちまえよ」

「だが、その前に、調べておきたいことがある」

「何だ？」

「長谷のことだ」

「長谷？　一昨年死んだあの長谷常雄のことか――」

「ああ――」

深町は、顎《あご》を引いてうなずいた。

2

瀬川加代子に、連絡がとれなくなったのは、お盆明けであった。

盆が明けて、電話を入れたら、テープに録音された機械的な女の声が、あなたがおかけになった電話番号はただいま使われておりませんと、深町に告げた。

青美社へ電話を入れると、

「加代子さん、やめました」

知っている女性編集者が、深町にそう言った。

「やめた？」

「ええ」

「いつですか？」

「八月の十三日です――」

「連絡先はわかりますか？」

「わかります」

「教えてもらえませんか」

「それが――」

彼女は口ごもった。

「どうしたんですか」

「深町さんには教えないでくれと」

「ぼくに？」

「ええ」

辛《つら》そうな声だった。

彼女も、自分と瀬川加代子の件は、おおまかには知っているはずであった。

連絡先を口止めするにあたって、加代子が話をしたとすれば、もう少し立ち入った事情も知っているかもしれない。

「落ち着いたら、手紙を書くからと言ってました。捜されると、どうせすぐに居場所はわかってしまうでしょうから、それまでしばらく捜さないでもらいたいと――」

「捜すなと、そう言ってたんですか」

「はい」

深町は、数度、呼吸をしてから、

「わかりましたと、彼女にはそのように伝えておいて下さい」

短いあいさつをして、深町は、受話器を置いた。

何故、加代子はいなくなったのか。

理由は、わかっている。

もう、やってゆけないと、そう判断したからだ。

こちらの納得を待つでもなく、自分から加代子は身を引いたのだ。こちらがどういう結論を出そうと、自分はもうやっていけないと判断したからこそ、加代子は姿を消したのだ。

もとより、正式な社員ではない。

しかし、それにしても……

深町は、唇を嚙《か》んで息を吐いた。

長い間、仕事をし慣れた職場を、加代子はやめたことになる。

そこそこの収入も、自分の居場所もあった勤め先だ。青美社の専属のようなかたちで仕事をしていたわけだから、これから仕事を捜すとなると、かなりたいへんなことになるだろう。

だが、そういうことの何もかもを、加代子は承知でやめ、そして、住所まで変えた——

——

そこまで、この自分が加代子を追いつめていたのだと深町は思った。

すまないことをした——

しかし、自分に、どういう方法があったかといえば、それを思いつかない。ことによったら、青美社に、自分の机こそなくなったものの、大きな仕事は残して、自宅でそれをやることになっているのかもしれない。

電話をかけなおして、仕事のことについて訊きなおしてみようかとも思ったのだが、深町はそれをやめた。

訊いて、どうにかなるものでもない。

これが、自分と、加代子との結論であったのだ。

もう、出ている結論について、加代子が自分に身をもって教えてくれたのだ。

納得を求めているのなら、これをもって納得とすべきであろう。

かわりに、加代子が出してくれた結論を尊重すべきではないか。

そう思う。

そう思うが、しかし――

自分が出すべき結論を、逆に奪われてしまったような気分もある。

いつもそうだ――と深町は思う。

いつもそうだ。

自分が、心を決められずに、逡巡《しゅんじゅん》しているうちに、状況の方に、結論をつきつけられる。

今さら、誰が悪いだの、なんだのと言うつもりはない。色々なことに、ひとつずつつけじめをつけながら、生きてゆけるものでもない。常に、人は、けじめのつけきれなかったものを抱えて、次のことにうつってゆかねばならない。

そういうものだ。

そのくらいはわかっている。

わかっているが、それにしても、突然であった。

いきなり――

考えてみれば、それもあたりまえだ。

このことで、深町に、加代子が相談するわけもない。

加代子が結論を出した。

それを尊重しようと、深町は歯を噛んだ。

受話器を置いて、深町は、畳の上に仰向《あおむ》けになった。

六畳間――

向こうには居間とキッチンを兼ねた、八畳間ほどの部屋がある。

自分のアパート。

カメラの機材や、山の道具が、乱雑に散らかっている。

居間との仕切りを取り去って広くし、仕事机と本箱、資料ケース、そして撮ったフィルムの保存用の棚を取りつけたら、やっと、寝ころんで仰向けになれるだけのスペースがあるばかりだ。

おい、深町——
と、声がする。
おまえ、もう、幾つだ。
じきに四十だろう。
これが、四十歳になろうとする男の部屋か。
気の利いた学生なら、もっとマシな部屋に住んでいる。
このままゆくのか。
このままゆくつもりか。
いつまで、カメラマンで喰《く》ってゆけるのか。
たまに原稿を書き、月に何本か仕事をこなして、貯金はいくら溜《た》まった？
いくらもない。
エヴェレストで、ほとんどを遣い、帰ってきたらきたで、ビジネスホテルの安い部屋
とはいえ、一週間もそこにいた。
今、すぐに用意できる現金がどれだけある？
山はいい。
そりゃあ、エヴェレストへ行くってのは気分がいい。
カッコもいいだろうさ。
しかし、行ったところで、頂上を踏めたとしたって、それで終わりじゃない。日本へ

帰ってきて、この部屋にもどってきて、エヴェレストに費やしたものよりもっと長い時間を、これから生きてゆかねばならないのだ。

そちらの方の日常で、あぶれてしまったら、どうするつもりだ。そのたびにヒマラヤへゆけるのか。そのたびにエヴェレストをやって、友人を、ひとりずつ失くしてゆくのか。

けっ。

捨ててしまいたい。

捨てられるもの全て、みんなここで捨ててしまって、身軽になり、どこかへ行ってしまおうか。何がどうなってもいい、もう、どういうことにも関わりを持ちたくない……

力が、抜けた。

しかし――

と、深町は思っている。

だが、と考えている。

人は、生きてゆかねばならない。この自分も、あと何年か何十年かは知らないが、生きてゆかねばならないのだ。

どうでもいい時間であろうが、どうでもよくない時間であろうが、死ぬまでのその時間は生きてゆかねばならない。

どうせ、生きてゆく。

生きてゆくそのことはわかっている。

そのことがわかっているのなら、死ぬまでのその時間は、何かで埋めなければならない。どうせ、何かでは、埋めることになる。

それがわかっているのなら——

どうせその時間を埋めるのなら、たどりつけないかもしれない納得、何だかはわからないがあるかもしれない答え、踏めないかもしれない頂《ピーク》に向かって足を踏み出してゆくこと、そのようなもので埋めるのが、自分のやり方だろう。

蒼《あお》い天の虚空に吹きさらしになっている、点——

この地上にただひとつしかない場所。

地の頂。

そこにこだわりたい。

どこの酒場で飲んだくれようと、酔いどれてどこの路地裏で眠ろうと、心の中に、その白い頂を抱えているべきであろう。

それに関わりたい。

心がうまく、まとまらない。

たぶん——

その頂を心に想い続けることが、それに関わることだろう。

それは、わかっている。

わかっているから――
と、深町は、自分に言った。
今は疲れた。
今は、何も考えずに、こうやって、しばらく呆《ほう》けたように、天井を見上げさせてくれ
……

3

長谷常雄が死んだのは、一九九一年の十月であった。

カラコルム山脈のK2登山中に、雪崩で死んだ。

K2は〝カラコルム2号〟という意味の測量記号である。それが、そのまま山の名となった。

カラコルム山脈は、地形的には、ヒマラヤ山脈とは連続していないが、登山史的には広義な意味でのヒマラヤ山系に含まれる。

標高、八六一一メートル。

パキスタンの北東の端にあって、エヴェレストに次ぐ、世界第二の高峰である。

バルティ語でチョゴリ。

一九五四年、イタリア隊のコンパニョーニとラチェデッリによって、その頂を踏まれている。

長谷常雄は、一九八五年のエヴェレスト以来、二度目の八〇〇〇メートル峰挑戦であった。

しかも、長谷は、単独でこの山に挑もうとしたのである。

日本人のサポート隊が十名つき、五四〇〇メートル地点にベースキャンプを設営した。単独登頂が成立する条件のひとつとして、ベースキャンプより上部については、いっさい他者の協力を得てはいけないという暗黙の了解がある。

逆に、ベースキャンプまでなら、どれだけの人手を使おうと、仮に、ヘリで直接そこに入ろうと、かまわないことになっている。

他に、ポーターが二十人。

ネパールから呼んだシェルパが四名、サポートについた。

サポートといっても、彼等は、撮影班のための隊員である。

キャンプ1、キャンプ2、キャンプ3、キャンプ4と、キャンプをあげてはゆくが、これは、撮影班のためのキャンプであり、長谷は、自力で、自分のキャンプのための一切を荷あげすることになる。

サポート隊と長谷とが関われるのは、無線による交信だけであり、あとは、長谷に事故がおこった時のみである。キャンプ4まで、サポート隊が造ったトレースは利用できるが、八〇〇〇メートルを超えた地点からは、サポート隊は、長谷より先行しない——そういう条件を自らに課しての挑戦であった。

無酸素——
エヴェレストで自信をつけた長谷の選択が、K2の無酸素、単独登頂であったのである。
ところが——
ベースキャンプから、第一キャンプ設営にむかうその途中——標高六〇〇〇メートルにも達しない場所で、長谷は、雪崩に巻き込まれて死んだのである。
四十四歳——
現役の登山家としては、最後の挑戦であったのだろう。

「信じられませんでした。

今でも信じられませんよ。私は、K2は二度目ですから、よく知ってます。私の知る限りでは、これまで、一度だって、雪崩のあったことのない場所でした。

そりゃあ、理屈では、斜面に雪が積もっていれば、それがどんなに緩い斜面でも雪崩が起きる可能性があるというのはわかります。でも、あそこは、そういう場所じゃない。

斜度だって、緩やかで、寒くて、何日もいい天気が続いていたんです。新雪が乗っていたわけじゃなかった。雪だって、固く締っていて、ラッセルの必要なんてないくらいだった。今回のルートの中では、一番安全な場所のはずだったんです。

高度順応のために軽く——

そういう感じで、長谷は、ベースを出ていったんです。

もちろん、ベースから出発のシーンは撮りましたよ。

出発を撮影してから、二十分遅れて、我々は四人で長谷を追いました。

三十分ほど歩いたら、先行している長谷が見えたんです。

左から右へ、ゆるい雪の傾斜が下っていて、広いその雪の上を長谷が歩いていました。

いい場所なんで、長谷の後ろ姿を撮ろうと、三脚をセットしようかと考えていた時に、あれが見えたんです。

斜面の上、青い空に向かって、ぱあっ、と雲みたいに白い煙があがったんです。

雲だと思いましたよ。最初はね。

でも、雲じゃなかった。

その白い雲みたいなやつが、ふくれあがりながら、空に広がりながら、斜面を駆け降りてくるんですよ。

どーん、という雪崩の音が聴こえたのはその後です。

雪崩だ——

そう思った時には、長谷も、気づいてました。

こちらに向かって、疾《はし》り出したんです。

必死で。

でも、見てる方は、どんなに長谷が急いだって、無理というのがわかりましたよ。それ長谷が移動しなければならない距離と、上から滑り落ちてくるものの巨大さ。それかから、その落ちてくる速度――

間に合わない。

それは、わかりました。

怖いっていうんですかね、恐怖っていうことなんでしょうけど、尻《しり》の穴がね、きゅっとすぼむような感じがありましたよ。

長谷は、いくらも疾らないうちに、あっという間に、雪崩に巻き込まれていました。

こっちは、動くどころじゃない。

すぐには、声も出ませんでしたよ。

巻き込まれた瞬間に、

「雪崩だ」

「馬鹿！」

「あいつ」

誰がなんて言ったかなんて、もう忘れちゃってるんですが、叫びましたよ、我々はね。

それで、ピッケルだけ持って、走って行ったんです。

生きていてくれって、それだけを念じて現場に駆けつけたんですけど、着いてみたら、これはもう、駄目だろうなっていうのがわかった。

遠くから見たら、綺麗《きれい》な雪煙みたいなやつだったんですが、近くに行ったらとんでもない。

でかい氷みたいな雪の固まりが、あっちこっちにごろごろしてて、これはまあ助かりっこないと。

しかし、万が一にも生きているかもしれない。

そうなら、最初の二十分が勝負です。

二十分以内であれば、埋まっている長谷を掘り出すことができれば、蘇生《そせい》させることができるかもしれない。救援を呼びにやるよりも、ここは、四人で一緒に長谷を捜し、二十分たったら、ひとりが、ベースまで人を呼びにもどればいいと。

それで、やりましたよ。

四人で、一列に並んで、ピッケルで雪の上を突きながら、斜面を移動してゆく。ピッケルの尖《とが》った方を、雪の中に突き立てながら、二〇センチずつ移動してゆくんです。中に屍体《したい》が埋まっていれば、突きたてた感触でわかりますから——。

結局ね、長谷の屍体を見つけたのは、翌日になってからでした。

北浜秋介（カメラマン）『岳望』一九九二年一月号・インタビュー

自分は、卑しい——

ティールームで、岩原久弥《いわはらひさや》を待ちながら、深町は、そう思っている。

働くことで、考えまいとしている。

仕事をすることで、忘れようとしている。

加代子のことを……

いや、今やっているこれは、まだ仕事ですらないのだ。

趣味。

もしかしたら、一銭の収入もないかもしれない作業。それにのめり込むことで、考えまいとしている。しかし、意識の底に、濃いタールのように沈んだものが、常に存在していて、消えようがない。

何かにのめり込もうとすればするほど、いっそう黒々と、重く、それが根を張ってゆく。

働くことで、逃げようとしている。

だが、卑しかろうと、何であろうと、それが、自分だ。

加代子に心を寄せたのも、自分だ。

加代子に別の男ができ、そのことでじたばたしたのも自分であり、今、こうして、仕事とは言えない仕事のために、岩原を待っているのも自分だ。

自分を、やめるわけにはゆかない。その自分が、ひとりの女のことで、あたふたしているのなら、そのあたふたも含めて自分なのだ。何から逃げようと、自分から自分が逃げるわけにはゆかない……。

富士見ホテル――

品川にある、小さなホテルのティールーム。

岩原久弥の職場がこの近くにあり、深町が電話で会いたいと告げると、岩原がこの場所を指定してきたのだ。

「昼に一時間くらいなら話をする時間がとれますから――」

と、岩原は言った。

それで、今、深町は岩原を待っているのである。

何故、岩原に連絡をしたのか。

実は、しばらく前に、何気なく長谷常雄の日記を読んでいたのである。

長谷が死んだ後に出版された遺稿集――長谷が、あちこちの雑誌に書き、まだ本になっていなかったものや、未発表の文章を集めたものだ。

『天上の岩壁』――

その中に、〝日記〟が入っていたのである。

章のタイトルこそ「K2日記」となっていたが、そのタイトルは、長谷自身がつけたものではない。

K2単独登頂を思いつき、実行に至るまでのことを、日記風にメモしていたものを、活字にして、「K2日記」としたものだ。

文章の体をなしている部分もあれば、自分にだけわかる覚書きになっている部分もあった。

いずれ、あとで、登頂を果たしたら、長谷は、このメモから、きちんと原稿におこすつもりでいたに違いない。

その「K2日記」の中に、気になる文章があったのである。

五月三日・カトマンドゥ
八〇〇〇メートル峰、無酸素、単独登頂。やる気なんだ。言わなくてもわかる。どきどきした。
こういうアイデアがあったんだ。本気で考えればあり得る。
おれも――

たったそれだけの文章であったのだが、そこが、深町には、妙に気になったのだった。

それで、岩原に会うことにしたのである。

岩原は、『天上の岩壁』を出版した渓流社の出版部にいる。山岳書や、アウトドア関係の本を編集している部署の責任者だ。

ばりばりのクライマーであった過去を持ち、年齢は、長谷と同じはずだから、今年四十六歳のはずであった。

約束の時間、十二時ちょうどに、岩原が姿を現わした。

4

岩原は言った。

「ええ、あれは、私が、わがままを言って、自分で全部やったんです。長谷の、手書きのメモやなんかにも、ひと通り眼を通しました——」

コーヒーが、すでに運ばれてきているが、岩原はそれに手をつけていない。

初対面ではない。

直接、仕事を一緒にしたことはないが、深町は、渓流社の仕事をいくつか受け、岩原とも何度か顔を合わせ、名刺の交換もしている。

久しぶりに会った分の挨拶《あいさつ》は、ひと通り済んでいた。

話は、長谷常雄の『天上の岩壁』に移っている。

「長谷さんが、K2無酸素単独登頂をやろうと、本気で考え出したのは、彼が一九九〇年にネパールへ行って、帰ってきてからだったと理解しているんですが——」

深町は言った。

「五月でしたか」

岩原は、コーヒーカップに手を伸ばしながら言った。

「そうです」

深町は、持ってきた『天上の岩壁』を出し、あの文章が載っているページを開いた。

「つまり、ここにも書かれているように、そのアイデアは、ネパールで得たと考えていいわけですね」

「そうなりますね」

「どうして、ネパールで、長谷さんは、こういうことを思いついたんでしょう？」

「さあ。あちらは、八〇〇〇メートル峰が固まってますからね。そういうことも思いつくんじゃないでしょうか」

「ですが——」

思うだけなら、誰でも頭の隅では考える。

ヒマラヤの八〇〇〇メートル峰に、無酸素で単独登頂——しかし、それは、夢物語である。

あり得ない。

強靭《きょうじん》な体力と、精神力、そして、大きな天運がなければならない。いきなりは、アタックできないから、身体を八〇〇〇メートルの高度に順応させる訓練も積まねばならない。スタートしてから、順応と、トレーニングの時間を入れて、半年は必要であろう。

高度順応の登山は、単独というわけにはいかないから、それだけでも、普通の八〇〇〇メートル峰登山のための時間と、資金がかかる。

登山許可や、諸々の準備のことを考えれば、スタートまで二年はかかる。

それも、スポンサーがあっての話だ。

登山家に、よほどのネームバリューと、実績がなければ無理だ。

ヒマラヤ八〇〇〇メートル峰の無酸素、単独登頂を初めてやってのけたのは、ラインホルト・メスナーである。一九七八年八月に、ナンガパルバットの八一二六メートルの頂にメスナーは立っている。他にはほんのひと握りの人々がいるだけだ。

冬期に、それができるのか。一九八四年にマッキンリーで死んだ植村直己が、一九八一年に、エヴェレスト〝日本冬期隊〟で登頂を試みたが、失敗している。

それを、現実的なひとつのビジョンとして長谷が頭に想い描いたのなら、何らかのきっかけがあったと考えていい。

そのきっかけは――

「長谷さんが、誰かと、ネパールで会ったということは考えられませんか。その会ったことがきっかけで……」

「K2無酸素単独を思いついたと?」

「ええ」

〝八〇〇〇メートル峰、無酸素、単独登頂〟

〝やる気なんだ〟

〝言わなくてもわかる〟

長谷常雄の、この日記ともメモともつかない文章には、明らかに、誰か、相手を想定している気配がある。

〝八〇〇〇メートル峰、無酸素、単独登頂〟

これだけではわからないが、長谷は、続けて、

〝(それを)やる気なんだ〟

と書いている。

これは、自分自身というよりは、自分ではない別の人間が〝やる気なんだ〟と考えるほうが自然であるような気がする。

〝言わなくてもわかる〟

というのは、自分ではない別の人間が、(八〇〇〇メートル峰、無酸素、単独登頂を)〝やる気〟であるということが、〝言わなくてもわかる〟ということであろう。

〝おれも——〟

とあるのは、長谷に〝八〇〇〇メートル峰、無酸素、単独登頂〟のアイデアを提供した人物が存在することを暗に語っているのではないか。

それを、深町は、岩原に語った。

「長谷さんは、誰かと、カトマンドゥで会ったのではないでしょうか」

「もちろん、考えられないことではありませんが、誰と?」

逆に、深町は、岩原に問われた。

かろうじて堪《こら》えた。

羽生丈二と長谷常雄は会っていたのではないか。

　羽生丈二と——

　深町は、その名を口にしそうになり、それを、かろうじて堪《こら》えた。

　もしかしたら——

　これは勘のようなものだが、ネパールで、一九九〇年に、羽生丈二と長谷常雄は会っているのではないか。

　偶然か、そうでないかはともかく、ふたりは、会ったのではないか。

　そのおりに、長谷は、八〇〇〇メートル峰の、無酸素、単独登頂を、具体的にイメージするようになったのではないか。

　しかし、これは、想像である。

　この想像が、どこまであたっているか、それを確認したくて、岩原に会いに来たのである。

　仮に、長谷が羽生と会っていたとして、何故、そのことを長谷は隠していたのか。

　メモにさえ、会った相手の名前を、何故、書かなかったのか。

　もし、本当に、長谷が会った人間の名を知られたくない事情があったのなら、メモにもその名を書かないことは充分にあり得る。たとえ、日記ですら、人は、隠し事を持つからである。いつか、誰かが読むかもしれない可能性を日記が秘めている以上、知られたくないことは、人は書かないケースがある。

　しかも、基本的には、どこかで読まれる活字になる可能性を持ったメモなら、その意識は強く働くことになる。ならば、メモの内容は、自分だけがその時のことを思い出すための記号的な言葉を連ねておけばよい——

そうだったとするなら、長谷は、何故、羽生と、あるいは別の誰かと会ったことを隠そうとしたのか。

それとも、これは、自分の勘ぐり過ぎか。

「長谷さんの他のメモに、それらしいことが書かれていたというようなことは？」

「ネパールで、無酸素、単独登頂のアイデアを得るような相手に会ったことを記したメモ、ということですか——」

「ええ」

「気がつきませんでしたが——」

「確か、長谷さんが、ネパールへ行ったのは、CMの撮影だったと聴いてますが——」

「そうです。コーヒーメーカーのテレビ用CFの撮影です。ポカラの方に入って、マチャプチャレとアンナプルナを背景に撮ったと思うんですが……」

「その時のスタッフで、この時のことを知っていそうな人はいませんか——」

「それなら、カメラマンの北浜秋介さんがいいでしょう」

「長谷さんの、K2遠征にも、カメラマンをやった方ですね」

「そうです。ネパールでの撮影が縁で、長谷のK2遠征で、カメラを回すことになったんですよ」

岩原は、手帳を取り出して、北浜秋介の連絡場所を、深町に教えてくれた。

深町が、北浜秋介の電話番号をメモし終えるのを待って——

「しかし、まさか、あの長谷常雄の本を、この私が造ることになるとは思ってもいませんでしたよ」

岩原は言った。

「どういうことでしょう?」

「私と長谷常雄とは、昔、ちょっとした因縁がありましてね」

「——」

「若い頃です。もう、二十年近く前になりますかねえ」

「何かあったんですか」

「ありましたよ。それで、長谷常雄とは、親しくなりそこねました。一時は、憎んだといってもいいですね」

「憎んだ?」

「ええ。でも今は憎んではいませんよ。だから、こうしてお話しできるんですけどね」

「さしつかえなかったら、そのことをお話ししていただけますか」

「もちろん、かまいません」

岩原は、残っていたコーヒーを乾し、覚悟を決めたように、カップを置いた。

「あれは、一九七四年の三月のことですよ——」

「二十年近く前ですね」

「私も、長谷も、二十七歳くらいだったと思います。岩の辛《つら》さも面白さもわかりかけて、一番鼻息の荒かった頃ですよ……」

夢見るような口調で、岩原は語り始めた。

5

岩原久弥は、その時期、岳稜会《がくりょうかい》という山岳会に属していた。

山岳会としては中堅だったが、岩原の実力は、その中で飛び抜けていた。他の先鋭的な山岳会のトップクラスと、充分に伍《ご》する技術と体力と精神《ハート》があった。

しかし、新ルートの初登頂という勲章はほとんどなかった。

新ルートをねらって、自分のパートナーとして、ザイルを繋《つな》ぐ相手にめぐまれなかったからである。

岩原が、数年前から狙っていたのが、谷川岳一ノ倉沢の、滝沢の重太郎スラブであった。

当時、谷川岳一ノ倉沢に残された、最後の冬期未踏のルート。

鬼スラほどではないが、このスラブも、冬期は雪崩の巣になる。

野心のあるクライマーは、いつか、と腹の底では狙っているが、現実の問題となると、なかなか手が出せない岩壁であった。

「三年ほど、毎年出かけて行っては、一週間から十日、雪崩の落ち方を調べて、研究したんですよ——」

岩原はそう言った。

やっと、決心がついたのが、一九七四年の三月。

「この日のためにね、三年間、うちの山岳会の、北沢一実《きたざわかずみ》という男を鍛えたんです。ふたりで、何度も、冬期の岩壁をやりました。一ノ倉だけでなく、穂高の滝谷も、屏風《びょうぶ》もやりました」

その北沢が、会では、岩原に次ぐ実力者になった。

「重太郎スラブをやらないか」

岩原が、北沢に、それを打ちあけたのは、前の年の十一月である。

「まさか」

北沢はびびった。

「大丈夫だ。必ずできる。あそこの雪崩は、雪の搗《つ》きぐあいによって違うが、リズムがある。コースも決まっている……」

岩原は、これまで、丹念に付けてきたノートを見せた。

「三月の頭に現地入りして、一週間。天気図と首っぴきで機会《チャンス》を待つ。必ず、一日か二日、機会がくる。その時に、いっきに重スラをやっつけるんだ」

その計画に、北沢が乗った。

「私も北沢もね、出発前に、遺書を書きましたよ。それを、友人に渡して、東京を出たんです——」

それほどの覚悟をしても、出発前の十日間は、飯が喰《く》えなくなった。喰えば、吐いた。

テントで、四日待った。

五日目に、絶好のコンディションになった。

重スラを攀《のぼ》りはじめて、一時間半ほどの場所で、難しい箇所にぶつかった。

軽いオーバーハング。

左か右かへ迂回《うかい》するのがベストなのだが、どちらへゆくか。

迷っている時に、下から、鮮烈なスピードで、登って来る者がいた。

単独行の男だった。

たちまち、オーバーハングの下で追いつかれた。その男が、長谷常雄だった。

「長谷です」

その男は、にこやかに微笑しながら言った。

「知ってましたよ。長谷常雄の名前はね。次々と、日本の岩壁に、新ルートを開いていった奴ですからね。冬の一ノ倉に来るような奴なら、名前くらいはみんな知っています。そのくらい、もう、長谷常雄というのは、ビッグネームになってましたから——」

これが、あの長谷か——

岩原も北沢も、眩《まぶ》しいものを見るような眼で長谷を見た。

「危ないところですね。二十分くらいかかるだろうと思ってたんですが、三十分かかってしまいました」

あっさりと、長谷は言った。

「驚きましたよ。我々が、一時間半かかったところを、三十分ですからね」

軽々と――

そんな表現がぴったりだった。

垂直の岩壁を、歩くように、長谷はふたりを抜いていった。

岩原と、北沢は、ペースをあげた。

三十分ほど上に行ったところで、長谷に追いついた。

雪溜《だ》まりで、深い雪のラッセルをしなければならない場所であった。

たったひとりで、長谷は、ラッセルをしながら登ってゆく。

すぐに、岩原と北沢のパーティーが、長谷に追いついたのは、そのラッセルがあったからだ。先行者がラッセルし、トレースがついたところを、後からゆく者が登ってゆくのは、非常に楽だからである。

「交代でいきましょうか？」

追いついた岩原が声をかけた。

「お願いします」

三人で、交代でラッセルしながら進んだ。

そういう場所が、二カ所ほどあった。

その二カ所が終わり、いよいよ、ラッセルはなくなって、氷と岩壁だけになった時——

——

「それじゃ」

長谷は、そう言って、ふたりをそこに残して、岩壁を攀りはじめたのである。

岩原と北沢が、重スラを攀りきった時、そこに、もう、長谷の姿はなかった。

ふたりが長谷に会ったのは、下に降りた、土合《どあい》の登山指導センターの前であった。

そこに、ザックを下ろした長谷が立っていて、降りてきたふたりに、

「やあ——」

にこやかに右手を差し出して、握手を求めてきた。

岩原がその手を握った時、長谷は、微笑しながら次のように言ったという。

「第二登、おめでとうございます」

唖然《あぜん》とするような言葉であった。

6

深町は、ビールを飲みながら、宮川を待っていた。

しばらく前にも宮川と会った、あの、銀座の、地下にあるビヤホールである。

寒い夏だった。

雨ばかりが、よく降った。

九州を、台風が直撃して、大量の雨を南九州に降らせ、鹿児島や熊本の川を氾濫《はんらん》させた。川の水が溢《あふ》れ、川岸の土を削り、建っていた民家が川に落ち、それが土色の濁流に押し流されてゆくシーンが、テレビに映し出された。

その家は、激流の中で回転し、倒れ、見る間に崩壊をして、濁流の中に呑《の》み込まれていた。

陽の差す日はわずかで、しかも長く続かなかった。

寒い夏とはいっても、もちろん、夏は夏だ。気温はそれなりに高い。

クーラーの効かない部屋で、原稿を書いていると、手は汗ばみ、原稿用紙は腕や肘《ひじ》に張りついてくる。

時おりは、こういう場所で、ビールでも飲まなければやっていられない。

家にこもっていると、気持も沈んでくる。

できるだけ、仕事か、人に会う用事で自分の時間を埋めようとしているのだが、待ち合わせに、相手が遅れて来るといった、このような時には、つい、加代子のことに意識が向いてしまう。

早く来い、宮川——

深町は腹でつぶやき、時計を見た。

約束の時間からは、すでに十分が過ぎている。

北浜秋介と、少し前まで、深町は一緒にいて話をしていたのだ。銀座第一ホテルのティールームだった。

一九九〇年、CFの撮影でカトマンドゥに入ったおり、そこで、長谷に、K2の、無酸素単独登頂を思いつかせるようなできごとがあったかどうか、それについて、訊《たず》ねていたのである。

「心あたりはありませんか？」

「さあ——」

北浜は首をひねった。

「カトマンドゥで考えついたというのなら、そうだろうと思えるところはあります。しかし、どういうきっかけで思いついたのかというと、ちょっと、そこまでは。でも、もし、カトマンドゥの時に、長谷がそれを最初に思いついたというのなら、そのアイデアを、一番最初に聴かされたのは、たぶん、私ですよ」

「さしつかえなければ、その時のことを話していただけませんか」

「もちろんかまいませんよ」

うなずいて、北浜は語り出した。

それは、カトマンドゥ滞在の最後の日の晩であった。深夜に、長谷が、ホテルの北浜の部屋をたずねてきたのだという。

長谷は、ロキシーの入った水筒を一本ぶら下げて、そこに立っていた。

眠れないので、軽く、一杯つきあってもらえないかと長谷は言った。

「どうぞ」

北浜がうながすと、部屋に長谷が入ってきた。

長谷は椅子に、北浜はベッドに腰を下ろし、マグカップをふたつ用意して、それにロキシーを満たし、ひとまず乾杯をした。

「北浜さん。たとえばですよ。八〇〇〇メートルを超える山に、単独、酸素なしでぼくが登るって言ったら、どうします？」

椅子に腰を下ろした長谷が、いきなり、そういうことを言い出したというのである。

メンバーの中では、山の経験を一番持っているのが、北浜だった。

大学の時に、山岳部にいて、インドの七〇〇〇メートル峰に挑戦したこともある。

長谷にとって、自分のアイデアを話す相手としては、CF撮影のクルーの中では、北浜が一番都合のよい人間であったということになる。まわりくどい説明をぬきにして、生身の人間が、単独で、しかも無酸素で八〇〇〇メートル峰の頂に立つことがどういうことかわかる人間が、北浜だったのである。

「何だか、本当に、あの時長谷は、自分のアイデアに興奮しているみたいでした」

北浜は、深町にそう言った。

「じゃ、エヴェレストを？」

北浜は、長谷に訊《き》いた。

「エヴェレストは、もう、メスナーが、一九八〇年に、チベット側から、無酸素単独登頂をしていますから――」

「どこをねらってるんですか」

「チョゴリ――K2……」

長谷は、世界で二番目の山の名を口にした。

口にしてから、笑った。

その笑みは、自分の言っていることを、冗談だよと告げているようにも、うっかり、生々しい欲望を口にしてしまった自分を、照れたように笑ってごまかそうとしているようにも思えた。

話は、それからとりとめないものになって、結局、一時間ほど、長谷は北浜の部屋にいて、ロキシーがなくなったところで、自分の部屋にもどっていった。

「日本へ帰ってから、二カ月後に、長谷から電話があって、その時に、正式にK2のことを知らされたんです」

記録用の映像を撮っていただけませんか――

K2の、無酸素単独登頂をねらうから、そのテレビ用の映像を撮ってもらいたいのだと、長谷は言ったのである。

その遠征に、北浜は参加し、長谷は、そこで、雪崩で死んだのである。

「長谷常雄が、無酸素単独登頂を発想するためのヒントを、カトマンドゥで誰かに会ったことで、得たとは考えられませんか？」

「考えられなくはありませんが、誰と？」

「具体的に誰ということではないんですが……」

「見当がつきませんね。私の知る限りでは、誰かに会ったというようなことは……」

「でも、誰かと会う機会はあった？」

「もちろん。スタッフと、彼が別行動をとったことは何度かありますし、長谷さんがいないシーンを撮影する日は、彼は自由行動をしていましたからね。会ったとするなら、その時でしょう」

「何もわからないということですね」

「ええ……あ、でも、一度だけ、妙なことがありましたよ」

「妙なこと？」

「たまたま、夕方ですけど、私と一緒にカトマンドゥの市内を歩いている時に、誰かを見たって、彼が言い出したことがありましたね」

「誰を？」

「誰と言われても……そうだ、シェルパですよ。シェルパの、なんとかいう名前の人。もう、かなりの年齢だったと思いますが……」

「老人？」

「ええ、まあ。かなり、身体つきもしっかりしていましたからね」

「北浜さんも会ったんですか？」

「いえ、会った、というより、見たんですよ。インドラチョークのあたりだったと思うんですけど、何屋だかわからないんですが、お店みたいな建物の入口から、その老人が出てきたところをね……」

長谷が、先にそのシェルパ族の老人を見つけたのだという。

ふたりで、インドラチョークを歩いている時、ふいに、長谷が立ち止まった。

つられて、北浜も立ち止まった。

「どうしました？」

問われても、長谷は、視線を前方から動かさなかった。

北浜が、長谷の視線を目でなぞってゆくと、その先に、そのシェルパ族の老人が立っていたのである。

店の前、今、その入口から出てきたばかりといった感じだった。

「たしか、入口の上のところに、象の絵が描いてあったと思います」

「象？」

「たぶん、ガネーシャだったかもしれません――」

「お知り合いですか？」

と、北浜が訊くと、

「シェルパの、アン・ツェリンだ」

「アン・ツェリン？」

「一九八五年のエヴェレストの時、我々の隊に従《つ》いてくれたシェルパです」

「あの時の――」

ふたりが、そのシェルパ――アン・ツェリンから眼をそらせていたのは、その会話をしていたわずかの時間だった。

次に視線をもどした時、すでに、アン・ツェリンの姿は、そこから消えていた。

「最後のタイガーですよ」

長谷は、北浜に言った。

「タイガーというと、あのイギリス隊がシェルパに付けた――」

「そうです」

タイガーというのは、一種の称号である。

この称号が、最初に生まれたのは、一九二四年のことだ。

この年、イギリスは、第三次エヴェレスト隊を、ヒマラヤに送り込んだ。

マロリーとアーヴィンが、頂上を目指したまま、行方不明となった事件のあった遠征である。この遠征のおりに、八〇〇〇メートル以上の高度にあがり、活躍したシェルパ四名を、タイガーと呼んだのが始まりで、以後、ヒマラヤで功績のあったシェルパに、タイガーの称号と、虎の頭の意匠のついたタイガー・バッジが与えられることとなったのだ。

現在、そのタイガー・バッジの制度は失くなっているが、アン・ツェリンは、その最後の時期に、バッジをもらったシェルパのひとりだった。

「もう、六十歳を越えてるはずですよ。我々の遠征の時に、五十代の半ばを過ぎてましたから――」

「まだ現役なんですか」

「我々の遠征が、たぶん、最後になったんだと思いますよ」

「最後に？」

「事故があったんですよ」

「どういう事故だったんですか」

「南西壁をねらってたチームの方の事故です。いや、正確には、事故とは言えないかもしれません。事故になるまえに、羽生さんが、なんとかしてしまったわけですから――

――」

一九八五年の遠征中に、次のようなことがあったらしい。

最終キャンプであるC6を設営したおりのことだ。

C6の標高、およそ、八三五〇メートル。羽生を含む、日本人隊員とシェルパ二名が、その設営にあたった。

羽生は、設営の完了したC6に、アン・ツェリンとふたりで残り、さらに上部のルート工作をすることになった。

何カ所かに、フィックスロープを張る作業を、羽生は、アン・ツェリンとやっていた。その作業の最中に、アン・ツェリンが、滑落したのである。

垂直に近い岩壁を落ち、二〇メートル下の岩場にひっかかって止まった。

アン・ツェリンは、まだ生きていた。

上から声をかければ、返事をする。

しかし、足を怪我しているらしく、動けない。

羽生独りで、助けられる状況ではない。

アン・ツェリンの落ちた場所までトラバースし、そこに、ハーケンを打って、ザイルを下ろし、そこから下まで降りてゆく。そこまではできる。

しかし、その後、どうするのか。

アン・ツェリンは、自力では、攀《のぼ》ることができない。羽生が負うことになる。アン・ツェリンの体重と、彼自身が身につけている服や用具の重さがそれに加わる。用具はそこに捨ててゆくにしても、靴や服まではだめだ。高所用の登山靴だけでも重量がある。それに加えて、自分の体重と、自分が身につけた用具の重さがある。さらには、八五〇〇メートルに近い標高。

ザイルでアン・ツェリンの身体を、上から引きあげるのは、まず不可能であろう。腕力だけで、人間ひとり分の重さを、上まで二〇メートルも引き上げることはできない。

羽生が、背負って、上まであがってくるしかない。さらに、そのあとで、C6まで、二〇〇メートル近くも下らねばならない。

地上の三分の一しか酸素がない状態の中で、それができるか!?

C5の連中に、無線で助けを呼び、ここまで来てもらうにしても、一日かかる。

ひと晩を、あの、身を隠すものなど何もない岩棚で過ごすことになる。

羽生は、そのビヴァークに耐えられても、アン・ツェリンは耐えられないだろう。そして、C6まで下るのに、さらに半日かかる。

自分の足で動けなくなった人間は、見殺しにされても仕方のない場所であり、状況であった。

ともかく、羽生は、無線でC5に状況を説明し、自分は、ザイルでアン・ツェリンのいる岩棚まで下りた。

アン・ツェリンの状態は、想像していたよりも悪かった。右脚の大腿骨《だいたいこつ》が折れているようであった。背も、強く岩にぶつかって、どこかの骨に異常があるらしい。さらには、熱があった。アン・ツェリンは、その熱を押して、この高度で行動していたのである。

そこでビヴァークすれば、間違いなくアン・ツェリンは死ぬ。

羽生は、余ったザイルを切り、それでアン・ツェリンを背に負って、その岩壁を攀り、危険なトラバースや下りを繰り返しながら、C6まで、なんとかアン・ツェリンを運んでしまったのである。

超人的な体力であった。

翌日、C5から、他のシェルパや隊員たちが上ってきて、アン・ツェリンは、下のベースキャンプまで下ろされたのである。

そういうことが、一九八五年のエヴェレスト遠征であったのだと、長谷は、北浜に言った。

そして、その北浜から、深町は、その話を聴かされたのである。

少なくとも、長谷が、アン・ツェリンをカトマンドゥで見たというのは確かなことらしい。

アン・ツェリン——

深町が、カトマンドゥで、羽生に会ったおり、羽生と一緒にいた男が、アン・ツェリンという名であった。

宮川がやってきたのは、約束の時間から、三十分が過ぎてからだった。

7

「遅れて悪かったな」

席に着くなり、宮川はそう言った。

「資料室で色々と調べてたんだが、思ったより時間がかかっちまったんだ」

「資料室?」

「そうだ。しかし、その前に、羽生のパスポートの話をすませておこう」

「何かわかったのか？」

「外務省の知り合いに頼んで調べてもらった。特別にやってもらったんで、このことは、内密にしてもらいたいんだが、とにかく、わかったことがある」

　ここで、宮川は、ウエイターに生ビールを注文した。

「羽生のパスポートの期限なんだが、どうやら、一九九一年の三月で切れているらしい——」

「なんだって⁉」

「その後、新しいパスポートを発行していない」

「じゃ、カトマンドゥで会ったのは——」

「羽生ならば、非合法で滞在してるってことだろうな……」

「あれは、間違いなく、羽生丈二だったと思う」

「だったら、説明がつくじゃないか」

「何がだ？」

「羽生が、自分の名前を言わなかったことがだよ。自分がネパールにいることが知られると、どういうきっかけで、不法滞在していることがばれるかわからないからな」

　宮川が、そこまで言った時に、ビールが運ばれてきた。

　宮川が、ビールを飲み、ジョッキをテーブルに置くのを待ってから、深町は、北浜と話をしたことについて、宮川に告げた。

話を聞き終え、

「アン・ツェリンか……」

宮川は、そう言って腕を組んだ。

「どう思う？」

深町が訊《き》いた。

「長谷が、羽生と会った可能性が、それで、出てきたじゃないか」

「ああ」

深町はうなずき、

「それで、おれは、長谷と羽生について、ひとつ、気がついたことがある」

「何だ？」

「ふたりは、いつも、対になってるってことだ」

「――――」

「一方が何かをやると、もう一方が、また似たようなことをやる。鬼スラがそうだ。最初に、羽生がやって、次に長谷が単独でやる。そうすると、その後に、羽生がもう一度、今度は単独で、また鬼スラをやる……」

「――――」

「グランドジョラスの時もそうだった。ヒマラヤの時も、羽生が南西壁で長谷が南東稜《りょう》。そして、今回は――」

「今回は?」

「長谷が、世界第二の高峰、K2の無酸素単独登頂をねらった。ということは、つまり――」

「羽生もねらっているというのか?」

「そうだ」

「何を?」

「エヴェレストの無酸素単独登頂――」

深町は、そう言って言葉を切り、宮川を見た。

まさか――

とは、宮川は言わなかった。

たっぷりと、ゆっくり息を吸い込み、

「おまえもそう考えたか」

「おまえもって、じゃ、おまえも似たようなことを考えたと――」

「そうだ」

そう言って、宮川は、横の椅子に置いていたバッグを手に取って、中から、大きな茶封筒を取り出した。

その封筒をテーブルの上に置いて、

「眼を通してみてくれ」

そう言った。

深町は、封筒を手にとって、

「何だ？」

宮川を見やった。

「調べものをしていたと言ったろう。それのことだよ」

深町は、封筒の中から、ホチキスで留めた、何枚かの紙の束を取り出した。

「これは――」

「これまで、ヒマラヤの八〇〇〇メートル峰に、無酸素で、しかも単独登頂した連中のリストさ」

深町は、その紙の束をめくり、そこに視線を落とした。

8

この地球上に、ジャイアンツと呼ばれる、標高八〇〇〇メートルを超える高峰は、全部で十四座ある。

このうち、一九九三年までに、十一座が、無酸素単独登頂されている。

回数にして、十六回。

登頂者は十一人。このうちには、ひとりで、ラインホルト・メスナーのように、二度、登頂をはたしている者もいる。

具体的に、それを挙げておくと、次のようになる。（注：ＢＣ……ベースキャンプの略）

エヴェレスト（八八四八メートル）
一九八〇年八月　ラインホルト・メスナー（伊）新ルート。
一九八八年九月　マルク・バタール（仏）ＢＣ――頂上24時間。＊
Ｋ２（八六一一メートル）
一九八六年七月　ブノワ・シャムー（仏）ＢＣ――頂上24時間。＊
カンチェンジュンガ（八五八六メートル）
一九八三年五月　ピエール・ベジャン（仏）通常ルート。
ローツェ（八五一六メートル）
一九九〇年五月　トモ・チェセン（スロベニア）南稜初登。
マカルー（八四八六メートル）
一九八一年十月　イエジ・ククチカ（ポーランド）
一九八一年　マルク・バタール（仏）西稜。
一九八一年　ピエール・ベジャン（仏）南壁。
チョ・オユー（八二〇一メートル）
一九七八年秋　ミッシャ・ザーキ（イラン）（登頂を疑問視されている）

一九八七年冬　フェルナンド・ガリド（スペイン）（冬期唯一のソロ）
ダウラギリ（八一六七メートル）
一九八一年六月　禿《かむろ》博信（日本）　通常ルート。＊
マナスル（八一六三メートル）　無し
ナンガパルバット（八一二六メートル）
一九七八年八月　ラインホルト・メスナー（伊）　新ルート。
アンナプルナ（八〇九一メートル）　無し
ガッシャブルムⅠ峰（八〇五八メートル）
一九八五年　エリック・ヒスコフィエ（仏）　通常ルート24時間。＊
ガッシャブルムⅡ峰（八〇三五メートル）
一九八五年　エリック・ヒスコフィエ（仏）　通常ルート24時間。＊
ブロード・ピーク（八〇四七メートル）
一九八四年六月　クシストフ・ヴィエリッチ（ポーランド）　BC——頂上24時間往復。＊
一九八六年八月　ブノワ・シャムー（仏）　BC——頂上24時間往復。＊
シシャ・パンマ（八〇一三メートル）　無し
以上のうち、〝＊〟印のあるものは、厳密に言えば、単独登頂にならないものである。

同じ時期に、何組かの登山隊が、同じ山の頂を目指しており、そういう隊が設置したルートを、単独登頂者が利用しているからである。

他の隊が造ったルートを利用して登るのなら、厳密な意味での単独登頂よりはるかに楽であり、そもそも、単独登頂の意味そのものが消失してしまう。

他にも、マカルーのマルク・バタールとピエール・ベジャンは、単独行になったのは、登っている途中からであった。

さらに、八〇〇〇メートル峰とはいえ、シシャ・パンマの八〇一三メートルのようにかなり低いものもあり、これらの山々は、もともと、無酸素で登られていた山であり、あらためて〝無酸素〟ということの意味がない。

つまり、八〇〇〇メートル峰の、無酸素単独登頂として意味があるものは——

一九八〇年　ラインホルト・メスナーのエヴェレスト。
一九八一年　イエジ・ククチカのマカルー。
一九八三年　ピエール・ベジャンのカンチェンジュンガ。
一九九〇年　トモ・チェセンのローツェ。

この四つの記録であると考えていい。

宮川が持ってきた用紙には、およそ、そのようなことが、記されてあったのである。

9

「まさか、八〇〇〇メートル峰に、無酸素単独登頂をやった人間が、これだけいるとは思ってもみなかったよ」

深町は言った。

「だろう。おれもそうさ。調べてみて驚いたよ」

宮川は、まだ腕を組んだまま言った。

「これを見ると、エヴェレストの無酸素単独登頂は、メスナーとマルク・バタールがやってしまっている。あの羽生が、すでに、誰かがやってしまったことを、もう一度なぞるつもりでいると思うか？」

「メスナーの分は、チベット側からだ。マルク・バタールは、ネパール側から。しかし、マルク・バタールがこの単独行をやった時には、他の何隊かがエヴェレストに入っていて、バタールは、その隊が工作したルートを利用している……」

「なら、ネパール側からの、無酸素単独登頂というのは、厳密には、まだ、誰もやってはいないということか」

「ま、そういうことだな。羽生のことだから、もっととんでもないことを考えてるのかもしれんがな——」

「たとえば？」

「冬期エヴェレスト南西壁の、無酸素単独登頂――」

宮川は、そう言って、深町の顔を覗《のぞ》き込むように見た。

まさか――

と、そう言えないところが、あの羽生という男にはある。

「むう……」

深町は、肯定するとも、否定するともなく、宮川に向かってうなずいてみせた。

「なあ、深町、行っちまえよ……」

宮川が言った。

「ああ――」

「ここまで来たら、とにかく行っちまうことだ。羽生丈二とマロリーのカメラ――これは、かなりおいしいネタだぜ」

「わかってる――」

深町は、自分に言い聴かせるようにうなずいていた。

十章　毒蛇の街

1

蒼《あお》い天——

宇宙まで届きそうな空の蒼。

その下に、白い稜線《りょうせん》が伸びている。

白い頂《ピーク》が、虚空の風に吹かれている。

見上げれば、頂は、明るく哀しい天の真ん中に孤高して、宇宙とむきあっている。

その頂に向かって、黒い点が、稜線を移動してゆく。

深町は、下から、その光景を見つめている。

かなり前から眺めているのに、黒い点は、まだ、どれほども頂に近づいたように見えない。

いったい、何者なのか。

何故、彼は、その頂へ向かおうとしているのか。

深町にはわからない。

マロリーであるような気もする。

アーヴィンであるのかもしれない。

羽生丈二か、長谷常雄のような気もするし、加代子であるような気もする。

それとも、加倉典明か――

まだ、頂上にたどりつかず、一九二四年のあの時から、未《いま》だに頂上に向かって歩き続けている、マロリーかアーヴィンの姿を自分は見ているのだろうか。オデルが見上げた、あの霧の上は、このような哀しい、澄んだ天の蒼と白い稜線があったのだろうか。

わからない。

わかっているのは、彼は足を踏み出し、自分はここにとり残されてしまったということだ。

胸が苦しい。

切ない。

自分も行かなければと思う。

待ってくれ――

心の中で、深町は叫んでいるのだが、稜線にいる人間には、その声は届かない。

自分は、置いていかれてしまったのだ。

見捨てられてしまったのだ。

加代子にか。

羽生丈二にか。

いや、もしかしたら、自分は、自分自身に見捨てられてしまったのかもしれない。稜線を、ただ独りで頂へ向かってゆくあの男は、自分自身なのだ。

おい。

深町は呼んだ。

おおい。

おおおおい——

2

眼が醒《さ》めていた。

また、あの夢を見ていたのだ。

気がつけば、もう、慣れた飛行機の飛行音が、シートに預けた背を、地の深みから届いてくる地鳴りのように包んでいる。

飛行機の中であった。

成田を発《た》ち、香港を経由して、カトマンドゥへ向かっている。

灯《あか》りが消された機内は、暗く、静まりかえっている。

多くの乗客は眠っているが、ところどころに、ぽつんぽつんと読書灯が点《つ》いている。

深町の、すぐ左側が窓であった。

天と地との境目もわからない漆黒の闇が、窓の外に広がっていた。

窓に顔を近づけ、深い、広い闇を見下ろしていると、遥《はる》かな下方に、思い出したように、ささやかな光の群れが見える。

闇の中で発光する、かたちも定かでない深海の生物を見下ろしているような気がした。

十月の半ば過ぎ——

八月に決心してから、結局、出発までに二カ月余りかかってしまった。

すでに約束した仕事があるため、それをキャンセルするわけにもゆかず、行くなら行くで、また、金も必要だったのである。

場合によっては、カトマンドゥからルクラへ飛び、ナムチェバザールや、エヴェレストのベースキャンプくらいまではゆくことになるかもしれず、高度順応のためのトレーニングも、日本でしておかなければならなかった。

深町は、それを、木曾駒《きそこま》でやった。

木曾駒は、標高二九五六メートル。約三〇〇〇メートルである。

しかも、ロープウェイの終点である千畳敷に、宿があり、個室がとれるのだ。電気もきている。食事も出る。

標高が、二七〇〇メートルもあり、そこに何泊かしながら、一日に一回、木曾駒の頂上まで歩いて帰ってくるということを繰り返しておけば、かなりの高度順応の訓練ができる。

宿で仕事をしながら、高度順応ができるというのがありがたかった。

そこで、三泊し、三度、木曾駒の頂上まで行っている。

カラ松が、みごとに黄葉しており、山全体が、燃えるような彩《いろ》に包まれていた。

その彩が、まだ、脳裏に残っている。

加代子には、むろん、今回のネパール行きは伝えてない。伝えたくとも、連絡先も知らないからだ。

加代子と共通の知人に、ネパールへゆくことは告げてあるから、加代子が今回の旅のことを知ることはあるかもしれないが、それは、それだけのことだ。知ったから、加代子の気持が変化するわけではないだろうし、それによって、我々の間に何かが生ずるとも思ってはいない。

岸涼子とは、出発を決心してから、これまでの間に何度か会った。

岸涼子は、深町と共に、ネパールへ行きたがった。

しかし、彼女には仕事がある。

深町にしても、今回のネパール行きが、いつまでかかるか見当がついていない。

「十月の後半なら、十日ほど時間がとれそうなんです」

涼子はそう言った。

十月の終わりから十一月の初めにかけて、

「深町さんが、まだネパールにいらっしゃるなら、行こうと思っています」

涼子は涼子なりに、羽生丈二のことが気になっているのである。

羽生丈二が、まだ、ネパールにいるのなら、なんとか、彼に会いたいと考えているらしい。

「羽生丈二に、会いたい？」

「会いたいです」

「行っても会えないかもしれないよ」

「わかっています」

それでもいいから行きたいのだと、彼女は言った。

深町は、彼女に、ネパールでの連絡場所を教えた。

前にも利用した、旅行代理店の支社に、定期的に連絡をとるから、来たら、そこを訪ねてくれと、彼女に言った。

何度か会っているうちに、深町は、岸涼子に対して、次第に好ましい感情を抱くようになっていた。

口数が少なく、必要なこと以外はあまりしゃべらなかったが、しゃべる時は的確で、要領を得ていた。

あたりは柔らかで、もの静かな印象を与えたが、芯《しん》に強いものがある。

本当に岸涼子が来てくれたら――

自分の中に、いつの間にかそのような考えが生まれていることに気がついて、深町は、奇妙な驚きを覚えていた。

そのような感情が芽生える程度には、自分の内部に、まだみずみずしさが残っているらしい。

「ヒマラヤか——」

出発二日前に会った宮川は、酒を飲みながらそうつぶやいた。

「おれも、一度、この眼で見てみたいよ。こういう仕事をしているくせに、おれはまだ一度も行ったことがない」

「おれをそそのかしたくせに——」

「じゃ、おまえ、おれをそそのかせよ」

「仕事なんか放り投げて、おれと一緒に来いよ」

「本当にそうしたくなる」

「すればいい」

「ばか、仕事を放り出すにしてもだ、それなりの手続きが必要なんだ」

宮川は、溜《た》め息をつき、

「最近は、アウトドアはブームになってるかもしれないけどな、山の方は、すっかり元気がない。雑誌も売れなくなってきてるし、山へ行く人口も少なくなってきている。いずれ、北アルプスでも、奥の方の山小屋は、いくつか閉めなきゃいけないだろう」

そう言った。

「だから、今回のような事件にぶつかるとな、なんか、こう、どきどきしてくるんだよ

――」

「どきどき？」

「そうさ。まだ、世界中に、未踏峰のジャイアンツがごろごろある頃の、一番大きな事件に、自分が今、関わろうとしているわけだろう。それを考えると、久しぶりに、わけもなく血が騒いでしまうんだよ」

深町は、飛行機の中で、宮川の言葉を反芻《はんすう》した。

機内のアナウンスが、あと三十分で、カトマンドゥに到着することを告げた。

遥か下方の闇の中に、ぽつんぽつんと見えていた光が、あっちにひと塊り、こっちにひと塊りとなりながら、次第にその数を増していった。

東京や、香港の灯りの量には比ぶべくもないが、かなりの量の灯りが、夜の底に見えてきた。

最初に、このネパールを訪れた時に比べ、光の量が、十倍以上になっている。

初めて、この灯りを機内から見下ろした時は、なんと、灯りと灯りとの距離がほどよいのかと深町は思った。

近すぎず、遠すぎず――

人の、普通の肉声が、互いに届く距離。

光と光との間の闇が、その時は、温かく見えた。

人の体温を持った闇であった。

あの、光と光との間に、無数の人間や、牛、犬、猿、鶏、様々なものが、ごっちゃになってひしめきあっている。

カトマンドゥ——

翼が傾き、その灯りが、ぐうっと闇の底から近づいてきた時、

ああ、自分は、ようやく帰ってきたのだな——

そんな感慨が湧いた。

3

なつかしい街だった。

耳に飛び込んでくる異国の言葉。

ぎっしりと通りに満ちた、人や、犬や、牛に行手をはばまれ、激しく警笛を鳴らす、ぼろぼろの車。

物売りの声。

街の喧噪《けんそう》の中を、深町は歩いている。

左肩から、カメラのベルトを、襷掛《たすきが》けにしている。

強い排気ガスの臭いも、人や獣の汗の臭いも、心地良くさえ感じられる。よい温度の、湯の中に浸《つか》っているような気分だった。

インドラチョークを歩いている。

この街に、自分の耳や、舌や、触感までもがこれほど馴染《なじ》んでいたとは思わなかった。羽生丈二とマロリーのカメラを追って、ついに、ここまで、またやってきてしまったのだ。

ビカール・サン――これが、羽生丈二のネパールでの名前である。

毒蛇という意味のネパール語だ。

なるほどと、今では、その名の由来がわかる。

羽生が、ハブ――これがつまり、猛毒の蛇であるハブと同じ音である。そうたどっていけば、羽生が、このネパールで、毒蛇を意味するビカール・サンと呼ばれていることも、うなずけるものがある。

それにしても、羽生丈二と、もう一度、この国で出会うことが可能であろうか。

手掛りは、幾つかある。

ひとつは、シェルパの、アン・ツェリンである。羽生と一緒にいた、あのアン・ツェリンの居場所を探ることが、羽生の居場所を探ることと同じ意味を持つのではないか。

仮にも、タイガーの名をもらったほどの人物なら、このカトマンドゥで、いくらかは情報を集めることができるだろう。

イギリス隊でポーターをやっていたコータムは、アン・ツェリンを知っていたし、ビカール・サンも知っていた。コータムが、ビカール・サンの関係している誰かの家から、あのカメラを盗んだこともわかっている。

もう一度、あのコータムに会って、そのことについて訊《たず》ねれば、少なくとも、マロリーのカメラが置いてあった家が、どこにあったかはわかるだろう。すでに、それは、エヴェレスト街道のどこかであろうことは、想像できる。おそらくは、ルクラから、エヴェレストのベースキャンプまでの間のどこかにあるシェルパ族の村がそうであろう。

いっそ、ナムチェバザールまでいっきに入り、そこで、ビカール・サンとアン・ツェリンのことを訊ねてゆくのが、案外に早いかもしれない。

あとは、長谷が、アン・ツェリンを見た〝ガネーシャ〟という店が、カトマンドゥのどこかにあるはずだ。その店を捜し出して、そこで話を訊《き》くという手もある。

もうひとつの手掛りが、そもそもあのマロリーのカメラを深町自身が発見した店、〝サガルマータ〟である。あの店の主人、マニ・クマールが、アン・ツェリンの名前を知っていたということだ。

顔は知らないが、名と、その名が意味するものを知っていた。

場合によったら、マニ・クマールが、アン・ツェリンについて、何か知っているのかもしれない。

いつの間にか、ダルバール広場に出ていた。

どういう用事があるのか、あるいはないのか、大勢の人間が歩きまわり、また、ある者は家の入口や軒下に腰を下ろして、見るともなく街を眺めている。

この界隈《かいわい》には、ネパール中の、あらゆる人種が集まってきているようであった。

グルン、ネワール、グルカ、シェルパ……深町には、もう、区別がつかないほど多くの人種が、ここで、肩をぶつけ合い、歩き、座り、何か意味ありげに、そこにいるのである。

インドのサドゥーの恰好《かっこう》をした人間が、観光客が自分にカメラを向けてシャッターを押すたびに、のこのこと前に出てきて、手をさし出す。

金を払えという意味だ。

変わらない風景が、そこにある。

旧王宮の角を右手へ曲がると、シヴァ・パールヴァティー寺院が見えた。

午後の陽を浴びて、寺院の西側の屋根が光っている。

石段の上の、日陰になった屋根の下で、男たちがたむろしていた。

カードの博奕《ばくち》をやっている。

素足の男もいれば、ぼろぼろの靴をはいている男もいる。足の指が半分くらいは覗《のぞ》いてしまいそうな、土埃《つちぼこり》にまみれた、穴だらけのバスケットシューズ。

タマン族や、グルン族の男たち――

深町は、石段をゆっくりと登っていって、

「ナマステ」

男たちに声をかけた。

男たちの数人が振り向いた。

陽に焼けた褐色の顔に、眼球の白い部分だけが、やけによく目立った。

「ナマステ」

カードをやっていない、見物人のうちのふたりが、愛想のいい顔で挨拶《あいさつ》を返してきた。

日本人が、何か仕事を持ってきてくれたのかという期待が、その顔にある。

深町は、眼で、まだ覚えているコータムの顔を捜したが、そこにはなかった。

「グルンのコータムという男を捜しているんだが、今の時期は、仕事を捜しに、カトマンドゥに出て来てるのかい――」

たどたどしいネパール語で訊いた。

「知らないね。ポカラの方でも、仕事がないわけじゃないだろうから、今年はあっちかもしれない――」

挨拶を返してきた男が言った。

どうやら、この男は、賭《か》ける金をすっかり遣いきってしまったらしく、カードの仲間からあぶれているようであった。

コータムの名も、知らないわけではないらしい。

「しかし、カトマンドゥで仕事があるなら、それにこしたことはないんだろう？」

「そりゃ、そうさ」

カトマンドゥをベースに、エヴェレスト方面の遠征隊のポーターをやって、儲《もう》けた金で、カトマンドゥでいろいろ買いものをして帰る――これができるのなら、彼等にとっては一番いい。

「いい仕事を持ってきてくれたんじゃないのか――」

「残念だけど、仕事じゃない。だけど、金にはなる」

金になる――という言葉が耳に入ったらしく、男たちの注意が深町に向いた。

深町は、周囲の男たちに視線を配りながら、わざと、皆に聴こえるように言った。

「コータムがどこにいるのか、教えてくれたら、ちゃんと金を払うよ」

男たちの、カードを持った手の動きが止まった。

男たちの眼が、今は、深町を見ている。

顔つきからすると、ここにいる全員がコータムのことを知っているわけではないらしいが、案外、彼等からコータムの居場所が摑《つか》めるかもしれなかった。

「半月くらい前に、もう、こっちへ出てるはずだけどね」

コータムと同じ、グルン族らしい男が言った。

探るような眼で、深町を見ている。

「その、用事ってのは？」

疑っているような眼だ。

彼等の多くが、コータムのように、〝サガルマータ〟に出入りしている、ナラダール・ラゼンドラのような男に、〝商品〟を持ち込んだことが、一度ならずあるのだろう。

「訊きたいことがあるのさ」

深町は、はじめに言ったことを、もう一度言った。

「何をだい？」

深町は、ここで、ビカール・サンの名前を出すべきかどうか、迷った。

ビカール・サンのことを知っているなら、コータムが、その男のために、一度はうまくやってのけた仕事をふいにされたことも、彼等は知っているに違いない。

ビカール・サンの名を出せば、彼等は警戒するかもしれない。

あせることはない。幸いにも、この前、ここでコータムのことを訊ねた時にいたメンバーは、ここにはいないらしい。いれば、深町のことに気がつくかもしれない。

わずかに口ごもった深町に、彼等は警戒の色を濃くしていた。

深町は、質問が耳に入らなかったふりをして、ポケットから、あらかじめ用意しておいた、一ドル札を取り出して、その問いかけてきた男に手渡した。

ついでに、そこにいて、手を出して来る男たち全員に、一ドル札を握らせた。

一三ドル――

渡してから、あらためて、男たちに向かって言った。

「それから、ビカール・サンと呼ばれてる男のことを、誰か知ってないか？」

答える者はなかった。

知っていないようにも、知っているけれども答えずにいるようにも見える。なかなか、違う言語を使う、異国の人間の表情を読むのは難しい。

「コータムでもいいし、ビカール・サンでもいい。それから、アン・ツェリンというシェルパでもいい。この三人のうち、誰でもいいから、居場所を知っていたら、教えてくれないか。今より、もっといい金額で、その話を買わせてもらう。今わからなくてもいい。明日の今頃に、また、ここに顔を出すから、その時までに思い出すのでも、調べておくのでもいい、わかったら、おれに教えてくれ――」

深町は、そう言って、彼等に背を向け、古い寺院の階段を降りていった。

今、この瞬間から、始まったのだと、深町は思った。

もう、後へは引き返せない。

羽生丈二にたどりつけるか、たどりつけないか、ともかく、すでに自分はこのカトマンドゥで、羽生に向かって、一歩を踏み出してしまったのだ。

4

考えようによっては、羽生丈二という男は、日本の登山界にとっては、過去の人間である。すでに、忘れられかけた登山家――

近代史のある一時期に、間違いなくあった、夢――地球のあらゆる場所を、人の足で踏んでやろうという世界的な運動。

イギリス、アメリカ、ロシア、フランス、イタリア、デンマーク、ドイツ、ニュージーランド、そして日本。

フランシス・ヤングハズバンド。

オーレル・スタイン。

スウェン・ヘディン。

C・G・ブルース。

ジョージ・マロリー。

大谷探検隊の、橘《たちばな》瑞超《ずいちょう》。

河口慧海《えかい》。

エドモンド・ヒラリー。

様々な国の、様々な人間が、この地上で最も天に近い場所をめぐって、彷徨《ほうこう》したのである。

そのような精神、あるいは運動——そういうものの担い手は、時代と共に変わり、あるいは死によってこの世を去っていった。

おそらく——

と、深町は思う。

羽生丈二という男は、そのような精神の、最後の担い手なのだろう。

少なくとも、現役の登山家で、まだ、その時代がかった精神風土の中に、自分の体重を預けているのは、もはや、羽生丈二のみなのではないか。

そういう思いが、深町の脳裏をよぎる。

世界を見渡しても、すでに、そのような登山家は、もう、見当たらない。

もしかしたら、ラインホルト・メスナーという超人が、そういう人物であったのかもしれないが、メスナーはすでに現役の登山家としては、現場から遠のいている。

羽生丈二が、未《いま》だに現役で、未だにあの天に属する頂を踏むことに興味を抱いているとするなら、彼こそが、そういう意味での最後の登山家ではないかという気がする。

もしかしたら、羽生という男は、ヒマラヤをめぐって、そのような精神が歩んできた最後のページを閉じるために、この世に生まれてきた人間なのではないか――

すでに、植村直己もこの世の人間でなく、加藤保男も死に、そして、長谷常雄もまた、この世にない。

一八〇〇年代から、連綿と伝えられてきた、ヒマラヤ登攀《とうはん》史の幕が、今、静かに羽生によって降ろされようとしているのかもしれない。

自分は、G・マロリーのカメラを通じて、その最後の舞台に立ちあおうとしているのだ――

身の裡《うち》から立ち昇る、不思議な熱気を身にまとわりつかせながら、深町は、雑踏の中を歩いてゆく。

すでに、深町は、タメル街に入っていた。

5

マニ・クマールは、最初、深町の顔を見た時、驚き、そして、次には、唇の両端を吊《つ》りあげて、その顔に笑みをつくっていた。

「ナマステ」

深町は、マニ・クマールの店〝サガルマータ〟に入ってゆきながら、そう言った。

「ナマステ」

マニ・クマールが、合掌してそう挨拶《あいさつ》した。

「おれを覚えてるかい？」

深町が言うと、

「もちろんですよ、旦那《サーブ》――」

マニ・クマールは、なつかしそうにそう言って、右手を差し出してきた。

みごとな擬態であった。

深町も、右手を差し出して、お互いに相手の手を握り合い、握手をした。

「いつ、カトマンドゥにもどってらしたんですか？」

にこやかに言う。

「昨日、ね――」

深町は短く答え、マニ・クマールの眼を覗《のぞ》き込んだ。

マニ・クマールは眼を逸《そ》らさなかった。

「それはそれは――」

以前と同じ店内。

フランス製のザックや、寝袋《シュラフ》。スイス製のピッケル。

そういうものが、壁にかかっていたり、天井からぶら下がっていたり――

入口近くの壁に、中国製の、ずんぐりした水筒が、まとめて十近く並んでいる。どの店にもあるやつであった。

「で、今回は、どういう御用件で、この店へ――」

「また、おもしろいカメラの掘り出しものがあったら買おうと思ってね」

今度は深町が微笑する番であった。

「御冗談を……」

そこで、はじめて、マニ・クマールは視線を逸らせ、カウンターの下から、鉄パイプと尻《しり》あてだけの、簡単な丸椅子を取り出した。

「これへ、お座りになりませんか？」

「結構だよ。立ったままで、充分話ができる」

「どんなお話で――」

「だから、カメラのことだと言ったはずだ」

「ははあ……」

「というより、あれを持ってきたコータムや、持ち主のビカール・サンに、もう一度会えないかと思ってね」

「やはり、あのカメラに関係のあることだったたんですね」

と、マニ・クマール。

「――――」

「旦那、教えて下さいよ。あのカメラなんですが、いったいどういういきさつのものだったんですか。それが、今でも気になりましてねえ」

「申しわけないが、言うことはできないね」

「ほら、やっぱり、言えないくらいにいわくのあるカメラってえわけですね」

マニ・クマールのその言葉を、深町は無視した。

「この前の様子じゃ、あんた、ビカール・サンや、アン・ツェリンのことを知ってるみたいだったたじゃないか」

「ははあ――」

「金は、払わせてもらうよ。彼等がどこにいるかを教えてくれたらね」

「なるほど」

マニ・クマールの眼が、ずるそうな光を帯びた。

急に、表情をかえ、

「たぶん、あなたの御希望には沿えると思いますよ。今、私が、彼等がどこにいるか知っているという意味ではありませんが、調べることは、充分に可能でしょう。しかしですね――」

「しかし？」

「どうです。あなた、このわたしと組みませんか」

「組む？」

「旦那、おひとりなんでしょう。誰かを捜すといっても、このネパールでは、おひとりじゃ何かと御不自由でしょう。わたしは、あなたに、この件で、色々と協力してさしあげられると思いますよ」

「どういうことなのかな」

「ですから、あのカメラが、もう一度、あなたの手にもどるために、なにかと、お役にたてるということです。自分で言うのもなんですが、こういうことでは、わたしはたよりになる人間ですよ」

「それで――」

「ま、そのかわりというわけじゃありませんがね」

マニ・クマールは、深町をちらりと見やり、すぐにまたその視線をはずし、また、深町を見た。

「あのカメラを、あなたが、もう一度手にすることができるようにはからってさしあげるかわりに、事情をお話しいただけませんか。それともなければ、事情は何も聞かないかわりに、もし、あのカメラをあなたが手に入れることで、あなたになんらかの利益が生まれるとして、その利益のうちのいくらかを、正当な報酬として、このわたしにいただきたいということですよ」

視線を逸らさずに、マニ・クマールは言った。

マニ・クマールは、間違えようのない言い方をした。

カメラを手に入れてやるかわりに、金を出せというのである。

それともなければ、事情を教えてくれと。

事情を教えたら――

おそらくマニ・クマールは、カメラを手に入れても、それをこちらに渡してはくれないだろうと、深町は思った。

ことによったら、マニ・クマールは、事情など、自分が教えようが教えまいが、とにかくあのカメラを自分で手に入れようとするかもしれない。いや、手に入れようとするだろう。

それが、合法的なやり方であるとは限らない。

前回、マニ・クマールがあのカメラを返したのは、ビカール・サンに威《おど》されたからだ。威される理由はあった。非合法に盗品を売っているのを、ビカール・サンに知られていたからである。マニ・クマール自身が、カメラを持っていることを、ビカール・サンが知ってもいた。

しかし、今回は、ビカール・サンがあのカメラを持っているとして、それを非合法に奪う時に、誰がそれをやったのかわからないようにすれば、マニ・クマールの身は安全ということになる。

ビカール・サンがまたやってきても、自分は知らないのだと、言い逃がれることができる。

まずい話を、この男のところに持ちかけてしまったか――

深町は、この店へ足を踏み入れたことを後悔しはじめていた。

ことによったら、自分のせいで、羽生丈二に危害が及ぶかもしれないのである。

「あのカメラに、おれが興味を覚えているのは、極めて個人的《プライベート》なことでね。他人にとっては、ほとんど意味も価値もないものなんだよ――」

「はい」

「他へ持ってゆけば、高く売れるというもんじゃないんだ」

「はい」

「あんたは、別に、あのカメラを手に入れる必要はない。あんたがやるのは、ビカール・サンが、今どこにいるか、それを調べてくれることだけだ。それについての報酬は払うが、それ以上のことは、してもらわなくていい――」

深町はそう言った。

二、三日したら、また顔を出す――マニ・クマールにそう告げて、深町は店を出た。

6

店を後にして、歩を進めるにつれて、強い不安が、深町の脳裏に広がってきた。

マニ・クマールが、このカトマンドゥの裏社会で、どれだけの〝顔〟であるかはともかく、そこに繫《つな》がりをもっていることは確かである。

実力者であれば、まさか、自らが店に立つことはないだろうから、繫がりがあるといっても、そこに強い影響力を持っているとも思えない。

しかし――

念のために、ホテルを替えるか？

深町はそう考えた。

いや、替えても、ホテルに泊まる限りは、条件は同じだ。

ホテルに泊まる限りは、いずれ、自分の居場所は見つけられてしまうだろう。一泊ごとに、宿を替えてゆけばいいが、それでも、どこかで網にかかってしまうだろう。

前は、ホテルの部屋から、マニ・クマールにカメラを盗まれている。

今は、盗まれるものと言えば、現金と、それから、自分用のカメラの機材だけだ。

現金は自分で持ち歩き、カメラの機材は、まとめて西遊トラベルの斎藤に頼んで、鍵《かぎ》のかかる事務所に預けてある。自分が今持ち歩いているのは、カメラ一台と、ボディにくっつけた、四〇ミリから八〇ミリのズーム・レンズが一本だけである。

ホテルを替える必要はない。

斎藤のコネで、王宮の近くに、安い宿を見つけてくれたのだ。

一泊が日本円で八〇〇円ほどだ。小さいながら、個室で、ドアには鍵もかかる。

粗末な小さいテーブルとナイトスタンドがついている。

食事はつかない。

共同のトイレと、共同のシャワールーム。

まずまずの条件といえた。

ドミトリーで、他人と相部屋になるのを覚悟すれば、もっと安い部屋がいくらでもあるが、それだと、プライベートな作業が思うようにできなくなる。

〝サガルマータ〟を出てから、自分が、ほとんどあてもなく街を歩いていたことに、深町は気がついた。

予定であれば、このまま〝ガネーシャ〟を探すつもりであったのだ。

北浜が、長谷と一緒に歩いている時に、長谷が、〝ガネーシャ〟から出てくるアン・ツェリンを見たのだという。

何故、〝ガネーシャ〟という店の名前がわかったのかと、深町は、北浜と話をしているおりに訊《たず》ねている。

「あれ、何故だろう?」

北浜は、少し考えて、

「そうそう、あの、象の顔をした神様の絵が、看板に書いてあって、そこに、アルファベットで〝Gaṇeśa〟と書いてあったからですよ――」

そう言った。

〝ガネーシャ〟は、もともとは、ヒンドゥーの神である。

象の頭部と、人の身体を持ち、梵名《ぼんめい》、つまりサンスクリット語での名は、ナンディケーシュヴァラという。シヴァ神の眷属《けんぞく》であり、ガナパティ、ヴィナーヤカの名もある。

障害の主であり障害の除去者という、一見、相反する性格を持つ。これは、シヴァ神が、創造と破壊という、ふたつの別の性質を合わせ持つ神でもあることを考えれば、インド的な思考としては、不自然なことではない。

これが、仏教へ取り入れられて、仏教の守護神のひとりとなったのである。

日本では、聖天《しょうでん》、歓喜天《かんぎてん》とも呼ばれる密教の神であり、二体が向き合って交合している姿として、その像が表わされているケースが多い。この歓喜は、セックスの歓喜ではなく、〝甘美なる糖菓〟の歓喜に由来するのだが、この〝歓喜〟から、性《セックス》の神として信仰される側面も有している。

インドラチョークか、その近所の通りのどこかに、その店があるはずであった。

ホテルにもどっても、することがあるわけではない。

少なくとも、店の場所を確認しておくくらいは、やってもいいだろうと、深町は考えた。

決心をして、インドラチョークに向かって、深町は歩き出した。

7

〝ガネーシャ〟は、すぐに見つかった。

タメルから、タヒティ広場を抜けて、インドラチョークに向けて、深町は歩いていったのだが、その道が、インドラチョーク通りにぶつかる場所の右手に、アカシュ・バイラーヴ寺院がある。そこへ、やはり右から一本の路地がぶつかってきているのだが、その路地の途中に、その店があったのだ。

インドラチョークにぶつかる寸前に、何気なく右の路地を見たら、その看板が眼に入ってきたのだ。

路《みち》が、アカシュ・バイラーヴ寺院で交差している場所から、五軒目、路地をはさんで、寺院の向かい側の並びにその店があったのだ。

看板は、店の入口の上にあった。

木の板で、その左側に、聖天ガネーシャの絵が描かれていた。すでに、絵の具は、陽や風にさらされて、色褪《いろあ》せているが、確かにガネーシャであった。

その絵の横に、

〝Gaṇeśa〟

と、アルファベットで書かれていた。

その意味は、すぐにわかった。

それは、外国人専門の店だったからである。

登山用具店だ。

〝サガルマータ〟と同じだが、内容はもっと充実していると見えた。

通りの方まで、ザックや寝袋がはみ出してぶら下げられているからである。

外国の登山隊が、ネパールを去るおりに、置いていったもの、売っていったものが、ここでも商品として並べられているのだろう。

深町は、路地とインドラチョークとが交差する場所に立って、斜めの角度から、〝ガネーシャ〟を眺めていた。

そして——

〝ガネーシャ〟に向かって、まさに歩き出そうとしたその時、店の入口から、ひとりの男が出てきたのであった。

色の浅黒い、小柄ながら、がっしりした体軀《たいく》の老人——

髪に、白いものが混じっている。

あの男だ。

半年近く前に、このカトマンドゥで会った男。

ビカール・サン——毒蛇と呼ばれる羽生丈二と一緒にいた男。

アン・ツェリンであった。

深町は、思わず、寺院の陰に、身を隠していた。

その陰からうかがうと、アン・ツェリンはゆっくりと店から出て来ると、深町の方に背を向けて歩き出した。

背負子《しょいこ》を背に負っていた。その背負子には、四本の酸素ボンベが括《くく》りつけられていた。

マリン・ダイビングのおりにも、ダイバーは背にボンベを負うが、その中に入っているのは、基本的には空気である。酸素ボンベではない。

しかし、登山のおりに背に負うボンベは、酸素ボンベだ。中に酸素が入っている。使用時に、空気と酸素とを混合させて、呼吸することになる。

その、登山用の酸素ボンベであった。

何故、酸素ボンベを!?

深町は、そう思った。

あれを用意するということは、これから、アン・ツェリンの関わる誰かが、ヒマラヤの八〇〇〇メートル峰にゆくということを意味している。それ以外には、考えようがない。

深町は、数瞬、周囲をうかがった。

アン・ツェリンに連れはいないか、それを確認したのである。もしかしたら、その連れが、羽生丈二である可能性もあるからだ。

連れのいる様子はなかった。

迷ったのは、わずかであった。

〝ガネーシャ〟へ入るより、このまま、アン・ツェリンがどこへゆこうとしているのか、尾行する方がいい。アン・ツェリンがゆこうとしている場所に、羽生丈二がいるかもしれないからだ。

深町は、アン・ツェリンの後を追って歩き出した。

それにしても、なんという偶然か。

ここで、アン・ツェリンと会うことになるとは。

しかし、考えてみれば、まったくの偶然というわけでもない。

北浜が、長谷と一緒に、この店から出てくるアン・ツェリンを見ているのであり、これは想像になるが、長谷は、その後に羽生丈二と会っているかもしれないのである。

もし、会っているのなら、このアン・ツェリンが、そのキイとなる人物である。

翌日かその翌日——長谷は、ひとりでまた、この〝ガネーシャ〟にやってきたのだろう。そこで、再び、アン・ツェリンに会えたということだ。アン・ツェリンに会えたからこそ、長谷は、おそらくはその伝《つて》で、羽生丈二に会えたのだろう。

そう考えられる。

つまり、そのくらいの頻度で、アン・ツェリンは、この店に出入りをしていたということだ。

深町自身も、〝ガネーシャ〟で、アン・ツェリンの居場所について、何らかの情報が得られるであろうと考えたからこそ、ここまでやってきたのである。

まったくの偶然ではない。

しかし、幸運であったことは事実だ。

深町は、距離を置きながら、アン・ツェリンの後を追った。

アン・ツェリンは、ヤーカ通りに突きあたり、右手へ折れた。

そのまま進んでゆけば、チェトラパティ広場に出る道である。

インドラチョークのあたりに比べて、人通りは半分に減っている。

その時——

「ガルノス、旦那」

後方から声をかけられた。

ガルノス——日本語なら、すみません、というほどの意味になる。

立ち止まって、振り返った。

こんな場所で、誰かに声をかけられる覚えはないのだが、そこに立っている男を見て、どうやら人違いでないらしいことはわかった。その男は、深町を見て、微笑していたからである。

一瞬の後に、深町は、その男が誰だか思い出していた。

しばらく前に、ダルバール広場の、寺院の下で会った男だ。

博奕《ばくち》に負けて金がなくなったのか、仲間たちがやっているカードを眺めていた男。

「いいところで会いましたよ、旦那——」

男は言った。

「エクティン・パルカノース——」

ちょっと待ってくれ——

と、深町は男に言って、首をもどしてアン・ツェリンを捜した。

しかし——

つい今まで、二〇メートルほど先を、チェトラパティ広場にさしかかろうとしていた、アン・ツェリンの姿が消えていたのである。

しまった——

早足で、深町は、チェトラパティ広場に向かって疾《はし》った。

いない。

チェトラパティ広場の入口に立ってみたが、そこには、顔も知らない人間たちの雑踏があるばかりで、アン・ツェリンの姿はなかった。

そこには、深町自身が歩いてきた道も含めて、六つの道がぶつかっている。

残り、五つのうちのどの道に入ったのか。

それとも、広場に入る手前の、左右の家のどれかに入ったのか、あるいは、建物と建物の間の、道と呼ぶには狭すぎる透き間に入ったのか。

故意か、偶然か、そこで、アン・ツェリンは、その姿を完全に消していたのであった。

「旦那、どうしたんですか、いきなり疾り出して——」

後ろから追いついてきて、深町の横に並んだ男が言った。

「いや、知り合いの旅行者《ツーリスト》を見たような気がしたんだが、どうやら、人違いだったらしい——」

深町は嘘をついた。

この男に、本当のことを言ってもはじまらない。それに、もしかしたら、この男は、自分がアン・ツェリンの後を尾行《つ》けていたのを知って、それをさせないために、わざと声をかけてきたのかもしれなかった。

「すまなかった。ところで、用件は？」

深町は訊《き》いた。

「さっき、旦那が話をしていた件ですよ」

と、男は言った。

「何か、わかったのか？」

「何かわかったのかと言われても、困るんですがね。さっそく、ちょっと、心あたりに話をしてみたんですよ。博奕をやる金もないし、暇だったので——」

「それで？」

「そうしたら、その件ならば、おもしろいことを知っているという人間がいましたんでね——」

「おもしろいというと？」

「ですから、わたしには、教えてくれないんですよ。あいつめ、わたしが、勝手に、旦那にそれを話して、金をひとりじめにされると思ったんだろうと思いますがね」

本当のことだろうか？

と、一瞬、深町は思った。

「ま、明日、旦那が来たら、このことを、話してみようと思ってたんですがね。ダルバールにもどろうと歩いていたら、たまたまそこで、旦那を見たってえわけです。明日、仲間と一緒に旦那に会うよりは、こうして、ふたりっきりで会う方が、こっちにしてはありがたいしね。それで声をかけたんですよ――」

「で？」

「時間があるんだったら、ちょっと、その男のところまで、御一緒にいかがかと思いましてね。そんなに遠くじゃないし、今、そこから出てきたばかりなんで、まだ、そこにそいつもいますから。あ、その前に、金のことを訊いておきたいんですが、本当にいただけるんでしょうね」

「もちろんだ。こちらの役に立つ話なら、それに応じて、金は多く払うよ」

深町が言うと、鳥に似た声で、男は、喉《のど》で笑った。

「頼みがあるんですがね」

「頼み？」

「もし、その話に金を払うようなことになった時は、その男と、わたしと、受けとりは半分ずつってえことにしてもらいたいんですよ――」

男は言った。

8

男は、歩きながら、自分のことを、マガールのモハンであると深町に言った。

マガール族のモハン。

深町には、そのモハンというのが、男の姓であるのか、名であるのかわからなかったが、どちらであるかとは訊《たず》ねなかった。ただ、モハンと、それだけを理解した。

北西――スワヤンブナート寺院の方角に、モハンは、深町を案内しようとしているらしかった。

歩いてゆくと、紐《ひも》で首を繋《つな》いだ山羊《やぎ》を曳《ひ》いている男や女たちが多い。

「今日は、やけに、山羊を曳いている男が多いようだな」

深町は、しばらく前から気になっていたことをモハンに訊いた。

「もう、ダサインに入っているからね」

けろりとした顔で、モハンが言った。

そうか、ダサインか。

毎年、十月に行なわれているネパールの祭であった。

水牛の悪魔を退治した、ドゥルガー女神《じょしん》を讃《たた》えた祭である。ヒンドゥー教の神話が、そのベースになっている。

期間は、十日間。この祭の間は、ほぼネパール全土が、ダサイン祭一色になる。

地方の村から出てきている人間は、この祭の期間は、皆、家に帰って家族と共にこの祭を祝う。

女神ドゥルガーから、新しい生命力を受けるための供物として、水牛が捧《ささ》げられ、その首を落とし、肉は、一家や村で食べてしまう。

性力《シャクティ》信仰の色彩が濃い。

「金がない連中は、水牛は無理だから、山羊にするんだ。もっと金がない連中は、ただ、肉を買って喰《く》うだけだよ」

モハンは言った。

「牛は、ネパールでは大切にされてるんじゃないのか？」

ヒンドゥーでは、牛は、無数にいる神々の眷属《けんぞく》である。ヒンドゥー教の勢力の強いネパールでは、牛は大切にされ、カトマンドゥ市内を、平気で牛が歩き、誰に飼われている風でもない牛が、寺院の広場や、街角で寝そべっていたりする。

「牛と水牛は別なんだ。水牛は、殺して喰《た》べてもいいのさ」

家で、山羊を飼ってない者は、近所から分けてもらい、あるいは肉屋で生きた山羊を買って、家でその首を落とす。

山羊を連れている人間が多いのは、そういう理由かららしい。

場合によっては、肉屋が、買った山羊の首を落として解体してくれるのだという。

いつの間にか、街のはずれといった雰囲気の一画にたどりついていた。

建物は、密集しておらず、樹木や、広場が多い。

モハンは、カトマンドゥ特有の、レンガを外壁として積みあげた建物の前に立ち止まった。

「ここで、ちょっと待っててくれ――」

モハンは、建物の中に入ってゆき、すぐにもどってきて、

「ちょうどよかったって、喜んでたよ。入ってくれ――」

言われるまま、深町は、先に歩き出したモハンの後からついていった。

建物の中は、灯《あか》りはなく、暗かった。

その暗がりの中に、古い、木目の浮いた木の階段があった。それはあがらずに、階段の陰に隠れていた、板を何枚か合わせた歪《いびつ》な扉を、モハンは押し開いた。

そこは、建物で四方を囲まれた、中庭だった。

四方に、石でできたヒンドゥーの神々の像があり、その頭部や顔に、まっ赤に染料が塗られている。

その像の前に、四人の男が立っていた。

そして、一頭の山羊。

首に、紐が巻かれ、一方の端をひとりの男が握っていた。

地面には、バケツと、洗面器がひとつ、ふたつ——

三人の男は素足で、ひとりの男だけが、靴を履いていた。

その、靴を履いた男に、見覚えがあった。

「深町旦那をお連れしました」

モハンが、その男に向かって言った。

「久しぶりだな」

その男、ナラダール・ラゼンドラが言った。

「あんただったのか」

深町は、警戒心を強くして、距離をとった。

ナラダール・ラゼンドラ——前回に、マニ・クマールの店で会っている。コータムが、盗んだ品物を、まず、この男に売り、次にこの男が、マニ・クマールの店に、あのカメラを売ったのだ。

この界隈《かいわい》で、そういう裏の仕事を、この男はやっているのだろう。

「もしかしたら、おれは、騙《だま》されたのかい？」

深町は言った。

「騙しはしない。モハンが言ったように、おれは、ビカール・サンについても、アン・ツェリンについても、彼等がどこにいるか、見当がついているし、場合によったら、あんたにそれを教えてあげてもいいとも思っているしね。モハンには、ただ、わたしの名前を、あんたに言うなと言っただけだ……」

「それで、用件は？」

「せっかちだな、日本人は。このネパールには、ビスターリといういい言葉がある。ゆっくり、ゆとりを持ってという意味だが、知ってるかい？」

「ああ」

深町は、うなずいた。

登山のキャラバン中に、時おり、シェルパたちが、この言葉を使っていたのを思い出した。

「いや、ちょうどいいところに来たよ。日本人には、少し、珍らしいものを見せてあげよう。話はそれからだ。時間はあるんだろう？」

前とは、別人のような、口の利き方であった。

マニ・クマールの店での、丁寧な物言いは影をひそめている。おそらくは、このしゃべり方こそが、本来のナラダール・ラゼンドラに近いものなのだろう。

「何を？」

「今、やろうとしていたことをだよ」

ナラダール・ラゼンドラは、山羊に眼をやった。

つられて視線をやると、はじめて、深町は、その山羊が、身体を小刻みに震わせていることに気がついた。

山羊の眼球は、赤く充血し、口の両端から、泡をふいている。

明らかにそれとわかる怯《おび》えの表情が、山羊の全身に現われているのである。

「さあ、やりなさい」

ナラダール・ラゼンドラが言うと、三人の男が、うなずき、山羊の頸《くび》に巻かれていた紐を短く持ちなおし、それをたぐりながら、山羊の角を、一本ずつ両手で握った。

途端に、激しく、山羊が抵抗をはじめた。

もうひとりの男が、山羊の胴を抱え込み、ふたりがかりで、山羊が身動きできぬように押さえ込んだ。

山羊の抵抗は、凄《すさ》まじい。

喉《のど》の奥が、潰《つぶ》れたような声をあげる。

三人目の男が、腰のベルトに挟んでいた山刀《ククリ》を、右手で抜き放った。

ここにきて、ようやく、深町は、彼等が何をしようとしているかがわかった。

三人は、山羊の首を切り落として、女神ドゥルガーへの生贄《いけにえ》とするつもりなのだ。

山羊が怯えているのは、この後の自分の運命に気がついているからだ。

肉屋の店先から買われてきたのだろう。

おそらく、繋《つな》がれているこの山羊の眼の前で、何頭もの山羊が殺され、そこで解体されたのだろう。この山羊は、それを全て見ていたのだ。

「いいか」

「押さえておけよ」

男たちは、互いに声をかけあいながら、仕事をし易いポジションをとった。

山羊は、頭を強引に下向きにされ、細い、水平になった長いその頸が、すっかり男たちの眼の下にさらされた。

山刀を持った男が、ブーメラン型をした歪な形状のその刃を、両手で握って振りかぶった。

真上から、鉈《なた》に似たその刃を打ち下ろした。

刃が、山羊の頸に、浅く潜り込み、
かつん、
という音をあげた。

刃が、硬いものではじかれていた。

刃が、山羊の頸の骨に当たったのだ。

血が流れ、山羊の頸の毛を濡《ぬ》らした。

山羊が必死でもがくところへ、第二撃、三撃が打ち下ろされた。刃が打ち下ろされるたびに、傷が深くなり、ぱっくりと傷口が割れて、白い骨の一部が覗《のぞ》いた。

なおも、そこへ刃を打ち下ろしてゆくと、山刀で削られた白い骨片が、幾つも宙に飛んだ。

山羊が、膝《ひざ》を突く前に、その首が落ちた。

山羊の首を、すぐに地に置いて、男は、洗面器を引き寄せた。

頭の失くなった山羊の頸を抱え込んだ男が、力を緩めたらしく、首が消失したその傷口から、洗面器の中へ、大量の生温かい血が、音をたててこぼれ出した。

大人の、親指ほどの太い血が、まだ動いている山羊の心臓の動きに合わせ、びゅっ、びゅっと、呼吸するように、数度、その勢いを変えた。

洗面器の血溜《ちだ》まりから、湯気があがる。

男たちの腕の中で、山羊の身体が激しく痙攣《けいれん》する。

ほどなく、山羊が動かなくなった。

山羊を抱えて逆さにし、体内の血を、ほぼ抜きとってから、再び、喉のあたりから、山刀が差し込まれ、胸、腹、下腹部と、一直線に皮が切られてゆく。次には、左手で皮をつかみ、めくりあげながら、皮と肉との間に、山刀の刃先を滑らせてゆくと、きれいに皮が剝《む》けていった。

薄く、白い、黄みがかった脂肪の層に包まれた肉が覗き、皮が剝かれるにしたがって、それが面積を増してゆく。

四肢にまで、山刀の刃先が潜り込み、山羊は、ほとんど丸裸にされた。

腹を割ると、内臓を取り出してゆく。

肝臓、胆嚢《たんのう》、腸——そして、緑色の液体でふくらんだ、胃。

その胃の中に入っているのは、半分消化されかけた、どろどろになった草だ。

内臓が、丁寧に切り取られ、バケツや洗面器に、腑分《ふわ》けされてゆく。

そして――

鉢が割られ、眼玉や脳までが取り出され、次に、四肢が切り取られると、それまで山羊であったものは、生命感の希薄な、ただの肉の塊り、肉屋でおなじみの物体になってしまっていた。

知らぬ間に、五～六頭の犬が集まってきて、地面に零《こぼ》れた血を舐《な》めたり、洗面器の上の内臓を、くわえ去ろうとしては、男たちの誰かにどやされている。

「いかがですか？」

ナラダール・ラゼンドラが言った。

「骨も、その髄を喰《た》べ、頭も、頬肉や、頭蓋骨《ずがいこつ》にへばりついた肉を喰べます。喰べないのは、頭蓋骨と、角、それから毛皮くらいのもんでしょう」

この時の口調だけ、丁寧になった。

「あんたが今見たのは、特別な光景じゃない。このカトマンドゥでも、あちこちで行なわれていることであり、カトマンドゥを離れたら、どの地方のどの村の家でも、ほとんど日常的にやられていることなのだよ」

ナラダール・ラゼンドラは、そう言った。

この血腥《ちなまぐさ》い光景が、人間が生きてゆくことの背景には、間違いなくある。

少なからぬ衝撃《ショック》を、深町は味わっていた。初めて見る光景ではない。過去のヒマラヤ遠征のおりにも見たことはある。

しかし——

他の生命を、啖《くら》って生きる……

人間ばかりでなく、およそ、生命というものの維持は、基本的には他の生命の死によってなされている。

殺して、喰べる。この当たり前の図式が、日本という社会の中で生活していると、あまりにも、生きてゆくための作業が分業化されすぎていて、見えなくなっている。

「殺して、喰べる。山羊のことを、憎んでいなくても、互いに、何の関係もないにしてもね。山羊にとっては、理不尽なことだろう。何故、人間と山羊とが、一方が喰べ、一方が喰べられるという関係になってしまったか、わかるかね？」

「さあ——」

「それはね、理由はただひとつ。山羊が人間より弱い生き物だからだよ」

「——」

「たぶんね、人間と人間との関係においても、この、人間と山羊との関係に似たものがあるのだと、私は考えてるよ」

「一方が、一方を喰べる？」

「そう。恨みも、何もない。喰《く》われる方には、いったいどうしてという気持しかわかないだろうけどね。ただ、喰われる方が喰う方より弱かったという、理由はそれだけでね――」

ナラダール・ラゼンドラは、手際よく解体された、かつて山羊であったものに眼をやった。

男たちが、手に、肉や内臓の盛られた洗面器やバケツを持って、建物の中へ入ってゆく。二度、それを繰り返すと、山羊がそこにいたことを示すのは、地に印《しる》されたわずかな血痕《けっこん》のみとなった。

深町と、ナラダール・ラゼンドラ、モハンの三人がそこに残った。

「モハン、おまえの用事は済んだ。こちらから、約束の金をもらって、帰っていいよ」

言われた深町は、ポケットから、一〇ドル札を取り出して、それをモハンに渡した。

「いいのかい？」

モハンが問うた。

モハンが、さきほど言ったように、半分ずつということにすると、かなりの額の金になるからだ。

「かまわないよ。お礼だ。おもしろいものも、ここで見せてもらったしね」

深町はそう言った。

9

小さい、木のテーブルを挟んで、深町は、ナラダール・ラゼンドラと向かい合っていた。

建物の二階――

窓際だ。

ダージリン・ティーがふたつ、ティーカップからよい香りを立ち昇らせている。

そして、妙な、甘みのあるような、微《かす》かにいがらっぽいような匂い……

ハシシの匂いだ。

この部屋で、何度かハシシが吸飲されているらしい。

カトマンドゥ市内に出まわっているハシシやドラッグなどの一部は、案外、このナラダール・ラゼンドラが、商品としてあつかっているのかもしれない。

「まず、言っておきたいのだがね。今日、ここできみと私が会っていることは、マニ・クマールは知らないということだ。そして、これから私がきみに話すこともね」

「何故だ。あんたと、マニ・クマールは仲間だったんじゃないのかい?」

ナラダール・ラゼンドラは、顔をしかめて、首を左右に振った。

頬は、ふっくらとして、鼻梁《びりょう》が高く、口髭《くちひげ》を生やしている。

印象としては、五十代の半ばくらいに見えるが、それは、日本人としての印象であり、実際は、まだ、四十代の後半くらいかもしれなかった。

「違うね。仲間じゃない。時々は、ビジネス上、協力し合ったりはするけどね。私のところには、時おり、色々な品物が舞い込んでくる。普通に、市場には流せないようなものがね――」

「盗品とか？」

「盗品とは言ってないよ――」

ナラダール・ラゼンドラは、微笑し、

「とにかく、そういうものを、あの店で売ってもらったりしている。これはビジネスだ。私にも、彼にも、利益をもたらす。私は、特に、彼の店でなくてもいいわけだし、彼にしても、私の品物だけをあつかうわけじゃない。ビジネス以上の関係はない。だから、あそことの取り引きが、損なことになるのなら、いつでも、私はそれをやめることができるということだよ」

「それで、話というのは？」

「それを訊《き》きたいのは、私の方だよ。きみの方こそ、いったいどうして、ビカール・サンだとか、アン・ツェリンについて、さぐりを入れてくるんだ――」

「――――」

「あの、カメラのことじゃないのかい？」

「――――」

「黙っているところをみると、どうやら、当たったらしいね。いったい、どういうことなんだい。あんなカメラのために、まさか、日本から、また、ネパールまでやってきたというのかな。すると、日本とネパールの、往復の航空運賃と、ここでの滞在費、それから、忙しい日本人が、わざわざ仕事を休んでまでやってくるほど、あのカメラに価値があるということなのかな。だとすると、あのカメラは、私が想像してたよりも、遥《はる》かに価値のあるものということになる……」

言ってから、ナラダール・ラゼンドラはふいに気がついたように、

「まさか、きみは、あの、マニ・クマールの店にもう一度行って、ビカール・サンがどこに住んでるかとか、ダルバール広場で訊《たず》ねたようなことを、彼に訊いたりはしてないだろうね？」

「残念だが、したよ」

「なんということをしたのだ。あの男も、今、私の言ったことくらいは、考えたはずだよ。彼も驚いたろう。自分が考えていたより、あのカメラがずっと、価値があるらしいってことに気がついてね――」

「待ってくれ。あんたは、考え違いをしているよ」

「ほう。何だね？」

「あのカメラの価値についてだ。あのカメラの価値を、なぜ、金で計ろうとするんだ。世の中には、個人的な、金に換えられない価値もあるんだぜ。あのカメラは、おれにと

っては、そういうものなんだ。おれにとっては、ネパールまでの往復の航空運賃より価値はあっても、他人《ひと》にとっては、あれは、ただの中古品のカメラ以上でも以下でもない」

「あなたは、間違っているよ、いくつかの点でね――」

「へえ――」

「確かに、世の中に、金に換えられない価値というものがあるのは、私も知っているよ。しかし、現実に、私が今、それに直面しているとは、にわかには信じがたいね」

「――」

「もうひとつは、あのカメラが、別に、私にとって価値があろうとなかろうと、この問題の本質は変化しないということだ。あなたにとって、あのカメラが価値のあるものであれば、もしくは、他の誰かにとって価値のあるものであれば、それで、充分、私は商売をすることができるということなんだよ」

もっともなことを、ナラダール・ラゼンドラは言った。

ナラダール・ラゼンドラの眼が、深町の眼を、覗《のぞ》き込むように見ていた。

「それから、さっき、わたしは、これから話すことは、マニ・クマールも知らないと言ったがね、あれから、彼も知らないことを色々と、私も勉強したのだよ」

まだ、さぐるような視線を、ナラダール・ラゼンドラは解いていなかった。その眼の光の中に、深町の反応を楽しもうとするような様子が生まれている。

「この前ね、あなた、カトマンドゥで、本を買われましたね」

ふいに、声が丁寧になった。

深町の心臓の鼓動が、急に、速くなった。

本？

そうだ。

確かに、自分は、本を買っている。

何の本だったか。

そうだ、あれは——

「"The Story of Everest"それから、"The Mystery of Mallory and Irvine"——」

ナラダール・ラゼンドラが言った。

深町は、おもわず出かかった声を、喉元《のどもと》で押し殺した。

そうだ、確かにその本だ。

マロリーの遠征の時の様子を確認したくて、旅人や、トレッカーが本を売って置いてゆく店で、その本を買っている。

だが、何故、そのことをこの男が知っているのか。

「ジョージ・マロリーが参加したのは、一九二四年の、イギリス隊でしたか……」

ナラダール・ラゼンドラは、はっきり笑みを浮かべ、楽しそうに言った。

「驚いておいでですね。何故、私が、あなたが買った本のことまで知っているのか——

—」

「その通りだよ」

深町は、正直に言った。

「調べたからですよ。あの日、あなたは、ホテルでカメラを盗まれました。その時、あなたを尾行してた人間がいたとしたらどうです。ホテルへ、いつ、急にあなたがもどってくるかわからないから、カメラ泥棒の仲間が、あなたを監視していたと考えたらわかり易いでしょう」

「いたというのか？」

「いたとしたらですよ」

「それで？」

「あなたが、ブック・ショップへ寄って、そこに日本語の本が何冊もあるのに、わざわざ英語の本を二冊も買ったというのなら、ちょっと気になるじゃありませんか。もっとも、報告を受けても、マニ・クマールは、気にしなかったようですがね。私は気になった。それで、あなたが、何という本を買ったのか、ブック・ショップへ人をやって調べさせました。それで、わかったのが、さっき私が言ったタイトルの本です……」

「——」

「しかし、同じ本は、もうなかった。次に、同じ本が入ったら、店に並べずに、私のところへ持ってくるようにことづけて、実は、そのまま、忘れてしまっていたのですよ。

そうしたら、十日ほど前でしたか。本が手に入ったのですよ。一冊だけ。"The Mystery of Mallory and Irvine"がね。読んだのが、五日前ですよ。驚きました。あなたが捜しているのは、マロリーが、サガルマータの頂上まで持って行ったというカメラじゃありませんか――」

深町は、言葉もなかった。

ナラダール・ラゼンドラは、沈黙した深町を、言葉を止めて、しばらく眺めていた。

「そういう時に、あなたが、再び日本からやってきて、しかも、あのカメラを捜しているというではありませんか。一時は、夢物語として、放っておくのが賢明であると判断したのですが、そうなると、話は別だ。あなたには、あれが本物と信ずるだけの何かがあるのですか――」

深町は、小さく息を吐いた。

自分に、何か特別な根拠があるわけではない。

あるとしたら、それは夢だ。

あれが、マロリーのカメラであったらという願望だ。もし、それが本物なら……その夢を追うことによって、今いる、牢獄《ろうごく》のような場所から、自分が脱出できるかもしれないと思ったのだ。

その夢に縋《すが》るようにして、結局、ここまでやってきてしまったのだ。

しかし、それを、この男にどうやって説明をする？

深町に視線を注いだまま、ナラダール・ラゼンドラは言った。

「あのカメラが、マロリーのカメラと、まだ決まったわけじゃない。仮に、同一機種であったとしても、マロリーが持って行ったものかどうかも、わからない。客観的に考えるのなら、別のカメラとするべきでしょう。七十年も前に、エヴェレストの頂上へ向かって行ったはずのカメラが、カトマンドゥに、何故、今頃あるのか——」

「——」

「しかし、もしも、あのカメラが本物であるとしたら。それによって、エヴェレストの初登頂が誰であるのかわかるのだとしたら、これは、かなりの額で、海外のマスコミに売れるネタだとは思いませんか。あなた方日本人には、どうという額ではなくとも、我々ネパール人にとって、それはたいへんな金額です。いかがですか——」

「いかがとは？」

「我々は、協力し合えるということです」

「協力？」

「そうです。あなたと私の目的は同じだ。協力し合った時、単に、あのカメラによってもたらされるものを、あなたと私で、半分ずつに分け合うことになるだけです——」

「——」

「わたしは、あの日本人が、どこに住んでいるかを、すぐに調べることができます。あなたは、同じ日本人どうし、あのカメラを我々が手に入れるため、彼と話をつけることができる。ついでに、あのカメラをどこで手に入れたかを、彼から訊《き》き出すこともできる……」

「言わないよ、あの男は——」

「ならば、何故、あなたは、カトマンドゥまでやってきたのですか。何故、あのカメラの行方を、今、捜そうとしているのですか——」

ナラダール・ラゼンドラは問うた。

その問いは、そのまま、深町が、自らに突きつけた、鈍い光沢を放つ刃物にも似た問いでもあった。

おまえは、いったい、このカトマンドゥまでやってきて、何をしようというのか。

羽生を、無理やり捜し出し、あのカメラのことを訊いて、それで、どうしようというのか——

〝世界中に、まだ、未踏峰のジャイアンツが、ごろごろあった頃の、あの夢を、もう一度、見ることができるかもしれないじゃないか——〟

出発間際の、宮川の声が、深町の耳の奥に残っている。

十一章　ダサイン祭

1

ほぼ、一日を、ホテルで寝て過ごした。

前日に、色々なことがありすぎた。

肉体的には、まだ長いフライトの疲れが残っており、精神的にも、まだ加代子との件が、澱《おり》のように、肉体のどこかに沈んでいる。

本を読むでもなく、ベッドの上に仰向《あおむ》けになって、天井を見上げながら、窓に変化してゆく光の動きを、時おり眼で追った。

遅い朝食を、一度だけ食べに行った。

食事はそれだけで、いつの間にか、窓に当たる光が消え、暗くなり、外の暗さが部屋の中まで入り込んできた。

「二〜三日考えて、一緒にやれるようだったら、連絡をしてくれないか」

ナラダール・ラゼンドラは、別れ際にそう言った。

いくら、マロリーのカメラが本物であったにしろ、これは、日本や欧米の感覚では、ビッグ・ビジネスにはなり得ない。

しかし、ネパールという国にとっては——

国というより、この国の個人にとっては、大きなチャンスであるのだろう。

しかし、自分にとってはどうか——

マロリーのカメラの発見から、エヴェレスト初登頂の謎が解明されるとするなら——

大きな話題にはなる。

このネタをスクープすれば、自分の、業界でのポジションはあがるだろう。

そこに、魅力がある。

山に関わってきた職業人としての、大きな悦《よろこ》びもある。

しかし、それだけではない。

今回のこの件には、そういうものだけではない、もっと切実な、考えれば、胸が痛くなるようなものがある。

宮川は、それを、〝夢〟と言った。

しかし、深町は、それを、うまく名づけられない。

金であるとか、スクープであるとか、そういうものとは別の要素が、濃く入り込んでしまっている。

極めて、個人的なものではあるが、唯一、自分の内部で明確になっているのは——

〝これを、他人《ひと》の手にゆだねたくない〟

そういう意志と感情である。

もし、このことの真相を、最初に知る者がいるとするなら、それは、自分でなくてはならないということだ。

自分が最初――

〝なんだ〟

深町は、苦笑した。

これは、山の発想と同じじゃないか。

自分が最初にアプローチした、未踏峰の山頂を、他人の足に踏ませたくない――そういうものだ。

いったい、いつ、自分はそういう権利を手に入れたのか。

深町は自問する。

あの時だ――

あの、マニ・クマールの店で、あのカメラが、マロリーのカメラではないかと、自分が最初に気がついたからだ。

最初に気がついた――そのことによって、自分はその権利を手に入れたのだ。

そう思っている。

そして、羽生丈二という男にも、自分は深くのめり込んだ。

もはや、羽生のことと、マロリーのカメラに関することとは、自分の内部では、ひとつのものになってしまっている。切り離せない。

羽生が、どうやら、このネパールで、何かをやろうとしているらしいということまでは、感触として、自分は摑《つか》んでいる。

何をやろうとしているのか?

マロリーのことも、羽生のことも、どちらをたぐっていっても、その先は、ひとつのような気がする。

その先にあるもの——

それは、おそらく、この地上に存在する、唯《ただ》ひとつの点——地上の最高峰である、エヴェレストの頂《ピーク》だ。

あるとするなら、そこに、何もかもあるのだろう。

今、この胸の中に燻《くすぶ》っているものの答えが。

そこに、たどりつくことによって、自分が抱えているもの、この地上のあらゆることどもは、済んでしまうのではないか。

解決がついてしまうのではないか。

それが、夢というのなら、夢だ。

そんなことを、深町は、一日中、ホテルのベッドの上に仰向けになって、考え続けていた。

ああ——

もしかしたら、自分は、あのエヴェレストの頂に立とうとしているのだろうか。

そう思った時、どきり、と心臓が、これまでとは別の動きをした。
どうした、この心臓の動きは。
そんなことは、これまで、考えてもみなかったことだ。
いいや。
これまで、考えてもみなかったというのは嘘だ。
考えたに決まっている。
いつか――
本当にいつか、あの頂を、自分の足で踏んでみたいと、夢にしろ、考えたことのない
山屋が、この世にいるだろうか。
いるわけはない。
ただ一度――
誰でもが、そのことは、一度は胸に思う。
思いながら、そのまま、忘れてゆく。
いや、忘れるのではない。
あきらめてしまうのだ。
自分に、それほどの技量はないと。あるいは金がないと――
もしかしたら、羽生丈二という男は、いまだに、それをあきらめていない男なのだろ
う。

自分が、遥《はる》か昔に、捨て去ってしまったものを、まだ、いまだにその胸に燻らせ続けている男――

自分が、羽生に魅《ひ》かれるのは、彼のそういう部分になのかもしれない。

日本では、すでに、忘れられかけている天才クライマー。その男のことを自分は見届けたいのだ。

そして、まだ、羽生が、その炎を胸に点《とも》し続けているのなら、おれは、嫉妬《しっと》するのだろうか。

羽生が、もう、何もかもあきらめて、ただ、ネパールの山岳部で、ポーターまがいの仕事をして暮らしているだけの男であったら、自分は、ほっとして、暗い悦びに浸るのだろうか。

深町には、自分で、自分の心が名づけられなかった。

2

さらにその翌日――

深町は、また、街に出た。

トレッキング用の、独り用のテントや、小物を買い揃えるためである。

俗に、エヴェレスト街道と呼ばれる道を通って、クンブ地方へ出かけるためである。

シェルパ族の村から村へ、徒歩で歩きながら移動してゆく道だ。

車は、もう使えない道だ。

自分の足で歩くか、馬か高所牛《ヤク》を使うしかない。

ルクラまで、飛行機で入り、その後に歩くというのが一般的なルートであり、エヴェレストのネパール側からの登山隊は、例外なくこのルートを使用することになる。深町自身も、前回は、このルートを利用して、エヴェレストに入っている。

エヴェレストのベースキャンプまでは、トレッキングのパーミッションで入ることができ、トレッカーは、最終的に、標高五四五〇メートルの高度まで、歩くことになる。

ダサインが終わったら、いよいよ、そこまで歩いてゆくつもりだった。

マニ・クマールや、ナラダール・ラゼンドラも、もう関係がない。ともかく、現地へ飛んで、そこから、シェルパの村を、ひとつずつ、虱潰《しらみつぶ》しに捜してゆけば、いいだけのことだ。

そのように覚悟を決めたのだ。

決めたら、気持が楽になった。

いっそのこと、〝ガネーシャ〟で用具やテントを揃え、そのおりに、アン・ツェリンのことを、店の人間に訊《たず》ねてみるつもりだった。

〝ガネーシャ〟は、トレッキング用品から、本格的な冬山や、岩場用の登山用具まで、品物が豊富に揃っていた。感覚的には、東京にある登山用品屋と同じである。

違っているのは、店に並んでいる製品がほとんど中古品であり、様々な年代にわたっているということくらいである。

雑多で、中国製の水筒が、大量にぶら下がっているかと思うと、フランス製のバイルや、スイス製のピッケル、さらには、国もわからないようなユマールやザイルも売っている。

寝袋《シュラフ》やヘッドランプの用意はある。

独りで泊まるためのテントと、単三の乾電池がいくらか、日本から持ってくるのを忘れたサングラス——とりあえずは、この三点を買うつもりだった。

サングラスと、単三の電池については、すぐに決まったが、テントを選ぶのに、時間がかかった。

テントについては、独りで使うにしろ、独り用よりは、二人用くらいのものを買って、それを独りで使用する方が、勝手がいい。独り用だと、本当に、単に眠るためだけのスペースしかないからである。

幾つかを選び、実際に、テントを広げてそこで張り、破れ目があるかどうかを調べ、フライシートがきちんと揃っているかも確認しなければいけない。

結局、フランス製の、ドーム型の二人用のテントを買った。

ほんとうに、独りで全部の荷を担ぐのであれば、狭い独り用を選ぶのだが、どうせ、トレッキング中は、通訳とガイドを兼ねたシェルパを一名と、ポーターを雇うことになる。荷物や食料の大半は、ポーターが持つことになる。

話のし易そうな、片言の日本語がわかる店員に、テントの梱包《こんぽう》をしている最中に話しかけた。

「この前、シェルパのアン・ツェリンをこの店の前で見かけたんだけど……」

深町が言うと、シェルパ族らしい、その若い男の顔が、ぱっと明るくなった。

「旦那《サーブ》、アン・ツェリンを知ってるのかい？」

「知ってるよ。かなり昔に、日本の登山隊がエヴェレストに入った時、おれも隊員だったんだ。その時に、アン・ツェリンがおれたちの隊に従《つ》いてくれたんだ」

「彼は、素晴らしいシェルパだよ」

店員は、テントを新聞紙で包み、紐《ひも》を巻いて、それを足元に置いた。

深町は、それに手を伸ばさずに、店員に訊《き》いた。

「彼は、今でも、現役でやってるの？」

「もう歳だからね。登山隊には、もう、めったには従かないみたいだけど、時々、トレッカー相手の案内人《ガイド》はしてるようだね」

「まだ、案内人はやってるのか。それなら、今度のトレッキングの案内を、彼に頼みたいんだが、どこへ申し込めばいい？」

「どこかの、旅行代理店《サービス》とは、特別に契約してないみたいだから、直接、彼本人に頼むしかないだろうな。今やっている仕事も、直接きたやつだけじゃないのかな」

「どこで、彼に連絡がとれる？」

「ナムチェあたりで、彼の名前を出せば、連絡はとれるだろうけど、エヴェレスト街道を行くんなら、カトマンドゥから雇った方がいい――」

「アン・ツェリンは、今、カトマンドゥにいるのかい――」

「どうだったかな」

「この前、アン・ツェリンを、この店の前で見た時、酸素ボンベを何本か持っていたけど、あれは、今、大きな登山隊の仕事をしているってことなのかな」

「さあ――」

店員は、困ったように、奥に視線を投げかけた。

すると、その視線を受けて、奥の暗がりから、小柄な、年配の、これもシェルパ族らしい男がのっそりと出てきた。

どうやら、彼が、この店の店長《オーナー》らしかった。

「どうした?」

店長らしい男が店員に問いかけた。

「こちらのお客さんが、アン・ツェリンに、どうやったら連絡がとれるかって、訊くんですけど――」

口ぶりからして、この若い店員は、どうも、アン・ツェリンの、カトマンドゥでの居場所か連絡先を知っているらしい。

「ほう⁉」

と、店長が、深町に向きなおった。

「彼に、トレッキングの案内を頼もうと思ってるんだけど、連絡場所がわからなくてね——」

深町は、今、若い店員にしたのと同じ説明を、店長に向かってした。

話を聴き終えると、

「さあて——」

そうつぶやいて、店長は、深町を眺めやった。

眼の前に立った日本人が、どういう人間か見極めようとしているらしい。

鋭い眼つきだった。

3

「アン・ツェリンの連絡場所は知っているんだろう?」

深町は、店長に訊ねた。

「まあ、それくらいはね」

「それを、教えてもらえるかい。こちらから連絡をとるから——」

「まあ、駄目だろうね。彼は、トレッキングの案内はできないと思いますよ」

「何故?」

「誰かに訊かなければ、自分と連絡がとれないような人間の案内は、彼はやらないんだよ。よほど、彼本人と親しいか、親しい人間のコネがあるかしないとね。あなたには、そのどちらもない」

「あなたの言う、親しい、というのがどのくらいのものかはともかく、おれは、彼とは顔見知りだよ。彼の友人の、ビカール・サンともね――」

「なら、直接彼に頼むといい」

「だから、居場所を知らないんだよ」

「教えられないね」

きっぱりとした口調であった。

「なら、伝言でいい。日本人のカメラマンで、深町という男が、エヴェレスト方面のガイドを頼みたがっていると伝えてくれ。写真を撮って歩きたいのさ。日当は、彼が通常にもらっている額の倍でもいいからってね――」

「気前がいいね」

「仕事なんだよ。おれが払うわけじゃない。おれが契約している雑誌社が払うんだ……」

「――」

「とにかく、話をしてみてくれないか。それで、やっぱり駄目だったら、おれも納得する……」

深町は、一〇ドル紙幣を取り出し、それを小さくたたんで、店長の手に握らせた。

4

深町は、ベッドの上に、仰向《あおむ》けになっている。

天井を見上げている。

そこに浮かんでいる褐色の染み。壁紙の模様。もう、すっかりそれを覚えてしまった。

一昨日《おととい》も、こうやって時間を潰《つぶ》してしまった。

すでに、半日も、このように天井を見上げている。

一日おきに、気力が萎《な》える。

起きあがり、街に出て、買い残した品物を手に入れなくてはならない。しかし、なかなか、起きあがることができない。昨日、〝ガネーシャ〟の店長に、無理に一〇ドル札を握らせて、アン・ツェリンに、自分のことを連絡する約束をさせたことに、原因がある。

羽生が、自分のことを他人に知られまいと考えているのはわかっている。それを、無理に知ろうとする自分はいったい何であるのか。

わからない。

わかっていることは、ひとつ、ある。それは、このまま、ほとんど何もしないも同然の状況のまま、帰ってしまうわけにはいかないということだ。帰っても、自分には、もう、あの国に居場所がない。この件について、とことん追いつめ、やれるだけやったあとなら、それが、どういう結果であるにしろ、納得がゆくだろう。その納得なしには、自分は、この街のこの場所以外、どこにもゆくところがない。

ああ、また、おれは一昨日と同様の思考を、自分の内部でやっている。

もういいかげんに、覚悟を決めて、羽生捜しに徹することだ。

その時——

ドアに、ノックの音があった。

深町は、ベッドの上に上半身を起こし、

「Who is it?（どなたですか）」

そう言った。

「わたしです」

女の声がした。

日本語だ。

聴き覚えのある声だった。

「岸です」

岸？

まさか。

岸涼子か。

深町は、ドアまで歩いてゆき、ノブを握って内側に引いた。

そこに、ジーンズ姿の女が立っていた。

女の白い、生成りのシャツの襟の中に、青緑色のトルコ石が見えていた。

大きなバッグが、足元に置いてある。

岸涼子が深町を見て微笑していた。

「岸さん、どうして、ここに――」

「仕事を終わらせちゃったの」

と、涼子は言った。

涼子は、翻訳家である。

英語で書かれたミステリーを日本語に翻訳して、それを出版する。翻訳料と、翻訳者への印税が、涼子の収入である。

翻訳した本が、ベストセラーになるならともかく、めったにそういうことはおこるものではない。そこそこに売れたり、そこそこに売れなかったり、という本をいくつかやって、女ひとりが、なんとか生活しながら、少しずつなら、金も貯めることができる――

――そういう仕事だった。

労力と考えあわせて、それほどわりのいい仕事ではない。

いいことと言えば、自分自身の時間を、自らが管理できることである。自分自身の時間に対して、その主《あるじ》が自分であること、これは、他のことに代え難い――

涼子は、かつて、深町にそう言ったことがある。

深町が、カトマンドゥに出かける直前には、まだ、あと十日はかかると言っていた仕事が、およそ、一週間でできあがってしまったことになる。

こういう仕事の常として、予定よりは、もっと遅れるであろうから、早くても、涼子が来るのは十月後半か十一月であろうと深町は考えていた。場合によったら、涼子がやってくるその時、深町自身は、もう、日本に帰ってしまい、ネパールにいない可能性すらあったのである。

涼子と、このカトマンドゥで合流することは、半分、楽しみにもしていたが、残りの半分はあきらめてもいたのである。

その涼子が、今、眼の前にいる。

「今、このホテルにチェック・インしたばかりなの。部屋は、深町さんの隣り……」

涼子は、眩《まぶ》しい笑みを浮かべて、そう言った。

この岸涼子という女は、こういう人間だったのか？

深町はとまどいながら思った。

これまで深く沈みがちであった思考が、涼子の出現と共に、深町の内部から消えていた。

5

翌日の朝——

ホテルの一階にあるティールームで、深町は、涼子と遅い朝食をとっていた。

八人も客が入れば、いっぱいになってしまうティールームである。フロントロビーも兼ねている部屋だ。ここで、簡単な、アメリカンスタイルの食事をとることができるのである。

古い板が床に貼ってあり、竈《かまど》を兼ねたストーヴもあって、その上で、薬罐《やかん》が湯気をあげている。

そろそろ、街の温度が上がり始める頃なのだが、朝は、部屋の中で火が燃えていても、それほど気にならない。

昨夜《ゆうべ》は、深町の部屋で、涼子と遅くまで話し込んだ。

これまでのことを涼子に報告しながら、様々な話をしたのである。

涼子の事情に立ち入った話までした。

「羽生と会って、どうする？」

深町は訊《き》いた。

「正直言って、本当は、自分でもわからないわ……」

涼子は言った。

「今は、会って、現在あの人がどうしているか、何を考えているか、それを知りたいのよ。どうするもしないも、それからだと思うわ――」

どうなるにしろ、とにかく、自分の気持にふんぎりをつけたいのだと。

「わたしたち、まだ、何も終わっていないのよ……」

飲んでいる最中に、深町は、この女を抱きたいという衝動に突きあげられたが、むろん、それを自制した。

涼子は、涼子の部屋で眠り、深町は深町の部屋で眠った。

眠りにつく前、少なくとも羽生と会うまでは、自分と涼子とは、こういう関係を続けてゆくのだろうと深町は思った。

朝——

食事の後のコーヒーを涼子と飲んでいる時に、ゆったりとした足どりで、ティールームに入ってきた男がいた。

深町の前に座っている涼子の肩越しに、その男の姿を、深町は見つけた。

深町の視線の変化に気づき、

「どうしたの?」

涼子は、小声で囁《ささや》いた。

「マニ・クマールだ」

深町も、声を潜めてその名を囁いた。

すでに、マニ・クマールは、深町と視線を合わせている。その視線をたぐるようにして、マニ・クマールが近づいてきた。

マニ・クマールが、涼子の背後に立った。

「お久しぶりです、旦那」

マニ・クマールが言った。

笑みはにこやかで、それだけ見ていると裏などなさそうに見える。

「お話し中、たいへん申しわけありません。ちょっとよろしいですか――」

「用件は？」

「先日、あなたが、わたしの店にいらっしゃった件ですよ。お邪魔でなければ、御一緒させていただいてかまいませんか――」

深町が、涼子を見やると、雰囲気を察した彼女がうなずいた。

「どうぞ」

「それでは、こちらに座らせていただきましょうか――」

マニ・クマールは、方形のテーブルの、空いている一辺にある椅子に腰を下ろした。

深町から見て左側、涼子からは右側になる場所だ。

「さて、どう、お話しいたしましょうかな」

マニ・クマールは、涼子を見やり、それから、問うような視線を深町に向けた。

「こちらは、知人の岸さんです。彼女の前では、この件で隠さねばならないことは、何もありません」

「それはありがたい。気兼ねのいらない会話ほど、お互いがよく理解し合えるものはありませんからね」

これまでの会話は、全てネパール語である。

涼子には、その内容は、ほとんど理解できていない。

深町は、短く涼子に日本語で今の会話について説明をし、

「もしよかったら、英語で話をしてもらえますか。英語なら、彼女はぼくよりずっと堪《たん》能《のう》ですから——」

「All right（わかりました）」

マニ・クマールは、首を大きく横に傾けてうなずき、

「わたしの名前はマニ・クマールと言いますが、わたしのつたない英語が理解できますか？」

「Yes, I understand you perfectly（充分に）」

涼子はなめらかな英語の発音で答えた。

「それはありがたい。ところで——」

マニ・クマールは、深町に視線を向けて、

「ビカール・サンと、アン・ツェリンについて、何か新しいことはわかりましたかな？」

「いいえ」

深町は、首を左右に振った。

「わたしは、わかりましたよ。色々とね。たとえば、ビカール・サンが、どこで暮らし

ているか、とか、今、どこにいるか、というようなことをね」

「本当に？」

そう言ったのは、涼子だった。

「本当ですとも」

「どこに住んでいるんだ？」

深町が言うと、落ち着いた微笑を浮かべ、

「残念ですが、今は言えません。おいおいに、教えてあげられると思いますよ、深町さんとの交渉の中でね」

「交渉？」

「ええ。あなたとは、まだ、色々と取り引きをしなければなりませんからね」

「取り引き？」

「ですから、あのカメラの件でね。もっと分り易く言うなら、あのカメラがもたらす利益を、わたしとあなたとでどのように分配したらいいかというような……」

「あなたがもたらす情報に関しては、それなりに払わせてもらうが、それ以上の約束はできないね」

「しかし、わたしがもたらす情報については、金を支払う用意があると？」

「ああ」

「それはつまり、わたしが言っていることと、あなたの言っていることは、同じような気がしますがねえ――」

「取り引きの話は後だ。それより、ビカール・サンが、今いる場所がわかったって？」

「ええ」

「どこだ？」

「これは、教えてさしあげられます。教えたところで、どうこうできるものじゃありませんからね――」

「どこなんだ？」

「中国です」

「中国？」

「チベットですよ」

「何で？」

「さあ？　一カ月ほど前でしたか、アン・ツェリンと一緒に、ナンパ・峠《ラ》を越えて、チベットに入ったということを、わたしは耳にしたんですがね。ところが、二十日ほどで、もどってきたのが、アン・ツェリンひとりだけ。どうやら、ビカール・サンは、まだ、チベットにいるということらしいんですがね」

「ナンパ・ラというと――」

「こちらからだと、エヴェレスト街道をずっと行って、ナムチェバザールから、街道を左へ逸《そ》れて、しばらく行ったところにある峠ですよ。昔から、チベット人やシェルパたちが利用している、標高六〇〇〇メートル近い峠ですよ——」

ずっとゆけば、氷河を渡り、モレーンを下って、チベットの定日《ティンリ》という小さな村に出るはずであった。

しかし、国境を越える手前には、チェックポストがあるはずだ。

もう、パスポートの期限がとっくに切れている羽生が、どうして、そこを通過することができるのか——

深町は、その疑問を口にした。

「チェックポストと言ったって、地元のシェルパやチベット人にゃ、関係ありません。彼等は、いつも、何のチェックも受けずに、国境を往き来していますよ」

「——」

「ビカール・サンは、あなたも見た通り、もう、見かけはシェルパとまったくかわりません。言葉もしゃべれるようだし、シェルパになりすませば、国境を越えるなぞ、わけはありませんからね」

なるほど——と、深町は、しばらく前に見た羽生の姿を思い出しながらうなずいた。

「しかし、何のために、ビカール・サンは、チベットなんかに？」

「さあ、わたしには見当もつきませんがね」

マニ・クマールは、欧米人がやるように、両肩をすくめてみせた。

「ビカール・サンが日本人だというのは、ナムチェあたりでは、思ったより知られているみたいですね。もっとも、何のために彼が、この国にいるのかは、誰も知らないみたいですがね」

「本名は？」

「さあ。そこまではわかりません。シェルパとして、あちこちの登山隊の仕事をやっているみたいですよ。もっとも、日本人の登山隊の仕事は、やらないようですけどね」

「どうだい、いっそ、教えてくれないか。ビカール・サンのいる場所をね」

「────」

「エヴェレスト街道のどこかの村か、このカトマンドゥか、そこまでの見当は、こちらもついてるんだ。実を言えば、あんたの返事を待たずに、もう、自分で捜しにゆくつもりだったんだよ。ナムチェバザールで、あちこちのシェルパに訊《き》いてまわれば、どうせわかってしまうことなんだろう」

深町は、ポケットから財布を出し、五〇ドル紙幣を取り出した。

それを、テーブルの上に置いた。

「何ですか、これは？」

「調査費用だよ。これまで色々教えてもらった分のね」

深町は、さらに、もう一枚の五〇ドル札を取り出して、先に置いた五〇ドル札の横に並べた。

「それからこれは、今、あんたが持っている残りの情報を、全部しゃべってもらう分だ。

これ以上は、おれはもう払うつもりはないよ」

「これはこれは――」

マニ・クマールは、両手を持ちあげて苦笑した。

「本気だぜ」

「どうしたのですか」

「正直に言っておくよ。おれは、あんたを信用していない。もし、あのカメラに、ビッグ・ビジネスの可能性があったとしても、おれは、あんたをビジネスのパートナーにするつもりはないってことさ。しゃべるのがいやなら、二枚目の五〇ドル札は、手切れ金ということになる。あんたは、もう、おれにどういう情報も提供する必要はない。かわりに、会うのも、もう、これっきりということだ」

間違えようのない、言い方であった。

マニ・クマールには、かつて、一度、カメラを盗まれている。そういう男と、この後、一緒にはやってゆけない。どういう約束をしたところで、それは、反故《ほご》にされてしまうだろう。

深町は、しばらくの間、マニ・クマールと互いの顔を見つめ合った。

「わかりましたよ」

マニ・クマールは、小さく息を吐き、

「残念です。たいへんにね――」

テーブルの上にあった、深町が最初に置いた五〇ドル札を、右手の、親指と人差し指でつまみ、それを持ちあげた。

「こちらをいただいておきましょう」

「もう一枚、残ってるぜ」

「そちらの方は、いただくわけにはいきませんのでね」

「何故?」

「わたしは、わたしの知っていることを、あなたに話すつもりはないし、この件からまったく降りてしまうつもりもないからですよ。いずれ、どこかで、また、顔を合わせることになるかもしれませんしね……」

マニ・クマールは、ゆっくりと立ちあがった。

日本人がそうするように、マニ・クマールはそこで慇懃《いんぎん》に頭を下げ、

「では、今日は、これで失礼いたします」

背を向けて、去っていった。

「ほっとしたわ」

マニ・クマールがいなくなってから、涼子は大きく息を吐き出して、肩の力を抜いた。

「身体中の筋肉が、堅くなっちゃったみたい——」

テーブルに両肘《りょうひじ》を乗せて息をついている涼子を見やりながら、深町は口を開いた。

「彼には、本当のことを言ってしまった方がよかったのかもしれないな」

「何故？」

「これが、彼が考えているほどの、ビッグ・ビジネスになるような話じゃないんだってことをだよ」

「それはわからないわよ。これが、カメラの中に入っていたフィルムがどこにあるかということまでを含めての話なら、やりようによっては、かなり大きな金額が動くと思うわ。マロリーが、一九二四年に、エヴェレストの頂上に立って微笑している写真なら、それを手に入れるにいたったいきさつまで含めて、売るところに売れば、八桁《けた》からのお金が入るんじゃないか？」

「本当にそう思うかい」

「思うわ。イギリスが、エヴェレスト初登頂のために、遠征隊につぎ込んだお金は、まさに、その一枚の写真のためにあったわけでしょう」

「――――」

「雑誌や、本、TV局まで持っている企業なら、この写真一枚がもたらす経済効果を、決して無視できないはずよ」

「マニ・クマールは、どこまで知っているんだろう――」

独り言のように、深町はつぶやいた。

あれが、マロリーのカメラであることに気づいているのだろうか。ナラダール・ラゼンドラが気づいているわけだから、その情報が、マニ・クマールまで洩《も》れている可能性はあるだろう。

だが――

マニ・クマールが、ナラダール・ラゼンドラと同じ情報を手にしたとして、その意味にどこまで気づくか。

ともかく、妙な嗅覚《きゅうかく》のある男だ。

「なんだか、たいへんそうなところへ来ちゃったみたいね」

涼子は、そう言って、小さく息を吐き出した。

6

〝ガネーシャ〟へ向かったのは、昼食後だった。

涼子は、ネパールは初めてである。

ヨーロッパ、アメリカ以外の国へ足を踏み入れたのも、これが最初であった。

この、異様とも言える活気に満ちた街の喧噪《けんそう》に、涼子も初めはとまどいを見せていたが、すぐに、それに馴染《なじ》んだようであった。

インドラチョークを歩き、〝ガネーシャ〟の前に出た。

店内に、涼子と一緒に入り、中にいた店員に声をかけた。

「店長は?」

店員は、深町の顔を覚えていたらしく、すぐに、奥へ姿を消し、ほどなく店長と共に姿を現わした。

「おやおや、まだ、一日半しか経ってはいなかったと思いますが……」

店長が差し出してきた右手を、深町は右手で握った。

「もし連絡がとれているなら、今日あたり、話がうかがえるんじゃないかと思いまして――」

「それは、よいタイミングだったですね。アン・ツェリンとは、昨日、連絡がとれています」

言いながら、店長は、深町の隣りに立っている岸涼子に視線を止め、

「こちらは？」

「岸さんといって、わたしの友人です」

深町は言った。

「友人と呼ぶなら、わたしの妻も、わたしにとっては友人ですよ」

店長は、笑いながらそう言い、

「ダワといいます」

涼子に向かって、言った。

ネパール語であったが、涼子には、その言葉の意味がわかったらしく、

「岸涼子です」

英語でそう言った。

「彼女は、ネパール語はできませんが、英語なら話すことができます」

深町は、英語で、店長——ダワに向かって言った。

「オーケイ」

ダワは、そう言って、深町に向きなおった。

「で、アン・ツェリンには、わたしの言ったことは伝えていただけましたか」

「伝えました」

「それで？」

「あなたが、ここへいらしたタイミングはよかったのですが、結果は必ずしもよいものではありません」

「——」

「自分も、ビカール・サンも、ミスター・フカマチに会うつもりはないし、この件で、何かの情報を提供するつもりもない——そう伝えてくれと——」

「はっきり言われてしまいましたね」

「深町さん。この件と、アン・ツェリンが言った分については、わたしはあなたから説明を受けてないような気がしますが——」

「説明？」

「一昨日、あなたは、わたしに、隠しごとをしていたということです。その隠しごとをしていた分について、アン・ツェリンは、どのような情報もあなたにまわすつもりはないと、そう言っていたということですね」

はっきりと、ダワは言った。

深町が、どう、話をきり出そうと、ダワの答えは一貫していた。

アン・ツェリンはできないと言った——

もう、伝言を受ける必要もないと。

「わかりました……」

深町は、あきらめて、そこで頭を下げた。

店を出るつもりで、それを口にしようとダワを見やった時——

ダワの表情が、これまでと変化していた。

ダワは、驚いたような顔で、岸涼子の喉元《のどもと》を凝視していたのである。

そこ——喉の下の白い肌の上に、細い革紐《かわひも》に通された青緑色のトルコ石がひとつ、ぶら下がっていた。

ダワの眼は、その石から、動かなかった。

「あなた……いや、岸さん、でしたかな……」

「はい」

「その石、どうやって、手にお入れになられました？」

「いただいたのです」

「誰から？」

「三年前――あなた方が、ビカール・サンと呼んでいる日本人、羽生丈二という人からです……」

「おう――」

ダワは、低い声をあげた。

「これが、何か？」

「いや、きれいなターコイスだと思ったものですから。そこらで売っているものの中には、偽物が多い。観光客の多くが摑《つか》まされるのはそれです。しかし、それは、本物のようだ。ぜひ、そのターコイスを大事にして下さいと、それを言いたかったのです」

ダワは、そう言い終えて、自分の方から慇懃《いんぎん》に頭を下げた。

「それではこれで――」

帰るように、うながされてしまった。

帰るしかなかった。

深町と涼子も、そこで頭を下げ、店を出て行ったのである。

7

シタールのゆるい旋律が、絶え間なく耳に入り込んでくる。

哀調を帯びた、独特の男の声が、どうやら、哀しい恋の歌を唄《うた》っているらしい。

生演奏のインド音楽――

ニューロードの一画にあるインド料理屋で、深町は、涼子と向き合って、サフランのたっぷり入ったカリー料理をつまみながら、シンハビールを飲んでいる。どういうわけか、ビールだけが、タイのものであった。

カトマンドゥは初めてという涼子のために、しばらく市内を歩きまわってから、二階にあるこの店に入ったのである。

夕刻には、まだ、多少の時間がある。

喉が渇いており、ふたりとも、一本目をたちまち飲み干して、今、両方で二本目を飲んでいるところだ。

もっとも、瓶自体が、日本のビール瓶ほど容量が多くない。

会話をしているうちに、話は、自然に〝ガネーシャ〟でのことになった。

「あれは、どういうことだったのかしら――」

涼子が、まだ思考を整理しきれないように、つぶやいた。

帰り際に言った、あのダワの言葉について言っているのである。

「羽生丈二からもらったって、言ってたね」

「ええ。三年前に、ネパールから、羽生さんが送ってくれたんです。この石だけ、ひとつ――」

言いながら、涼子は、右手の指先で、そのトルコ石に触れた。

鎖も何もない、穴だけが空けられた、トルコ石がひとつ。それに、涼子は、自分で革紐を通し、首から下げるようにしたのだという。

〝だいじに使ってくれ〟

と、それだけ書かれた手紙が添えられていた。

その石に、もしかしたら、ダワは見覚えがあるのかもしれない。

いったい、どういう因縁のある石なのか。

「この間《かん》、ネパールまで、羽生丈二に会いにゆこうとは思わなかったのかい？」

深町は訊《き》いた。

「何度も思ったわ。でも、羽生さんは、自分がどこにいるかを書いてよこさなかったのよ。だから、こちらから手紙を書いたことは一度もなかったわ。いつも、一方的に手紙とお金を送ってくるだけで。このトルコ石だって、羽生さんが一方的に――」

「そうか……」

深町は、コップの中のビールを干して、瓶の中に残っていたビールを、全部コップの中に注いだ。

ナンの上に、カリーをのせて、食べる。

日本でカレーと呼ばれているものとは異質の、香辛料のたっぷり入った辛い食べものだ。

タンドリー・チキンも、日本のそれより肉に弾力があって身が締っている。

シタールの音――

夕刻の近い黄昏《たそがれ》に、深町は、涼子と外に出た。

階段を下り、ニューロードに向かって歩き出そうとした時、深町は、眼の前に立っている男に気がついた。

シェルパの、アン・ツェリンだった。

「待っていた」

短い声で、ぼそりと、アン・ツェリンは言った。

「待ってた？」

「そうだ」

「顔を合わせたくないし、連絡をとるつもりもないって、そう言ってませんでしたか――」

「言っていた」

「それが、どうして――」

「事情が変わった」

「どんなふうに……」

それには答えず、アン・ツェリンは涼子を見やった。

おそらく、店を出た時から、誰かに尾行されていたのだろう。

このカレー料理屋に入ったのを見届けてから、その報告が、このアン・ツェリンの元までもたらされた――それで、アン・ツェリンは、ここで我々を待っていたのだろうと、深町は思った。

「岸涼子さんだね……」

アン・ツェリンは、英語で言った。

深町は、小声で、眼の前に立っているシェルパ族の老人が、アン・ツェリンであると涼子に告げた。

「ええ——」

岸涼子が答えた。

皺《しわ》だらけで、傷だらけの右手の人差し指の先を、アン・ツェリンは、涼子の胸元へ向けた。

「それを、見せてもらえるかね」

「はい」

涼子は、トルコ石を首からはずして、アン・ツェリンに渡した。

アン・ツェリンは、受け取ったトルコ石を、ごつい掌の上に乗せて、愛撫《あいぶ》するような眼差《まなざ》しで、それを見つめた。

ほどなく——

「ありがとう」

アン・ツェリンは、そのトルコ石を、涼子の手にもどした。

「あなたに、ひとつ、いや、ふたつ、言っておかねばならないことがあった……」

アン・ツェリンは、噛《か》み締めるようにその言葉を口にした。

「何か――」

「その石を、大事にしてくれということがひとつ……」

「もうひとつは？」

「悪いことは言わん。このネパールから、日本に帰ることだ」

「何故ですか」

「説明するわけにはいかないことだ。おとなしく、ここで観光だけをして、日本へ帰り、羽生丈二という男がいたことなど、あんたの記憶から、全て、消してしまうことだ……

…」

「だから、何故ですか――」

「日本へ帰りなさい。それだけを、言いに来た……」

言って、アン・ツェリンは、背を向けた。

その背へ――

「ビカール・サンは、今、チベットに入ってるんでしょう？」

深町は声をかけた。

歩き出そうとしたアン・ツェリンの足が、一瞬止まったが、すぐにまた、その足が動き出した。

「何のために、羽生は、チベットへ行ってるんですか？」

アン・ツェリンは答えなかった。

そのまま歩き出して、その姿は、黄昏の、ニューロードの喧噪《けんそう》の中に消えていた。

8

涼子が、帰って来ない。

日没までにはもどってくると言っていた涼子が、夜の八時になっても姿を見せないのである。

深町は、ホテルの部屋で、焦《じ》れていた。

いったい、何があったのか。

ふたりで、タクシーでパタンまで出かけたのは、午前中であった。

パタンは、カトマンドゥの南五キロの場所にある、カトマンドゥ盆地第二の街である。

バグマティ川を渡った先にある古都だ。

カトマンドゥで売られている仏像の多くが、この街で造られている。

パタンへゆこうと言い出したのは、涼子であった。

昨夜、ホテルで、色々と地図を眺めているうちに、

「このパタンよ」

涼子が、ふいに、そう言ったのである。

「何が？」

深町は訊いた。

「このトルコ石を羽生さんが送ってくれた時の消印が、このパタンだったと思うわ。不思議な名前だったんで、よく覚えているの……」

「間違いない？」

「ええ。たしか、それまでは、ずっとカトマンドゥだったのが、最後のその時だけ、消印がパタンだったのよ」

「最後!?」

「この石を送ってくれたのが、羽生さんから連絡のあった最後なの」

「手紙か何かが入っていたのかい」

「入ってることは入ってたけど……」

「たとえば、これが最後になるというようなことが、手紙に書かれていた？」

「いいえ。いつもと同じ。自分がネパールで何をしているかだとか、どこに住んでいるかだとか、そういうことは何も。トルコ石を送ります、だいじに使ってくれって——」

「それだけ？」

「それだけ」

羽生らしいと言えば、あまりにも羽生らしい、ぶっきらぼうな、あっさりした文面という気がした。

「そのトルコ石のネックレス、〝ガネーシャ〟の店長や、アン・ツェリンが、妙に気にしていたみたいだね」

「何かあるのかしら——」

涼子がそう言った時、深町は、ひとつのことに気づいたのであった。

「ちょっと、その地図……」

深町は、テーブルの上に広げていた地図を手で回して、自分の読み易い角度にした。

「ほら、ここ——」

深町が指で示したのは、カトマンドゥの南側——チェトラパティ広場であった。

「ここで、アン・ツェリンの姿が見えなくなったんだ」

「——」

「見てごらん。ここから西へゆけば、すぐヴィシュヌマティ川で、南へゆけばバグマティ川で、そのむこうはもうパタンじゃないか——」

チェトラパティ広場からバグマティ川までは、あと一キロもない。

シェルパや、他のネパール人にとって、一キロという歩く距離は、遠いものではない。

ごく日常的な距離である。

「行ってみたいわ」

涼子が言った。

行って、どうにかなるものではない。

アン・ツェリンや羽生が、山から降りてきた時、常宿にしている場所か、関係のある場所がパタンにあるということは充分に考えられるが、行けばそれがわかるということではないのだ。

いずれ、トレッキング用の道具が揃ったら、ルクラまでの飛行機のチケットを手配しなければならないが、急ぐ必要はない。羽生は今チベットに行っているわけだし、アン・ツェリン自身もこのカトマンドゥ盆地にいる。

パタンという古い街を、涼子と一緒に歩くというのも悪くはない。

「行こうか」

そういうことで、話がまとまった。

タクシーで出た。

ヴィシュヌマティ川は、南へ流れ、パタンのはずれで、バグマティ川に合流している。その合流点を中心に、車でうろうろとした。

水牛が水を浴びている川で子供たちが泳ぐのを眺め、午前中の時間を潰《つぶ》して、昼に、パタンのダルバール広場で車を降りた。

小さな食堂に入り、ネパール料理を喰《た》べた。ネパール料理といっても、カリー料理である。

辛い。

その辛さを、涼子は悦《よろこ》んだ。

日本ではめったに飲まないコーラが、この気候の中では、よく喉《のど》を通ってゆく。

「見つかると思っていたわけじゃないけど、やっぱり無理みたいね」

涼子が、冷たいコーラを、コップに半分ほど、ひと息に飲んでから言った。

店内から、明るい通りへ眼をやると、陽差しの中を、原色のサリーを着た女たちが歩いてゆくのが見える。

濃い肌の色の、男や、女たち。

「何を考えて、このネパールで暮らしてたんでしょうね」

ぽつりと、涼子は言った。

「羽生がですか」

深町が言うと、涼子が、こくんと顎《あご》を引いてうなずいた。

「兄のことがあったから、その負い目が羽生さんにはあったんでしょうか。それで——

——」

その先を、涼子は言わなかった。

それを深町に問うても、答えが得られるわけではないということを、涼子自身もよくわかっている。


きしよ。

きしよう。

おれも、いきたいけどな。

そこへいってやりたいけどな。

羽生の手記のことが、深町の脳裏に浮かんだ。


もうすこし、まってれば、いずれ、おまえのところに、おれは、いってやるよ。

いつか、おちる、その日までおれはゆくぞ。

おれが、おちるのをこわがって、山をやめたり、おまえのことなんかわすれて、ひとなみなことなんかをかんがえはじめたら、そういうときに、おれをつれにこい。

いまは、まだ、そのときじゃない。

おれは、おちるまではいくから。

かならず、いくから。

ただ、わざと、おちる、それだけはできないんだ。


「羽生のことで、ひとつだけわかっていることがあるとすればね――」

深町は、自分に言いきかせるように言った。

涼子が、深い色をした瞳《ひとみ》を、深町に向けた。

思わずたじろぎそうになるほど近くから、涼子の瞳が深町の眼を覗《のぞ》き込んでいた。

「どこにいようと、何があろうと、生きて身体が動く限り、彼は山の現役だってことですよ――」

涼子は、首から下がったトルコ石を、右手の人差し指と親指でつまんで、それに視線をやった。

「これに、何かあるのかしら……」

「それに?」

「ダワも、アン・ツェリンも、このトルコ石のことを知ってたみたい……」

「大事にしてくれと、そう言ってたね」

「羽生さんのことは忘れて、日本へ帰れとも言ってたわ。どういう意味なのかしら――」

「さあ――」

見当がつかない。

そのトルコ石と、何か関係があるのか。

昨日から、何度か涼子との間でかわされた会話であった。

「わたしね……」

涼子は、トルコ石をつまみながら、つぶやいた。

「なに……」

「これをいただいてからの三年間、ずっと、おとなしく羽生さんだけを待っていたわけじゃないのよ」

「――」

「ちゃんと、つきあってた男のひと、いたんだから――」

「――」

「男と女のおつきあいよ……」

涼子は、視線を深町にもどした。

深町は、その視線に気づいていたが、眼を合わせるのを避けて、涼子の手元を見ていた。

「驚いた？」

さっきよりも、強い視線が、深町を見ているのがわかる。

「それとも、そんなに驚くようなことでもないかしら」

「今は、その男のひととは？」

深町は、少しかすれた声で言った。

その質問に、涼子は答えなかった。

「こんな石くらいでさ、三年も待つわけないじゃない。もっと前から、待たされっぱなしで。いつも、独りでどこかへ行っちゃって。帰ってくれば、いつもわたしが待ってるんだって思い込んでたのかしら？」

涼子が、涙を流しているのかと思って、深町は視線をあげた。

涼子の視線に捕まった。

涼子は、涙を流してはいなかった。

口元に、微《かす》かな笑みを浮かべて深町を見ていた。

「深町さんは、どうして、わざわざこんなところまで来たの？」

「マロリーのカメラの件が気になってるんです。できることなら、あのカメラと、中に入っていたフィルムを手に入れたい……」

「それだけ？」

「羽生丈二という男も、気になってるんです。彼が、今、何を考えているのか、何をやろうとしているのか、それを知りたいんです——」

言っているうちに、嘘ではないが、自分の言葉に深町はそらぞらしさを感じた。言葉にすると、どうしてこのように心が逃げてゆくのか。

たぶん、自分は、あの山の頂に関することに、どこかで関わっていたいのだろうと深町は思った。

何度、人の足に踏まれようと、あの頂が、世界の最高峰であることはかわるものではない。

あの頂に関わる——そのことが、今の自分を支えているのだろう。もし、今、自分から、マロリーのカメラのことや、羽生のことや、あの頂のことをとってしまったら、何が残るのか。

何も残らない。

自分は、もやいを解かれた小舟のように、どこかへ漂い流れていってしまうだろう。

うまく、言葉にできない。

自分が何かの行動を起こす時、ひとは、その行動に、いちいち他人に説明できるような動機づけをしているわけではない。

今の自分だってそうだ。

今、このことをやめたら、自分はもう二度と、あの頂に関わる場所に立つことはないだろう。

それは、はっきりしている。

しばらく、涼子と話をして、深町は立ちあがった。

店を出て、明るい陽差しの中に立った。

ぶらぶらと歩きながら、近くのみやげもの屋や、仏具屋に顔を出しながら、パタンの街を、ふたりであてもなく歩いた。

夕刻になる前に、三輪のタクシーで、カトマンドゥにもどった。

途中、涼子をニューロードで降ろした。果実《くだもの》を買い込んで、少しまわりをぶらついてから、夕食までにはホテルにもどると涼子が言うので、深町は、涼子を降ろして、ひとまず自分だけホテルへもどったのである。

その涼子が、まだ、もどって来ないのである。

何か、トラブルがあったのか。

暗い部屋で、涼子を待つうちに、知らぬ間に、夜の九時になっていた。

増殖した濃い不安が、深町の口元まで満ちていた。

トラブルがあった——そう考えるしかない。

事故か、それとも別の何かがあったのか。

夕食までに、というのは、夕刻の六時か七時くらいまでということである。

それが、夜の九時になっても帰って来ない。

仮に、これだけ遅くなるのなら、必ず、電話を入れるはずだ。その電話もない。

涼子の身に、何かあった——そう考えねばならない。

どうする？

西遊トラベルの斎藤に連絡をとって、相談をするか。それとも、これは、ただちに警察に話を持ってゆくべきことなのか。

迷っているその時——

部屋の電話が鳴った。

涼子だ!?

受話器を取る。

「深町さんだろう？」

男の声が響いてきた。

日本語だった。

どくん、と深町の心臓が太い音をたてた。

「はい、そうですが――」

「岸涼子さんは、そちらにいるのかい」

「おりませんが、どなたですか？」

男は、深町の質問を無視し、

「どこに行っている？」

そう訊《き》いてきた。

「市内に出かけてますが――」

「こんな時間にか」

「ええ」

「誰と!?」

「ひとりです」

「なんだと」

男の声が尖《とが》った。

「羽生さん。羽生丈二さんじゃありませんか？」

深町が問うと、男の声が沈黙し、やがて――

「そうだ」

短くつぶやく声が返ってきた。

「今、どこにいるんですか。何故、岸涼子さんがこのホテルにいることがわかったんですか」

その質問を、男——羽生はまた無視した。

「今、涼子の部屋に電話を入れた。誰も出なかった。あんたの部屋にもいない。どうなってるんだ」

「予定では、日没前にはもどってくるはずだったんですが……」

「まだ、帰ってきてないのか」

いらだたしげな声が響いた。

深町がうなずくと、また、羽生は沈黙した。

さっきよりも長い沈黙であった。

「行くよ——」

羽生が言った。

「え!?」

「これから、あんたのところへゆく。三十分はかからないと思う。その部屋を動くな」

深町が答える間もなく、電話が切れた。

9

ドアにノックがあったのは、二十三分後であった。

「どなたですか?」

「羽生だ」

短く、男の声が告げた。

ドアを開くと、そこに、ビカール・サン——毒蛇と呼ばれる男、羽生丈二が立ってい
た。

「入るぜ」

太い獣臭をまとわりつかせ、羽生丈二が部屋に入ってきた。

鼻の奥に、鈍い刃物を突き立てられたような獣の匂い。

履いているのは、ぼろぼろの、重そうな登山靴であった。それが木の床を踏むたびに、
靴底が堅い音をたてた。

羽生の顔面の皮膚は、黒く陽に焼けて、ぼろぼろにむけていた。唇の皮までが、黒く
変色してむけている。

人間の皮膚が、どういう時にそうなるか、深町は知っていた。

大気の希薄な高山の陽光に長時間さらされると、人の皮膚はそのようになる。強い紫
外線が、どれだけ人の皮膚を傷めつけるか、深町自身も経験している。

「チベットへ入っていたと聴いてましたが……」

深町は言った。

それも、かなり標高の高い場所。おそらくは、チベット側から、ヒマラヤの七〇〇〇

メートル峰、八〇〇〇メートル峰に入っていたのではないか。

ジーンズにTシャツを着て、その上に汗じみたウールのシャツを着ていた。まだ、チベットから帰ってきたばかりという感じであった。

強烈な、刺激物のような男だった。

そこにいるだけで、部屋の温度が二〜三度は増したような気さえする。

「おれのことはいい。涼子のことだ」

羽生は、ベッドに腰を下ろした。

スプリングが軋《きし》んで、羽生の尻《しり》が、ベッドに深く沈んだ。

「岸涼子のことで何か、あったんですか」

「あった……」

自分の両膝《りょうひざ》に、両肘《りょうひじ》を乗せ、羽生は、強い光を放つ眼で、深町を見上げた。

「チベットから、おれがもどってきたのは昨日だ」

「昨日?」

「アン・ツェリンから、涼子が来ていることは聴いた――」

「アン・ツェリンは、彼女に日本に帰れと――」

「あれは、おれの意志だ」

「何故だ。わざわざ彼女は、あんたに会うために、このカトマンドゥまでやってきたんだぞ」

「その話は後だ」

羽生は、深町の言葉を遮り、

「しばらく前に、おれのところに手紙が届けられた」

「手紙？」

「切手を貼った封筒に入っているやつじゃない。文章を書いた紙に小石を包んで、それを窓からおれの部屋に投げ込んだらしい。ちょっと部屋を開けて、もどったらそれが落ちていた」

「どういう手紙ですか」

深町が言うと、羽生は、無言で、シャツの胸ポケットから、たたんだ紙片を取り出した。

ネパールで普通に手に入る、日本で言えば和紙にあたるものだ。

深町は、それを手に取って、開いた。

青いインクのボールペンで、文章が書かれていた。

英語だ。

しかも、文字は、一字ずつ、アルファベットの大文字で書かれている。

明らかに自分の筆跡を隠すためのものであった。

RYOKO KISHI IS WITH US RIGHT NOW. WE WANT TO TALK ABOUT OUR BUSINESS WITH YOU. WE WILL GET IN TOUCH WITH YOU.
（岸涼子という女は、今、我々と一緒にいる。ビジネスの話をしたい。いずれまた連絡をする）

「────」

「涼子を、拉《ら》致《ち》して、今自分たちのところに置いているということだ」

「これは？」

深町は、羽生の言葉の持つ意味を理解できた。

英語にしたのは、ネパール人か、日本人か、あるいは他国人か、それをわからなくするためだろう。

「このビジネスというのは、例のカメラのことか!?」

「たぶん、そうだろう」

ビジネス──これだけでは、法的には脅迫にはならない。

しかし、その意味するものは、脅迫である。

「おれのいる所には、電話がないんでな。向こうもこういうやり方をしたらしい」

「しかし、なぜ、そっちにこんな手紙が――」

「おれと涼子の関係を知ってる人間が、むこうにいるということだろう」

「ならば、人数は限られてくる」

「〝サガルマータ〟のマニ・クマールも、あの、ナラダール・ラゼンドラも、少し調べれば、充分その機会《チャンス》はあったろうさ」

羽生は、舌打ちをし、

「まさか、手紙に書かれていたことが本当だったとはな」

ぼそりとそう言った。

手紙を読み、その内容が事実かどうかを確認するため、羽生は深町に電話を入れてきたのである。

その時――

また、電話が鳴った。

深町が受話器を取った。

「深町さんだね」

男の声が言った。

英語であった。

しかし、母国語として英語をしゃべっているという感じではない。

ネパール訛《なま》りが、その発音にある。

「そうだが」

「そちらに、ビカール・サンがいるだろう」

深町は、羽生に視線をやり、次の視線をベッドの横にあるサイドテーブルに移した。

そこにも、もう一台同じ回線の電話がある。

羽生は、深町の視線よりも早く動いて、サイドテーブルの電話機から受話器を取っていた。

「いるよ」

深町は言った。

「出してもらえるかい」

男の声が言った。

「おれならいるよ」

羽生が、低い声で言った。

「どうだい。手紙に書いてあったのは、本当のことだったろう?」

「おれの後を尾行《つ》けたな」

「さあね」

「用件を言え」

「ビジネスだよ。こちらにある商品を適正な価格でひきとってもらいたい」

「幾らだ?」

「あのカメラだ。それと、あんたがあのカメラを手に入れたいきさつと、あのカメラの中に入っていたはずのフィルムを一緒にね」

「渡せば、商品を、無事にこちらの手に渡すのか」

「ビジネスだよ。商売はきちんとやる」

「いやだと言ったら？」

「このネパールには、商品が、もう永久に見つからないような場所はいっぱいあるよ。アイスフォールのクラックに落ちたら、商品はどうなると思う」

「取り引きには応じてもいい」

「なかなか賢明だな」

「その前に、商品が無事なことを確認させてくれ」

「もちろん」

「今、そこにいるのか？」

「いいや。出先なものでね」

「いつ、確認できる」

「明日の昼に、また電話をするよ。この電話にね。それで、確認ができたら、商談に入らせてもらおうじゃないか」

「彼女には手を出すなよ。もし、彼女に何かあったら、一生かかってもおまえを捜し出して、さっきおまえが言ったアイスフォールのクラックの中に、おまえの屍体《したい》を落としてやる――」

羽生の言葉に、相手が小さく含み笑いをした。

「この件、他言は無用だ。完全な商品が欲しかったら、誰にも言うな」

「わかっている」

「じゃ、明日――」

そう言って、電話が切れた。

しばらく受話器を握っていた羽生は、無言で、それを電話機にもどした。

深町も、受話器をもどし、大きく息を吐いた。

「どうする?」

深町が訊《き》いた。

「渡すさ。それしかないだろう」

「渡せば、彼女はもどってくるのか」

「わからん」

「――」

「涼子が、連中の顔を見ていれば、無事にもどってくるとは思えない」

「警察に知らせた方がよくはないか」

「だめだ。そんなことをしたら、涼子はやつの言った通りのことになるだろう」

「どうするつもりだ」

「わからん」

羽生は、腕を組んで、宙を睨《にら》んでいた。

十二章　山岳鬼

1

電話は、まだ来なかった。

そろそろ、昼の十一時になる。

深町は、羽生と一緒に、自分の部屋で電話を待っていた。

朝の九時に、羽生が深町の部屋にやってきた。

その時からすでに二時間、ふたりは黙したまま、宙を睨んでいる。

「本気なんでしょうかね」

ベッドに腰を下ろして、唇を結んだままの羽生に、深町は声をかけた。

羽生の服装は、昨夜《ゆうべ》と全部同じであった。

乱れた長い髪も、不精髯《ぶしょうひげ》も、ぼろぼろになった皮膚もそのままだ。双眸《そうぼう》だけが、炯々《けいけい》と生気を孕《はら》んで、どこかに向けられている。その視線が、深町に向けられた。

「何がだ」

「奴らですよ。外国人を誘拐して、それで、あのカメラを手に入れて、どうやってそれを金に換えようというんです？」

「おれは、そんなことは知らんね」

「あのカメラも、この話も、ブラックマーケットに流したって、たいした金額にはならない。表に出して、陽の当たる場所に出してこそ、金になる。その過程で犯罪行為があったとすれば、表には出せなくなる……」

「――――」

「まさか、関係者全員を殺すという気はないでしょう。その相手が、外国人じゃ、リスクが大きすぎる」

「――――」

「それに、あのカメラを手に入れたビカール・サンという人間の話があってはじめて、あのカメラは生きてくる。これじゃあ、向こうは、あなたを敵にしようとしているだけです」

「よくわかってるじゃないか」

「何故だと思います」

「おれは知らんと言ったはずだ」

「じゃ、知っていることを訊きます。あのカメラは、あなたが手に入れたんですね」

深町は訊いた。

今なら、羽生は、この場所から、逃げるわけにはいかない。深町の質問に答えるにしろ、答えないにしろ、深町の言うことはいやでも聴くことになる。

「そうだよ」

もう、羽生は、深町から眼を逸《そ》らせ、窓の方向を見ている。

街の喧噪《けんそう》が、窓から部屋まで響いてきている。

車のエンジン音。

クラクションの音。

そして、人声。

どこかで建物の工事をやっているらしく、その音も部屋に入り込んでくる。

「どこで見つけたんですか？」

「それを、あんたに言う必要はないね」

「あれは、エヴェレストの八〇〇〇メートル以上の場所でしか手に入らないものです。羽生さんがそれを発見したということは、それは、あなたが、エヴェレストの標高八〇〇〇メートルより高いところへ行ったということじゃありませんか」

「――――」

「あのカメラの中に、フィルムが入っていたはずです。そのフィルムは、今、どこにあるんですか？」

「――――」

羽生は、答えなかった。

黙したまま、電話に眼をやった。

羽生を、横から眺めながら、深町は想っている。

わかっている。

おれにはわかっているぞ。

あんたは、あのエヴェレストに、この地上の唯一の場所に、単独でゆこうとしているんだろう。

スポンサーもつけずに、ただ独り、自分のみの力で――

もう、それはやったのか。

やったんだろう。

だから、あんたは、あのカメラを持っているんだ。

あのカメラをあんたが持っているということこそが、あんたが、あの山の八〇〇〇メートルより上まで行ったということじゃないのか。

それで、どうだったんだ。

頂上は踏めたのか。

踏めなかったんだな。

踏めなかったからこそ、あんたはまだ、このネパールに残っているんだ。

羽生の横顔を眺めているうちに、次々と深町の脳裏に、様々な思考が積み重ねられてゆく。

その思考は、今、初めて深町の脳裏に浮かんだものだ。しかし、もともとは、どれもがこれまで深町の頭の中で、何度も、断片的に浮かんでは消えていたものだ。それが、今、ひとつひとつが、きれいに組み合わされてゆく。

深町は、強い興奮が、身の裡《うち》から湧きあがってくるのを感じていた。

「羽生さん。あなたがねらっているのは、エヴェレストの、ネパール側からの無酸素単独初登頂なんじゃありませんか」

はっきりと、深町は言った。

言い終えて、羽生の横顔を見た。

羽生は、表情を変えなかった。

黙したまま、宙を睨んでいた。

やがて——

その顔が、ゆっくりと深町の方に向けられた。

「何故、それを知っている……」

堅い、抑揚を殺した声で、羽生は言った。

今度は、深町が沈黙する番だった。

「何故、それを知っている?」

羽生は、もう一度言った。

深町は答えない。

「それは、アン・ツェリンと、このおれしか知らないことだ。誰にも言ってない。それを何故、あんたが知ってるんだ」

「言いましたよ」

深町は言った。

「言った？」

「あなたがです」

「おれが？」

「そうです」

「いつ、誰に言った？」

「長谷常雄にです」

深町は言った。

賭《か》けであった。

賭けではあったが、確信はあった。

間違いなく、長谷と羽生とは、このネパールで会い、話をしているはずであった。

「一九九〇年、あなたは、このカトマンドゥで、長谷常雄と会ったんじゃありませんか」

深町を見つめていた羽生の眼が、ふっ、と遠いものに焦点を合わせるように、宙に浮いた。

沈黙があって、

「そうか、長谷か」

羽生はつぶやいた。

「会ったんですね」

「ああ、会ったよ」

羽生はうなずいた。

「長谷があんたに言ったのか」

「いいえ」

深町は、静かに首を振った。

「では、何故、知っている」

「推理したんですよ」

「推理だと?」

「一九九〇年以降、長谷常雄は、急に、八〇〇〇メートル峰の無酸素単独登頂に意欲を見せはじめています。もっと具体的に言うなら、このネパールにCFの撮影でやってきて以来です。このネパールで、その発想を、長谷が得たということではありませんか」

「それだけで、おれと会ったと何故わかる」

「長谷は、〝ガネーシャ〟の前で、アン・ツェリンを見ています。あなたとアン・ツェリンが一緒にいるところを、わたしも、このカトマンドゥで見ています。これで、あなたと、長谷が会ったのではないかと、充分に考えられます」

「それで――」

「あなたと、長谷には、常に、ひとつの符合があるということです」

「符合だと？」

「共通するものがあるということです」

「なんだい、それは？」

「それは、あなたがやれば、長谷もそれをやるということであり、長谷がやれば、あなたもそれをやるということです」

「――」

「鬼スラがそうでした。あなたが鬼スラをやれば、長谷も鬼スラをやり、長谷が鬼スラをやると、あなたもまた、鬼スラをやった……」

「――」

「長谷がグランドジョラスをやれば、あなたもまた、グランドジョラスをやり、あなたがヒマラヤに行ってエヴェレストの南西壁をやっていた時、長谷もまた、同じ隊の別動隊で、エヴェレストのノーマルルートをやった……」

「…………」

「だから、長谷が、八〇〇〇メートル峰の無酸素単独登頂をねらっていたということは、あなたもまた、ヒマラヤの八〇〇〇メートル峰の、無酸素単独登頂をねらっていたのではないかと……」

深町が、それを口にする間、無言で、羽生は深町の顔を見ていた。

沈黙があった。

深町は、速くなりそうな呼吸を押さえながら、羽生が口を開くのを待った。

「なるほど……」

小石のように、羽生はその言葉を吐き出した。

「あんたの言い方で言えば、長谷がK2で死んだように、このおれも死ぬってことだな」

乾いた、堅い声だった。

ぞくりと、背筋が寒くなるような表情を、羽生はつくった。

羽生は、微笑を浮かべていたのである。

醒《さ》めた、冷たい笑みであった。

「そんな――」

「いつだったかな、長谷が死んだのは――」

「一九九一年の十月です」

「よく調べたもんだな……」

「――」

「この分じゃ、他にも色々と、おれのことについちゃ、調べたんだろう。それで、涼子までこのカトマンドゥに連れてきた」

「――」

「おもしろいかい？」

小さな声で、羽生が深町に訊《き》いた。

「なあ、あんた、おもしろいかい？」

深町は、羽生の質問の意味がすぐには理解できなかった。

「人の過去をさ、勝手に調べて、のこのこと、カトマンドゥくんだりまでやってきてさ。おまけに、女までひっぱってきて、それでこのざまだ」

「――」

「おい。おれがやろうとしていることが何だろうと、それは、あんたには関係がないことなんだ。少しもね。人がやろうとしていることに横から関わるな。いいかい、あんた。てめえは、てめえのことをやってりゃあ、他人《ひと》のことなんかに関われねえんだぜ……」

深町は、言葉もなかった。

深町が、ない言葉を捜して、口を開こうとしたその時――

電話が鳴った。

2

深町が、受話器を取った。

「約束通り、待ってたな」

昨日と同じ声が、受話器から響いてきた。

「涼子は？」

深町は訊いた。

深町が持っているのは、ライティング・デスクの上にある受話器である。もう一台、電話機が、ベッドの枕元にあるサイドテーブルの上にある。そちらの受話器は、すでに羽生が手に取って耳にあてている。

「彼女と話をさせろ。どういう話も、その後だ」

「せっかちだな、日本人は。ビジネスの話は、ゆとりをもってやった方がうまくいくというのに――」

「彼女を出せ」

「オーケイ。今、ここにいるから代わるよ。代わるといっても、受話器を持っているのはおれだからな。話す時間は二十秒だ。二十秒たったら、すぐに、またおれが代わる」

短い沈黙の後――

「もしもし――」

涼子の声が、受話器から響いてきた。

「涼子さん。大丈夫ですか。怪我は？」

「ないわ。今のところはね」

「何があったんですか――」

「ニューロードで、男のひとに声をかけられたのよ。ビカール・サンが、あたしのことを捜してるって。ふたりっきりで話があるからっていうの。彼は、わたしに会いたがってなかったんじゃないのって訊いたんだけど、そうじゃない、もうひとりいる男に会いたくないだけで、ふたりだけでなら会いたいって。それで、車に乗せられて、ここへ連れて来られたの」

「ここ？　どこなんだ。そこは？」

「それが、よくわからないのよ。川が近く……」

そこまで言った時、ふいに涼子の声が遠くなった。

「場所を訊いたって駄目だぜ。一度や二度、カトマンドゥをうろついただけの外国人が、車で移動した先がどこだかわかるものか。わざと、複雑な動き方をしたしな――」

男の言う意味は、深町にはよく理解できた。

「これで、女が無事だってことがわかったわけだ。安心して、ビジネスの話ができるだろう？」

「どうしたいんだ。条件を言ってくれ――」

「あんたじゃ駄目だ。ビカール・サンはそこにいるんだろう。あの男を出してもらおうか――」

深町は、すぐ向こうでベッドに腰を下ろして、受話器を耳にあてている羽生を見やった。

羽生が、うなずいた。

「ここにいるよ」

羽生が言った。

「いたか」

「条件を言え」

「いいかい。おれたちが欲しいのは、あのカメラと、カメラの中に入っていたフィルム。それから、あのカメラをあんたが手に入れることになった事情についての情報だ。しかし、少し、こちらも条件が変化した――」

「どう変化したんだ」

「金でいい」

「金？」

「現金だ。日本円で、一〇〇万円。米ドルで一万ドル。どちらでもいい。先に都合がつく方を、商品と引き換えに、こちらにもらいたい」

「――――」

「日本人にとっては、どうという額じゃないだろう。今日すぐそろえろとは言わん。夕刻にまた電話をする。明日には用意できるようにしておけ。警察に話したら、商品はクレバスの中で、おれたちの仲もこれっきりってことになる――」

一方的に、それだけを言って、電話は切れた。

「ちっ」

受話器を耳から離しながら、羽生は舌打ちをした。

「何かあったな」

そう言いながら、羽生が受話器をもどした。

「何があったと？」

深町は、自分の受話器をもどしながら言った。

「知らん。急に、カメラより、現金が欲しくなったんだろう。その原因まではわからないね」

「カメラが自分たちにもたらすものが、たいしたものじゃないという判断をしたんでしょうか」

「わからん。ともかく、これで涼子が無事でいるってことだけは、わかったわけだ」

「一〇〇〇万と言ってましたね」

「一〇〇〇万円と、ふっかけてこないのは、おそれいったがね」

一〇〇〇万円――おそらく、平均的な日本人なら、かなりの確率で用意できる額であり、旅行者《ツーリスト》によっては、そのくらいの金を、海外へ持って来ている者もいるだろう。

一〇〇〇万円というと、誰もが用意できる金額ではない。用意できるにしろ、場所が海外であれば、時間がかかる。一〇〇〇万円が払えぬとなれば、警察へ連絡することになる。

そう考えてみると、一〇〇万円という数字は、かなりリアルなものといっていい。

涼子の声が、思ったよりも落ちついていたというのがありがたかったが、相手は、場合によっては涼子を殺すと、脅しをかけているのだ。涼子自身も、自分がどういう取引きに利用されているのかは知っていよう。

涼子の胸中を想うと、見えぬ手で内臓をねじ切られるような不安が、深町に押し寄せてくる。

「どうするんですか?」

深町は訊いた。

「どうとは?」

「警察に、この件について連絡をするかどうかということですよ」

警察に連絡するのが、一番良いのではないかと、深町は思い始めている。

一〇〇万という金は、なんとか用意はできるだろう。しかし、それを渡したからといって、涼子が無事に帰ってくるという保証はないのだ。もはや、ここにいたっては、異国人である自分たちの手に負えることではない。

「やだね」

羽生は、あっさりと言った。

「何故!?」

「何故でもだ」

「警察を信用してないのか。それとも、ネパールの警察だからか」

「違うね」

「なら、何故⁉」

「じゃ、訊《き》くがね、あんたは、警察を信用してるのかい。警察に言えば、彼等がなんとかしてくれると思ってるのかい？」

「――――」

「信用してるのか、してないのかという話なら、おれは警察を信用しちゃいないよ。警察だからじゃない。ネパールの警察だからじゃない。おれは、誰も他人を信じちゃいない。それだけのことだ」

強烈な言葉だった。

「もっと言うなら、おれは、運命だって信じちゃいないよ。自分自身だってね。おれは、誰のザイルパートナーにもなりたくないし、誰をザイルパートナーにもしたくないんだ。おれがもうひとりいたとしても、おれは、そのおれとだって、ザイルを結ぶつもりはない」

炎に身を炙《あぶ》られているように、羽生は、顔を歪《ゆが》めながら言った。

深町は、言葉に詰まった。

きりきりと、沈黙の刃が、深町の肌を突いてくる。

それに耐えられなくなったように、深町は言った。

「ならば、どうするつもりなんですか⁉」

今度は、羽生が、沈黙した。

「どうするんですか」

深町は、もう一度訊いた。

「待て」

羽生が、低い声で、呻《うめ》くように言った。

「待てといったって、何を待つんですか」

「昨日、あれから、おれなりに手は打ってあるということだ」

「手？」

「アン・ツェリンが、事情を調べている。マニ・クマールと、ナラダール・ラゼンドラの周辺をさぐってるんだ」

「奴らがやったのか？」

「どちらかがやったか、ふたりの共謀なのか、そこまではわからん。しかし、あのカメラについて知っている連中は、マニ・クマールか、ナラダール・ラゼンドラか、どちらにしてもその周辺の人間だけだ。その中に犯人がいるのなら、いずれ見当はつくだろう」

羽生がそう言った時、再び電話が鳴った。

深町が、しばらく前に置いたばかりの受話器を手にとって、耳にあてた。

「This is An Tuerin」

聴き覚えのある声――アン・ツェリンだった。

「深町さんかね」

アン・ツェリンが、英語で言った。

「ええ、深町です」

深町も、英語で答えた。

「そこに、ビカール・サンが行ってないかい？」

「いますよ」

「彼と電話を代わってもらえませんか」

「ええ」

答えながら、深町は羽生を見やり、

「アン・ツェリンからですよ」

持っていた受話器を差し出した。

羽生は、深町から受話器を受け取り、それを耳にあてた。

「どうだった？」

羽生が、訊く。

羽生の言葉に、ツェリンが何か答えているのか、ふん、ふん、とうなずきながら、しばらくは、羽生が聴き役にまわった。

「それで？」

「ああ、ならば」

「そうか」

そういう羽生の声が時々あがる。

ほどなく——

「わかった……」

羽生はそう言って受話器を置いた。

羽生が、深町を睨《にら》むように見た。

「何かあったんですか?」

「マニ・クマールが来るぞ」

「来る? マニ・クマールが?」

「ああ、ここへだ」

「ここへ?」

「話があるらしい」

「どういう話なんですか?」

「来てみるまではわからん。たぶん、涼子のことだろう」

3

アン・ツェリンと共に、マニ・クマールがやってきたのは、およそ十五分後だった。

ノックがあり、ドアを開けると、そこにアン・ツェリンが立ち、その後方に、マニ・クマールが、あいかわらずの、あのいやな笑みを浮かべて立っていた。

アン・ツェリンと、マニ・クマールは、ゆっくりと部屋に入ってきた。ドアを閉めたのは、アン・ツェリンであった。

マニ・クマールは、まるで、自分が、アン・ツェリンを従えて来たかのように、部屋の中央に立ち、一同を見回した。

「この度は、どうやら、大変なことが起こっておりますようで」

マニ・クマールはそう言った。

まるで、三人でなく、もっと多くの聴衆を相手にした男のようであった。

「こちらの、タイガー・アン・ツェリンに来ていただかなくともね、わたしは、もともと、この件ではこちらにうかがわせていただくつもりだったのです」

マニ・クマールは、卑屈とも見える笑みを、唇の端に溜《た》めている。

「わたしの周辺で、色々と彼が嗅《か》ぎまわっている様子でしたのでね、わたしの方から声をかけて、用件をうかがったのですよ。そうしたら、考えていた通りに、ミス涼子の件でした。それならばということで、アン・ツェリンに、こちらに案内して下さるように、お願いしたのですよ」

「涼子が誘拐されたのを知っているのか？」

羽生が問うた。

「はい。存じあげております。誘拐したのは、わたしの知人ですからね」

「なんだと!?」

羽生が、ベッドの上から腰を浮かせた。

「まあ、わたしの話を、まず聴いていただけませんか——」

マニ・クマールは、羽生の動きを制するように、腰を引いて逃げてみせた。

「わたしは、商売人です。どういう品物、どういう情報をどう仕込んで、どう売れば儲《もう》かるかをいつも考えている人間です。そのわたしから見ても、今回の、ミス涼子の誘拐はよくなかった。あれは、バッド・ビジネスです」

羽生は、ベッドの上に腰を沈め、両肘《りょうひじ》を両膝《りょうひざ》の上に乗せて、マニ・クマールの言葉を聴いていた。表情が、石のように堅くなっており、深町が見ても、何を考えているのかわからなくなっている。

「あんたが、誘拐を、命じたのか?」

深町は訊いた。

「ノウ、ノウ——」

マニ・クマールは顔を左右に振った。

「涼子さんを誘拐したのは、あなたも御存じの、マガールのモハンですよ」

「モハン?」

深町は、その名を口にした。

自分を、ナラダール・ラゼンドラの元へ案内した男の名であった。

「それから、これも、あなた方にとっては初めて訊く名前ではありませんでしょう。モハンと一緒にミス涼子を誘拐したのは、そもそも、あのカメラを盗み出したコータムー——」

「——————」

「それから、もうひとり、それがこちらへ電話を入れた人物なんですが、タマン・ムガルという男です。あと、何人か、手伝いをした人間もいるかと思いますが、わたしの知っている限りでは、その三人ということです」

「何者なんだ、その、タマン・ムガルというのは⁉」

羽生が訊《き》いた。

「ブータンからの、難民です」

それまで黙っていた、アン・ツェリンが言った。

「ブータンから？」

「ええ」

アン・ツェリンがうなずいた。

この時期、ネパールが抱えている問題のひとつに、ブータンとの民族紛争がある。

そもそも事のおこりは、一九九〇年あたりから活発になった、ネパールの民主化運動である。

まず、その前年である一九八九年に、通商・通過協定の改定に伴って、インドがネパールに対して経済封鎖を行なった。このため、石油などの燃料や、生活物資が、ネパールに入らなくなったのである。

そのため、ネパールの物価が高騰した。

それを背景に、ネパールでの共産党の活動が活発化し、一九九〇年四月に共産党や学生などを中心としたデモがカトマンドゥにおいて行なわれたのである。

デモ隊の数、およそ十万人。

メンバーの多くは、二十代の若者であり、王室に対して強く民主化の要求をした。

このデモ隊に対して、警官が発砲をし、五十人以上の死者と、二百人以上の負傷者が出ている。このおり、イタリア人の取材記者二名を含む、七人の外国人ジャーナリスト、カメラマンが、発砲や、警官に殴られたことが原因で死亡している。

一九九一年五月に、政党参加による実に三十二年ぶりの総選挙があり、ネパール会議派（NCP）が議席の過半数を獲得し、G・P・コイララ政権が誕生したのである。

ネパールの政治勢力は、大きく三つに分けられる。

まず、政権を握ったネパール会議派（NCP）。

そして、統一共産党。

旧王室派とでも言うべき国民民主党（NDP）。

ともかく、一九九一年五月から、ネパールの最高権力者は、王室ではなくなってしまったのである。国王は、ネパールという国の象徴という存在になった。

これに危機感を抱いたのが、隣国の、王制国家とでも言うべきブータンである。

ブータンには、昔から移住して住んでいるネパール系の住民が無数にいる。

ネパールの民主化運動が飛び火して、この住民たちを中心にして、ブータンの王制が批判されるようになった。

これを憂えたブータン政府が、ネパール系住民の国外退去を命じたのである。

これによって、大量の難民を、ネパールは抱えることとなった。ただでさえ、増加してゆくネパールの人口がいっきにふくれあがり、物資の不足、エネルギーの不足、食料の不足がさらに深刻な問題となったのである。

このネパール系住民の中から、ブータン政府に対して武装闘争に走る者たちが現われ、この過激派の取り締まりのため、ブータン政府はインドまで巻き込んでゆこうとしていたのである。

この一九九三年は、雨期に洪水があり、ネパールで二千人の死者が出た。

まさに、この時期、ネパールはカトマンドゥを中心にして、混乱のさ中にあったといっていい。

「モハンも、ブータンからの難民で、どうもね、ムガルとモハンがこの事件の首謀者らしいんですよ」

マニ・クマールは言った。

「自分の調べたところでは、モハンは、過激派にいたことがあり、ナラダール・ラゼンドラは、その資金調達のようなことをしていたようです。ナラダール・ラゼンドラが、そういうことをしているというのは、裏の世界では、暗黙の了解事項です」

アン・ツェリンが言った。

「もちろん、ナラダール・ラゼンドラが、何をしているかについては、わたしも聴いていますよ」

マニ・クマールが、アン・ツェリンの言葉を肯定した。

「では、ナラダール・ラゼンドラが、この件を企てたと?」

深町が訊いた。

「そこまでは知りませんな。わたしが言っておきたいのは、わたしは、彼等から話を持ちかけられた立場の人間だということです」

「持ちかけられた?」

深町が訊いた。

「一昨日《おととい》――つまり、あなたに会いにこのホテルまで来た日のことなんですがね。その日の夕刻に、わたしのところに、モハンとムガルがやってきたんですよ。彼等が言うには、カメラとフィルムを手に入れたら、それを幾らで買ってくれるのかと、そう言うのですよ――」

「それで?」

「モハンから聞きましたよ。あのカメラがどういうものかをね。聞いてみれば、なるほど、日本のジャーナリストが欲しがるわけです。売り込み方によっては、大量の外貨が、この国にもたらされます」

「────」

「もちろん、おまえさんたちががっかりしない程度の額は保証するよと、わたしは言いました。幾らだと、彼らがなおも訊くものですから、現物を見ないうちに、自分はどういう約束もできないからと言ってやりました。しかし、とにかく、他の誰よりも、いい値で買わせてもらうからと。そして、次に、彼等ふたりがやってきたのが昨夜です。手に入れたぞと、ふたりが言うではありませんか。カメラとフィルムをかとわたしが訊くと、いいや、まだ半分だと、モハンが言いました」

「半分？」

と、深町。

「手に入れたのは、女だと。女を、これからカメラとフィルムに取り換えるんだと──それでわたしは、初めて、彼等がミス涼子を誘拐したのを知ったのです……」

「────」

「話を聞いて、すぐにわたしは言いました。あんたたちと取り引きはできないよと──」

「どうして？」

「考えてもごらんなさい。これは、犯罪です。外国人相手の、しかも、成功する確率が極めて低い。それで、彼等は、わたしの組織を使おうとしたのです。ちっぽけな組織ですが、わたしも、このカトマンドゥの裏社会では、多少の顔が利きます。インド、イギリス、ブータン、中国にも、小さな人脈はあります。ちっぽけとはいえ、彼等の犯した犯罪で、そのわたしの組織までが失くなってしまうのはたまりません――」

「――」

「わたしは、彼等に言いました。協力はできない、この話はなかったことにしてくれと。彼等が、わたしの知らないところで、勝手にカメラを手に入れてくるんならともかく、その方法を知った以上は協力できません」

「何故だ。あんなに、カメラを欲しがっていたくせに――」

「まっとうなビジネスで手に入れるんならともかく、外国人の誘拐ということで手に入れたあのカメラで、いったいどういう金儲《もう》けができるというんです？」

「――」

「あのカメラやフィルムは、表の社会に出してこそ、金になるんです。ブラックマーケットで捌《さば》くのでは、たかがしれています。表に出し、マスコミを騒がせて、それで金になるんです。そのカメラを手に入れる過程で、誘拐という手段をとってしまったら、どうやって表に出すことができるんですか――」

深町は驚愕《きょうがく》した。

ついしばらく前、自分自身が言っていたのと同じことを、マニ・クマールが口にしたからである。

マニ・クマールの言葉通りなら、彼は、ふたりからこの話を持ちかけられ、事情を告げられた瞬間にその判断をしたということだ。

「正直にね、言っておきますよ。正確に言うのなら、この件からわたしが下りたのは、犯罪があったからではありません」

マニ・クマールは、深町と、それから羽生を見、にっと微笑した。

「その犯罪が、露見してしまうのが眼に見えていたからです。うまくゆかないのが、わかっていたからです」

「もし、誰にも知られず、うまくゆくことがわかっていたら――」

深町が訊《き》くと、マニ・クマールは、首を左右に振って、

「そこまで言わせるのですか」

白い歯を見せた。

「わたしは、彼等に言いましたよ。今すぐ女を自由にし、ありったけの金を持って、インドへ逃げて、二、三年したら、様子を見にもどってくるんだな、と――」

「だろうな」

羽生が、うなずいた。

「このまま、放っておいたら、彼等の誘拐が表沙汰《おもてざた》になった時、わたしも共犯者にされ

かねません。それで、あなたたちにお話ししておこうという決心をしたのですよ」

「なるほどな。それでわかったよ」

羽生が、両膝《りょうひざ》の間で、両手を組んだ。

「急に、奴らが金を要求してきたわけだ」

「ほう、金を？」

「日本円で？」

「一〇〇万だ」

「そうだ」

「なるほど……」

マニ・クマールが、感心したようにうなずいた。

「ナラダール・ラゼンドラが、この件に関係している可能性は？」

羽生が訊いた。

「たぶん、ないでしょう」

「何故？」

「あの男も、今、わたしが言ったことが理解できる程度には頭がいいからですよ」

「奴ら三人と、涼子は今、どこにいる？」

「わかりません。コータムが彼女と一緒にどこかにいて、モハンとムガルが、わたしの所へやってきたらしいんですがね。もし、知っていたとしても、これは、ちょっと言うわけにはいきません。そこまで言ったら、わたしはこの社会で、商売していけなくなります。これまでお話しした分は、わたしがこの商売を続けてゆくために、仕方のないことです。しかし、彼等がどこにいて、どういうことを考えているか、それをべらべらとは言えません。もっとも、さっきも申しあげたように、わたしは、それを知りませんのでね。これは、本当のことです。知らなくてよかったと思ってますよ」

マニ・クマールは、深町を見やり、

「ところで、警察へは？」

「まだだ」

「どうするつもりです」

「────」

「下手に知らせれば、彼女の生命が危ない。しかし、要求する金を、彼らに渡しても、彼女が無事という保証はない。彼女は、彼等三人の顔を見ているわけですからね」

「────」

「いや、残念です。あなたたちとは、うまくビジネスの話をしたかったのですが、こういう状況では、それも、どうもできるような雰囲気ではありませんしね」

マニ・クマールは、三人を見回し、

「わたしの用件はこれで済みました。では、これで失礼しますよ」

そう言って背を向けかけた。

「あ、そうそう。何故、警察にわたしが連絡をしなかったのかが問題になるようなことがあった場合、それは、警察に知らせた場合、彼女の身に危険が及ぶと、そのように判断したためであると、それでよろしいですね？」

再び三人に向きなおり、マニ・クマールはそう言った。

また、背を向けかけたマニ・クマールに、羽生が声をかけた。

「さっき、ナラダール・ラゼンドラは、この件について知らないだろうと言ってたな」

「言いました。正確に言うなら、彼は、この件を企てたり、命令したり、あらかじめ計画を知っていてそれを止めなかったりとか、そういうことはなかったろうということです。今現在、このことを彼が知っているかどうかということについてなら、わたしは何とも申しあげられません。しかし今、ナラダール・ラゼンドラが、この件について知っている可能性は高いと思いますね」

「わかった」

「では、失礼してよろしいですか」

「ああ」

羽生がうなずくと、マニ・クマールは、あらためて、慇懃《いんぎん》に頭を下げ、背を向けると部屋を出て行った。

ドアが閉まり、マニ・クマールの足音が遠ざかってゆくのを確認してから、羽生は、壁を睨《にら》むようにして言った。

「これで、やることが決まったな」

「やること？」

「すぐに、ナラダール・ラゼンドラに会いにゆく」

「会ってどうする」

「過激派くずれの連中が住んでいる場所、隠れそうな場所を、ナラダール・ラゼンドラから聞くのさ。川の近くでな――」

「電話は？」

「夜まで時間がある。考えようによっては、夜までしか時間がないともいえるがな」

もう、羽生は立ちあがっている。

「おれもゆく」

羽生の前に、深町は立った。

羽生の細い眼が、深町を見た。

「どうせ、夜まで電話を待つ必要はないんだからな」

「いいだろう」

羽生は言った。

むっとするような獣臭を、深町は嗅《か》いだような気がした。


（以下　下巻）

本書は一九九七年八月、集英社から刊行されたのち、
二〇〇〇年八月に集英社文庫として刊行されました。

地図　REPLAY

神《かみ》々《がみ》の山嶺《いただき》　上

夢枕《ゆめまくら》 獏《ばく》

平成26年 6月25日　初版発行
令和4年 6月25日　9版発行

発行者●堀内大示

発行●株式会社KADOKAWA
〒102-8177　東京都千代田区富士見2-13-3
電話　0570-002-301(ナビダイヤル)

角川文庫 18605

印刷所●株式会社暁印刷
製本所●本間製本株式会社

表紙画●和田三造

●お問い合わせ
https://www.kadokawa.co.jp/（「お問い合わせ」へお進みください）
※内容によっては、お答えできない場合があります。
※サポートは日本国内のみとさせていただきます。
※Japanese text only

ISBN978-4-04-101776-0　C0193

角川文庫発刊に際して

角　川　源　義

第二次世界大戦の敗北は、軍事力の敗北であった以上に、私たちの若い文化力の敗退であった。私たちの文化が戦争に対して如何に無力であり、単なるあだ花に過ぎなかったかを、私たちは身を以て体験し痛感した。西洋近代文化の摂取にとって、明治以後八十年の歳月は決して短かすぎたとは言えない。にもかかわらず、近代文化の伝統を確立し、自由な批判と柔軟な良識に富む文化層として自らを形成することに私たちは失敗して来た。そしてこれは、各層への文化の普及滲透を任務とする出版人の責任でもあった。

一九四五年以来、私たちは再び振出しに戻り、第一歩から踏み出すことを余儀なくされた。これは大きな不幸ではあるが、反面、これまでの混沌・未熟・歪曲の中にあった我が国の文化に秩序と確たる基礎を齎らすためには絶好の機会でもある。角川書店は、このような祖国の文化的危機にあたり、微力をも顧みず再建の礎石たるべき抱負と決意とをもって出発したが、ここに創立以来の念願を果すべく角川文庫を発刊する。これまで刊行されたあらゆる全集叢書文庫類の長所と短所とを検討し、古今東西の不朽の典籍を、良心的編集のもとに、廉価に、そして書架にふさわしい美本として、多くのひとびとに提供しようとする。しかし私たちは徒らに百科全書的な知識のジレッタントを作ることを目的とせず、あくまで祖国の文化に秩序と再建への道を示し、この文庫を角川書店の栄ある事業として、今後永久に継続発展せしめ、学芸と教養との殿堂として大成せんことを期したい。多くの読書子の愛情ある忠言と支持とによって、この希望と抱負とを完遂せしめられんことを願う。

一九四九年五月三日